講談社文庫

江戸は浅草 3

桃と桜

知野みさき

講談社

【目次】

本作品に登場する浅草・六軒長屋の面々

真一郎（しんいちろう）

儲からぬ矢師を辞め、
身の振り方に
悩んでいたところを
久兵衛に拾われ、
用心棒兼雑用係として
六軒長屋に。
美男とは言い難いが、
長身で行動力がある。

多香（たか）

面打師。
日中は矢場で
矢取り女として働き、
夜中に大福寺で面を打つ
出自不明の美女。

大介（だいすけ）

笛師。小柄で童顔の洒落者。
あまり仕事はせず、
女たちに甘えて
ヒモのように暮らしている。

守蔵（もりぞう）

錠前師。錠前や鍵作りだけでなく、
解錠が仕事の鍵師でもある。
からくり箱なども手掛ける
こだわりの職人。

鈴（すず）

盲目
（全盲ではないが、
うっすらとしか
見えない）の
胡弓弾き。
男が苦手。

久兵衛（きゅうべえ）

両替商の隠居で
六軒町・久兵衛長屋
（六軒長屋）の大家。

江戸は浅草３

桃と桜

第一話　桃と桜

大川端での「花見の宴」から二十日が経った。

真一郎は宴の後の密談で初めて「別宅」に足を踏み入れ、更に八日後、長屋の皆との花見でようやく梅と顔を合わせた。

浅草今戸町の別宅に住む梅は、真一郎の雇い主にして大家でもある久兵衛の女だ。今年六十一歳となった久兵衛よりは幾分若い老女で、この梅の初恋の君が真一郎に似ていたことから、真一郎は久兵衛と知り合ってから一年余りも別宅から遠ざけられていたのである。

隣人の大介から聞いたところによると、久兵衛と梅とは長い付き合いで、久兵衛は妻を亡くし、銀座町の両替商・両備屋を隠居したのちに梅を囲っていた浅草に引っ越してきた。浅草では自身が家主兼大家を務める六軒町の通称「六軒長屋」と、梅の住む別宅を行き来しながら隠居暮らしを謳歌している。還暦を過ぎて尚かくしゃくとしている久兵衛は浅草でも既に顔役の一人として数えられており、いまだに付き合いで花街に出入りすることもあるのだが、梅に惚れ込んでいるのは傍から見ても明らかだ。

「七ツ過ぎに別宅に来い。あれこれ教えておかねばならんからな」

「合点でさ」

明日から久兵衛と梅が飛鳥山へ花見に行くのへ、飼い猫の桃の世話を頼まれたのである。

表向きは久兵衛の用心棒、その実ただの雑用係の真一郎には決まった給金がない。久兵衛からは用事に応じて金を受け取っていて、久兵衛の仕事がない時は町の者からも同じように雑用を請け負って暮らしを立てている。だが、花見の宴以来ここしばらく、真一郎は矢師として舞い込んできた矢の注文にてんてこ舞いしていた。

八ツ半まで矢作りに精を出し、言われた通りに七ツ過ぎに別宅へ顔を出すと、梅と共に桃が真一郎を迎え出た。

「お桃」

髷を入れれば六尺超えの身体を折り曲げて手を伸ばすと、桃はからかうようにするりと逃げたが、すぐに戻って来て額をこすりつける。

「ふふ、桃はお花見ですっかり真さんが気に入ったみたい」

「昔から犬猫には何故かもてやして」

「子供にもでしょう？　子守の評判も上々だと聞いたわ」

「まあ……けれども、子守よりも猫守の方が楽でいいですや」

「うふふ、どうぞ上がってちょうだい」

桃は三毛の雌で、金に不自由していない久兵衛の飼い猫だけあって、首輪や寝床の布団などはあつらえ品、毛並みを整える柘植の櫛にも桃の彫りが入っている。

餌の鰹節や煮干しにしても久兵衛たちと同じ物を与えているそうで、真一郎が普段食している物よりずっと上等だ。餌作りを教わるついでに夕餉も別宅で馳走になったが、削り節を白飯に混ぜ込んだいわゆる「ねこまんま」を真一郎は三杯も平らげた。

夕餉ののちは長屋へ帰って一晩明かし、明け六ツが鳴ってから再び出向くと、久兵衛たちは既に朝餉を済ませた後であった。

「真さんの分も、たっぷりご飯を炊いておきましたからね。鰹節もお好きなだけどうぞ」

「ありがとうございます」

「じゃあ、儂らはもう行くからの」

「お気をつけて」

梅を促して歩き出した久兵衛は、いつもよりゆったりとした足取りだ。

山というほどの高さはないが、飛鳥山の桜の見頃は市中より半月ほど遅い。

「またあなたと、二月に飛鳥山でお花見できるなんて嬉しいわ」

「うむ。互いに達者で何よりだ」

花見の宴が如月末日だったにもかかわらず、梅が「二月」と言ったのは、今年は閏月があり、弥生の前に閏二月があるからだ。大の月を三十日、小の月を二十九日として、十二ヵ月で一年とする太陰太陽暦では、暦と季節を合わせるために、二、三年に一度閏月を設けて一年が十三ヵ月となる年がある。

仲睦まじく語らいながら行く二人の背中を見送ると、真一郎は早速台所へ向かった。

鰹節を削り始めると、音か匂い、もしくは両方に誘われた桃が現れ、真一郎の手元を窺う。

「お前はもう朝餉は済ませたんだろう？」

「にゃあ」

「でもまあ、少しならいいか」

「にゃあ」

白飯にこんもりと削り節をかけ、醬油を一筋垂らして軽く交ぜ合わせると、梅が作っておいてくれた菜花と麩の味噌汁と、桃のための削り節を入れた小皿を膳に載せた。

座敷の戸を開け放し、縁側の近くに膳を運ぶ。

桜はほとんど散ってしまったが、青々としてきた庭を眺めながら、真一郎は隣りに座った桃の前に小皿を置いた。同じ一汁のみでも、具は主にわかめか豆腐、時には具のない味噌汁をすることもある長屋での朝餉とは大違いだ。

「旨いなぁ」

「にゃあ」

「後で煮干しも一緒に食おう」

「にゃあ」

暮れ六ツから明け六ツまでは桃のために屋敷にいて欲しいが、日中は留守にしていても構わないと言われている。

朝餉を終えると、戸締まりをして真一郎は上野に向かった。

上野には真一郎が世話になっている刈谷弓術道場がある。

矢の注文はまだ残っているし、町の者からの頼みごともなくはなかったが、今日から三日間は「猫守」だからと断っていた。

そうがつがつ働くこともあるまい――

特に怠け者ではないのだが、朝から晩まであくせく働くのはどうも性に合わない。また貧乏暮らしに慣れている真一郎は、金に対する執着心があまりなかった。

金はあるに越したことはない。だが、なければないでなんとかなるという考えが根底にあるがゆえに、久兵衛に拾われて一年以上が過ぎた今も、名ばかりの用心棒かつ町の「なんでも屋」としてその日暮らしに甘んじている。

猫守の手間賃は一日一朱――約四百文――で、振り売りの実入りの三分の一ほどしかないのだが、昼間は自由で、少なくとも米、味噌、鰹節、煮干しは食べ放題だ。

養うべき女房子もいねぇしな……

ちらりと目下の想い人である多香の顔を思い浮かべながら、真一郎は自嘲を兼ねた苦笑を漏らした。二十九歳にしていまだ独り身の真一郎だが、女より男の方が圧倒的に多い江戸では独り身の男は珍しくない。

多香とは、誘い、誘われて——否、誘っても袖にされることが多く、大概は多香に気まぐれに誘われるままに——抱き合う仲だ。

最後に抱き合ったのは睦月末日で、多香が「辻射り」に射かけられた翌日だった。辻射りの探索に加えて花見の宴のための的弓の稽古と矢作り、宴の後も注文矢を作るのにしばし忙しくしてきたとはいえ、睦みごとが絶えているのはひとえに多香の都合である。

「おぬしは相変わらず気ままでよいの」

道場で猫守のことを話すと、主の刈谷小五郎と共に弟子の八木直右衛門が微笑んだ。

「まあ、儂もこうして朝から好きにしとるがな」

とはいえ、四十路過ぎの刈谷より年嵩の八木はいわゆる「隠居」で、息子に家督を譲るまではそれなりに主家に仕えてきた武士だから、真一郎とは大違いだ。

「その、八木さまも相変わらずご壮健にて、何よりで……」

もごもごと応えた真一郎に刈谷が問うた。

「私もまあ好きにしておるが、矢師の仕事はどうなのだ？」

仕官を辞めて愛する弓術の道場主となった刈谷もまた、金よりも自由を選んだ者である。

「上々です。——と言いたいところですが、あれから新しい注文はあまりないんで」

花見の宴の直後は、真一郎の腕前を見た弓士たちから矢の注文が相次いだが、既にこの五日ほど新たな注文は絶えている。

江戸に幕府が開かれてじきに百九十年になる。

戦のない太平の世となったのは喜ばしいが、剣術はまだしも弓術をたしなむ者は戦国の世に比べて大分減った。剣術道場でさえ経営が成り立たぬところが少なくなく、弓術道場は言わずもがなで、刈谷道場も内証は厳しいようだ。真一郎も父親の真吉（しんきち）と共に六年前まで矢師の看板を掲げていたが、矢作りのみではとても暮らしを賄い切れず、真吉の死を機に矢師を辞めるずっと前から、片手間に駄賃仕事を請け負ってきた。

「矢師だけじゃやっぱり食ってけそうにないですが、それでもまあ、また矢作りができるのは嬉しいです」

「うむ。私もお前が矢師に戻ってくれて嬉しいよ」

矢師を辞めた時に一度矢作りの道具を刈谷に売り払ったのだが、昨年の秋、小金を手にしたのちに思い立って買い戻し、それから細々と矢師の仕事を請け負うようになったのだ。

「手入れが終わったら思う存分引いていくがいい。そのために早くから来たのだろう？」

「そうなんで」

真一郎は矢師だが興味から弓を作ったこともある。また、幼い頃からあらゆる弓矢を手にしてきたから、弓と矢、どちらにも目が利き、手入れもお手の物だ。

暇潰しなら多香の勤める楊弓場・安田屋でもよかったのだが、弓士——否、「弓引き」としては、ちゃちな楊弓よりも並寸の的弓を引く方が断然面白い。加えて、刈谷道場なら無駄に金を使わずに済む。

道場の弓矢の手入れを一通り終えると、刈谷の厚意に甘えて、弟子の邪魔にならぬよう隅の方で九ツが鳴るまで射を楽しんだ。

帰りしなに六軒町の馴染みの蕎麦屋・一草庵で蕎麦をたぐり、通りすがりに見かけた貸本屋から黄表紙を三冊借りる。

別宅に戻ると、桃が早速飛んで来た。

「よしよし」

台所で煮干しをひとつかみ椀に入れると、真一郎は再び庭へ続く座敷の戸を開け放してごろりと横になった。

まずは桃に煮干しを一匹与え、己も一匹口にくわえてから、黄表紙を開く。

風はなく、ほどよく暖かい上に、昼下がりのうららかな陽光が庭の木々の影を縁側に映し出している。

「いい日和だな」

「にゃあ」

「煮干しもうめぇや」

「にゃあ」

桃と煮干しを分け合いつつ、真一郎はのんびりと黄表紙を繰った。

やがて傍らで寝入った桃につられるように、真一郎も舟を漕ぎだしたのだが――

「てっ！」

思い切り胸を蹴られて真一郎が飛び起きると、庭に飛び出す桃の背中が見えた。


「お桃！」

縁側まで走り出ると、庭の垣根の向こうを男が一人、桃に追われながら逃げて行く。

「なんだってんだ……」

つぶやきつつも草履をつっかけ、真一郎も急ぎ表へ出た。

が、男も桃も既にどこにも見当たらない。

「お桃ー。お桃やーい」

桃を呼びながら屋敷をぐるりとするも、桃の姿は見えぬままだ。

真っ昼間から盗人ってこたねぇだろうが……

男が逃げたのは何かやましいことがあったからか。それともただの猫嫌いか。

桃が追って行ったのは何かよからぬことを嗅ぎ取ったのか。それともただの遊び心か。

なんにせよ、戸締まりもせず屋敷を離れるのはよくないと、真一郎は一旦屋敷に戻った。

飽きたら帰って来るだろう——

そう楽観視して黄表紙を読み進めたが、半刻も経つと不安になってきた。

男を追いかけるのに夢中になって、見知らぬ土地まで行ってしまったのではないか？

あるいは、追いかけている途中で何かやんごとなきことが起きたのやもしれない。

また、春は猫の交尾が盛んな季節である。

雌猫は陰部に刺激を施すことで盛りをやり過ごすことができ、久兵衛たちからは今春の盛りは既に終わったと告げられていたが、獣のことゆえ間違いがないとは言い切れぬ。

どこかで色男——もとい、色雄猫を引っかけてんじゃねぇだろうな……

それならまだいいのだが、もしやあの男の目当ては桃そのもので、逃げる振りをして桃を誘い出したということもありうる。

昨年の皐月に捕まえた、三毛猫ばかりを狙った周治という猫殺しが思い出された。敲きに入墨の上で釈放された周治はその日のうちに両国橋から身を投げて死しているが、桃は久兵衛の飼い猫だけに、身代金目的の拐かしも充分考えられる。

「ううむ」

小さく唸って、真一郎は再び桃を探しに外へ出た。

「お桃ー。おーい、お桃ー」

桃の名を呼びながら浅草今戸町から北の橋場町まで流して行くと、通りすがりに顔見知りの店者がくすりとした。

「真さん、今日は桃売りかい？」

「いや、桃狩りさ。お桃——久兵衛さんちの三毛がいなくなっちまったんだ」

「そらあれだ。きっとそこらで盛ってんだろうよ」

にやにやする店者へ苦笑を返し、真一郎は大川端沿いを南へと折り返した。

「お桃ー。お桃ー」

莫迦の一つ覚えのごとく桃の名を連呼しながら、路地ごとに東西に折れて町中と大川端を交互に歩く。

別宅の近くまで来て再び東へ折れて大川端に出ると、半町ほど先の、ちょうど別宅の裏手にあたる川沿いに人が突っ伏しているのが見えた。

「おい！　どうした？」

駆け寄って抱き起こした男の身体はまだ温かかったが、顔を見てこと切れているのはすぐに判った。

助けを呼ぼうと真一郎が辺りを見回す前に、南側から——大分離れたところから男の声が短く叫んだ。

「人殺し！」

「えっ？」

「人殺しだ！」

「ち、ちが――」

真一郎が止める間もなく男はくるりと踵を返して、近くの長屋の木戸に飛び込んだ。

「殺しだと？」

「どういうことだ？」

男の声を聞きつけた長屋の者たちを始め、近隣の店者や通りすがりの者たちが北からも南からもぱらぱらと集まって来る。

「人殺し」

「こいつが殺したんだとよ」

「お、俺じゃねぇ」

必死になって打ち消すも、さざめく「人殺し」という言葉に呑み込まれていく。

あれよあれよという間に真一郎は番屋――自身番――に行く羽目になった。

「……という次第で、俺が殺したんじゃねぇんです」

ほどなくして現れた岡っ引きの又平に、真一郎は番屋の男たちに話したことを繰り返した。

浅草今戸町の番屋には家主の徳兵衛の他、番人の留次郎と芳助の合わせて三人が詰めているのだが、老齢の徳兵衛は名目ばかりで、壮年の留次郎と若年の芳助に仕事を任せて、大抵近所の我が家でのんびりしているらしい。「殺し」と聞いて慌てて出て来たものの、訊問は留次郎頼りで、今も又平の横でちんまりしている。

「うむ。おめぇが殺しをするような玉とは思えねぇが、証人がなぁ……」

「俺を人殺し呼ばわりしたやつですか？　ありゃ、ただの勘違いですや」

「だが、本人から話を聞いてみねぇうちはなんとも言えねぇ。まあ、もちっと待てや。そいつが見つかったら俺がすぐに話を訊いてやらぁ」

「やつが逃げたのが勘違いの証でさ」

男が飛び込んだ長屋の者たちは、男が指差すままに大川端に出たのだが、他にも見物人が集まる中、男自身はいつの間にかいなくなっていたらしい。又平と入れ替わりに留次郎と芳助は再び男を探しに出て行ったものの、あれからもう半刻ほどが経っていて、じきに六ツが鳴ろうかという刻限だ。

「てめぇが『人殺し』なんて騒いだせいで、大ごとになっちまったのが怖くなって逃げ出したんでしょう」

「いんや、よっぽどおめぇが怖かったんだろう。おめぇは背丈だけはあるからなぁ」

からかい交じりに笑って又平は続けた。

「店者みてぇだったってから、帰りを急いでいたのやもな」

「店者か……」

真一郎自身が動転していたのと、遠目で男がすぐに踵を返したために、真一郎は男の顔をよく見ていない。背丈や身体つきは並よりはやや高め太めだったような気がするも、どうもぼんやりとしか思い出せないのである。

「あの、又平さん。せめて縄を解いてもらえやせんか？」

下手人扱いゆえに真一郎は後ろ手に縄で縛られ、両手首には手錠が、その手錠は鎖で壁に取り付けられたほた――鉄の輪――につながれている。

「そいつぁできねぇ相談だ。判ってねぇなぁ。勘違いだろうがなんだろうが、逃げた男が言った通り、こいつは殺しだ」

「はあ」

「おめぇ、ほんとにあの男を知らねぇのかい？」

「知らねぇですね」

又平が顎をしゃくったのは腰障子の向こうの番人たちが詰めている三畳間だが、その更に向こうの表の玉砂利には筵に包まれた亡骸がある。亡骸の男は背丈が五尺三寸ほど、鶯色の着物に濃藍の帯を締めていてどちらも値の張る物ではない。腰物はなく、又平と留次郎がざっと検めたところ、懐に手ぬぐいが挟まれていただけで財布も持っていなかった。

「首に太い痣が出てっからよ、ありゃあ後ろから殺られたな。おそらくこう、腕で首を絞められて……」

言いながら又平は己の右腕を喉元へ回した。

「そんな真似、俺にはできませんよ」

「そうか？　おめぇならそう力を込めずとも、吊り下げるだけで締められそうだがなぁ」

「と、とんでもねぇ」

男は見たところ真一郎と変わらぬ三十路前後と思われたが、身長差に加え、身体つきも細い方だから特に鍛えていない真一郎でも抱え上げることはできるだろう。だが「火事場の莫迦力」ともいうように、人は非常時には思わぬ力を振るうものだ。又平が言うように「吊り下げ」られれば、男は相応に抵抗したに違いない。

「俺が抱き起こした時、やつの着物はちっとも乱れていやせんでした。ですから、不意に当て身でもくらわされた上で絞め殺されたんじゃねぇでしょうか？　そうは見えなかったが、もしも首の骨が折れてるようなら、剛力に一瞬にして殺られたってことも――」

「だから、おめぇがその剛力じゃねぇのかい？　おめぇはなんたって、ほれ、あの久兵衛さんの用心棒だからなぁ」

にやにやする又平は、真一郎が弓術の他は武芸の心得がなく、はったりだけの男だととうに知っている。

「勘弁してくだせぇ」

　真一郎が眉尻を下げたところへ留次郎と芳助が戻って来たが、証人の男は見つからぬままだという。

「すまねぇな」と、同情交じりに留次郎が言った。

　橋場町の舟宿・おいて屋や渡し場までよく出かける真一郎には、留次郎や芳助は見知った顔だ。留次郎たちもまた、久兵衛の用心棒として真一郎のことを見知っていたようだ。

「明日にはなんとかしてやっから、今日のところは諦めろ」と、又平。

「そ、そんな……困りやす。お桃も行方知れずのままだってのに」

「屋敷は戸締まりしてきたんだったな。じゃあ、六軒長屋には、俺がこれからことの次第を知らせに行ってやろう。お桃のことは大介かお多香さんにでも頼んどいてやらぁ」

「うう……」

　出て行く又平を恨めしげに見送ると、夕餉前の腹が派手に鳴った。

　思わず腹を見やった真一郎の耳に、六ツの捨鐘が聞こえてきた。


　否応(いやおう)なく番屋に留め置かれた真一郎は、翌日の四ツ過ぎに釈放された。

　件(くだん)の証人はいまだ見つかってはいない。だが、朝早くから辺りを訊き込んでいた又平や留次郎のもとへ、町の者が幾人か桃を探す真一郎の姿を見たと申し出て来たのに加え、龍之介という船頭が新たな証人として真一郎の言葉を裏付けた。

龍之介は昨日の夕刻、渡し場から南へ漕いでいて、「なんだかにょっきりした男」――つまり真一郎――が大川沿いを駆けて行き、倒れていた誰かを助け起こしたのを船上から見たというのである。

七ツ半頃という刻限からしても、真一郎のことに違いなかった。

「た、助かった」

「うむ。運が良かったな、真一郎」と、又平。

桃も騒ぎののちに家に戻っていたようで、又平に言われて別宅を訪ねた大介が無事を確かめ、ついでに泊まり込んだという。

「真さん、どうする？　まずは飯でも食いに行くかい？」

又平と共に番屋にやって来た大介が問うた。

「いや、まずは風呂に入りてぇや。――留さん、芳さん、どうも世話になりやした」

留次郎も芳助も、何かの間違いだろうと、初めから真一郎に同情的だった。昨晩も今朝も握り飯を食べさせてくれ、縄付きだったが厠へも嫌な顔をすることなく都度連れて行ってくれた。徳兵衛だけは半信半疑で、真一郎を避けるように夜も――これはいつものことらしいが――己の家に帰っていて、朝も顔を出してすぐに「見回り」と称して番屋を出て行った。

「濡れ衣が晴れてよかったなぁ」と、芳助。

「ええ、もう番屋はこりごりですや」

真一郎が盆の窪に手をやると、留次郎が笑って言った。

「まあそう言わずに、またいつでも訪ねて来いや」

湯桶と羽書――月極の湯屋への手形――を取りに長屋へ戻ると、井戸端に多香がいた。

「おや、もう出て来られたのかい？」

「たりめぇだ。まったく濡れ衣もいいとこさ」

「ふ、ふ、あんたが人殺しなんて――そんな玉じゃあないのは町の者なら皆知ってるよ。けれどもあんな風に騒ぎになっちゃねぇ……気の毒に、お鈴はあんたを案じて昨晩はなかなか寝付けなかったみたいだよ」

そう言う多香はしっかり眠ったようで、いつもと変わらぬ色艶だ。泣いて喜んでくれるとは思わなかったが、労りの言葉くらいは――あわよくばひとときの「慰め」でも――と期待していた真一郎はやや気落ちした。

「そら悪いことをしちまったな。だが、気の毒なのは俺も同じだ。これを見ろ」

多少の温情があったとはいえ、一晩中後ろ手に縛られていた真一郎だ。両手首を差し出して手錠の痣を見せるも、多香は小さく鼻を鳴らした。

「やってもいない罪で捕まるなんて、間抜けたことをするからさ」

「けど、お多香」

「器用者のくせして、変なところで不器用なんだから……まあ、『人殺し』なんて軽々しく決めつけちまうやつも、『人殺し』と聞いて考えなしに騒ぎ出すやつらも大概だがね。おっと、そろそろ出ないと遅れちまう」

肩をすくめて、多香は真一郎が言い返す前に木戸を出て行った。

「ちぇっ」

真一郎が舌打ちすると、多香と入れ替わるように錠前師の守蔵がのっそりと外に出て来た。

「お白州に行く前に放免になってよかったな、真一郎」

「ええ。町のみんなと龍之介ってやつのおかげでさ」

船頭の証言があったことを告げると、守蔵はほっとした様子で頷いた。

「そら運が良かった。いや、そもそも運が悪かったのか。お多香の言葉じゃねぇが、よく確かめもせず、他人を人殺し呼ばわりして逃げやがるたぁあんまりだ。これでおめぇが打首にでもなったら、今度はそいつが人殺しになるってのに」

「まったくですや。無実の罪で打首なんてごめんでさ」

「おめぇは肝が据わってっからいいけどよ。人助けをして人殺し呼ばわりされちゃたまらねぇ。並の者なら番屋に連れてかれただけでも、相当参っちまうだろうよ」

「俺も何やら身がすくみやしたぜ。みんなして俺を『人殺し』と呼ぶもんだから……」

又平や番人を始め、浅草今戸町でも顔見知りがいたのは幸いだった。だが、これが見知らぬ町での出来事だったらと思うとぞっとせずにいられない。

大介と共に日の出湯(ひでゆ)に行き、湯船でじっくり身体を解きほぐしてから二階へ上がった。湯屋の二階の多くは、主に男たちのくつろぎの会所となっている。

「よう真さん、災難だったな」

「もう儂らみんな、驚いたのなんの」

真一郎が人殺しと疑われたことは既に町の噂(うわさ)になっているらしい。

「いやもう、散々でしたや」

「よりにもよって、久兵衛さんの留守によぅ」

大介と口々に言いながら座り込むと、真一郎は皆にことの次第を語った。

「だがその亡骸は、お梅さんちの裏手で見つけたんだろう？」

「ええ」

「そいつはお桃に追っかけられた男とは違うのかい？」

「違いやす。いくらなんでもそら出来過ぎですや。後ろ姿しか見てねぇですが、お桃が追いかけてったやつは、亡骸の男よりもずっと逞(たくま)しい身体つきをしてやした」

男の後ろ姿を思い出しながら言うと、大介がくすりとした。

「もしもおんなし男だったらよ、真さんはますます疑われてたに違(ちげ)ぇねぇ。これでもあの久兵衛さんの用心棒だからなぁ、真さんは」

「これでもたぁなんだ、大介」

「だって、怪しい男の一人や二人、真さんならあっという間にのしちまえるだろう？　ほら、霜月にも楽土屋の二人をさ……」

　昨年の霜月、楽土屋という一度は潰れた阿片窟を再び興そうとした二人の男が、預かり物の箱を奪おうとして長屋に押し入ってきたことがあった。この二人の男をお縄にしたのは真一郎だが、真一郎は文字通り縄で二人を縛り上げただけで、実際に男たちをやり込めたのは武芸の心得もある多香である。だが多香を始め、長屋の皆が特に語らなかったため、二人を捕らえたことはなんとなく真一郎の手柄になっていた。

「おお、そういやそんなこともあったなぁ」

「真さんもやるときゃやるんだよなぁ。流石、久兵衛さんは人を見る目があらぁ」

皆が口々に言うのを聞いて、大介が「ひひひ」といたずらな笑みをこぼす。

「あ、ありゃ、たまたまでさ」

謙遜しながら大介を小さく睨みつけ、真一郎はひととき皆との世間話を楽しんだ。

昨晩の猫守代として大介に蕎麦を馳走すると、湯桶と羽書を置きに長屋へ戻る。

大介の注文した天麩羅蕎麦は三十二文で、久兵衛からもらう一朱とは比べものにならないが、神田と上野に一人ずつ、吉原にも冬青という馴染みの女がいる大介は、贈り物や小遣いに事欠かない。ゆえに、大介もまた金にあまり執着がなかった。木戸に掲げられた大介の名札には笛師と記されているものの、笛は三月に一本作ればいい方だ。

――ちょっぴり働き、たっぷり遊ぶ――

以前、そう真一郎に言った通り、真一郎より自由気ままな大介は、今宵は上野の女のもとで過ごすという。

なぁに、俺にはお桃がいるさ……

負け惜しみのごとく胸中でつぶやき、上野へ向かう大介とは木戸の前で別れた。

別宅へ足を向けながら、真一郎はつい先ほど日の出湯の二階で聞いた話を思い出した。

ほんの五日前、やはり別宅の庭を覗き込んでいた男を見たという者がいたのである。背格好からして真一郎が見かけた――桃が追いかけて行った――男と同じ者と思われた。

亡骸の男がどうして殺されたのかも興味があるが、少なくとも二度は別宅を覗いていた男の方がより気にかかる。

別宅に帰ると、脱いだ草履を揃える間に桃がやって来て、真一郎の背中に飛び乗った。

「こら、お桃」

背中へ伸ばした手からは逃れたものの、すかさずすり寄って来る様が愛らしい。

「帰って来ねぇから心配したぞ」

「にゃっ」

「……帰って来なかったのは俺の方か。すまねぇ、あれから散々だったんだ」

「にゃあ」

昨日と同じく台所で煮干しをひとつかみ椀に入れ、桃をいざなって座敷へ向かう。

大介は茶の間で寝起きしただけらしく、読みかけの黄表紙はそのままだ。

庭への戸を開いて横になり、これまた昨日と同じく、本を片手に桃と煮干しをつまんだ。

鈴より図太い真一郎は番屋でもそれなりに眠れたが、後ろ手に縛られていただけに深い眠りは得られなかった。ほどなくして真一郎はうとうとしだしたが、一刻ほどしておぼろげに七ツを聞いた矢先、傍らの桃が低く唸った。

さては昨日の男が戻って来たのかと、素早く起き上がって庭を見やると、昨日の男とは似ても似つかぬちんまりとした男が垣根越しにこちらを窺っている。

「なんだ。重太郎さんか」

「なんだとはなんだ」

真一郎のつぶやきを聞いて重太郎はしかめ面になった。

重太郎は久兵衛の長男にして両備屋の現店主だ。細身の久兵衛より肉付きはいいが、背丈は五尺余りと久兵衛とほとんど変わらない。

「久兵衛さんなら、お梅さんと飛鳥山へ花見に行きましたよ」

「む……」

「あさっての夕刻には戻られますが、何か急ぎの用事ですか？」

「お前さんにはかかわりのないことだ」

「はあ……せめて茶でも飲んでいきませんか？　今、支度しますから」

「何が悲しくて、お前さんとさしで茶を飲まねばならんのだ」

「その、ちと訊きたいことがありまして」

「訊きたいことだと？」

玄関先から庭へ回って来ると、重太郎は縁側から座敷に上がった。

桃は重太郎が苦手なのか、反対に茶の間の方へと逃げて行く。

「まだ陽も高いのに、いい身分だな」

黄表紙と空の椀をじろりと見やって重太郎が言った。

「こ、これが仕事なんですよ。久兵衛さんたちがお留守の三日間、お桃の世話を仰せつかったんです」

「ふん。仮にも用心棒なら庭で竹刀でも振ったらどうだ？　ああ、お前さんは剣術よりも弓術が得意なんだったな」

「そ、そうなんです」

仮にも、と言われて思わずどきりとしたが、京橋の南に住む重太郎にはまだ己が名ばかりの用心棒だとばれていない筈であった。剣術どころか喧嘩もからきしの真一郎だが、弓術の腕前は花見の宴ののちに久兵衛が自慢したらしい。

「茶はいらん。訊きたいことというのを早く言え」

「はあ」

互いに膝を揃え、端座して向かい合っているのだが、一尺ほども背丈が違うゆえに、どうしても重太郎が見上げて、真一郎が見下ろすことになる。

「早く言わんか」

「すみません。その、近頃どうも怪しい男がこの屋敷を窺っているようでして……」

「怪しい男だと？」

「はい。私は後ろ姿しか見ていないんですが、背丈は五尺四、五寸……肩は広く、背中や腰はがっちりしてました。逃げ足も思ったより速くて、お桃に追われてあっという間にいなくなってしまいまして」

五日前にも町の者が同じ男を見かけたことを話すと、重太郎は「ううむ」と眉根を寄せた。

「それで、久兵衛さんからは何も伺っていないんですが、重太郎さんに誰か心当たりがないものかと思いまして」

「……甚五郎かもしれん」

「えっ？」

こうも容易く名前を聞くとは思わず、驚きがつい声に出た。

「月初めに親父が暇を出した通いの者で、お前さんが言ったような五尺四、五寸のがっちりとした、武芸者のような身体つきをしていた。昨年、口入れ屋の口利きで雇い入れてまだほんの一年だったんだが、なんだかしらんが親父の癇に障ったようでな。藪入りの後くらいから辞めさせると言ってきたんだ。それなら弥生の頭にでもと私は言ったんだが、今年は閏二月があるから弥生まで待つことはない、と」

商家の奉公人は主に十代から長く勤め上げる年季奉公人だが、口入れ屋からの紹介は、年季奉公を終えた者や出稼ぎの者など半年や一年で交替する出替奉公人が少なくなく、弥生の四日五日は年季交替の日とされている。

「甚五郎は算術が得意で――まあ、うちに算術が不得手な者はいないが――仕事ぶりはけして悪くなかった。ゆえに訳を問うてみたのだが、『そのうちに』と誤魔化されたままだ。まったく親父ときたら、隠居した身だというのにいまだ店のことにあれこれ口出しを……」

今は己が主だという自負があるのだろう。むくれる重太郎の気持ちも判らないでもなかったが、久兵衛から見ればまだまだ頼りないのやもしれない。

「久兵衛さんのことですから、何か思惑があったんでしょう」

「あたり前だ。――ああ、親父には私が訪ねて来たことだけを伝えるのだぞ」

どこの馬の骨か判らぬと、初会から真一郎に対して嫌みの絶えない重太郎だが、両替屋の主ともなれば、真一郎の思いも寄らぬ苦労があるのだろう。

むくれ顔を取り繕おうとする重太郎が可笑(おか)しかったが、顔に出さぬだけの分別はある。

重太郎を表まで見送ってから、ぼんやり庭の垣根を眺めていると又平の声がした。

「おおい、真一郎!」

振り向くと尻っ端折(ぱしょ)った又平が駆けて来る。

「どうしやした、又平さん?」

「どうしたもこうしたも」

「もしや昨日の下手人が見つかったとか?」

一つ大きく息をつき、乱れた息を整えると、又平は真一郎を見上げてにやりとした。

「おう、見つかったのよ」

「そりゃよかった。——して、そいつは何者で?」

「うむ、そいつはお前だ、真一郎」

「はあ?」

「さ、まずは番屋で話を聞こうか。ああ、お桃が逃げちまわねぇように、さっさと戸締まりしてくるがいい」

「あ、あの——」

「いいからいいから、話は後だ」

ちっともよくねぇ――

だが又平に促されるまま戸締まりを済ませると、真一郎は再び番屋へ向かった。


又平に引っ立てられるように番屋に着くと、留次郎がなんともいえぬ顔をして縄と手錠を手に取った。

「いつでも訪ねて来いとは言ったが、まさか半日も経たねぇうちに戻って来るたぁ……」

「留さん、これも何かの間違いですや」

溜息交じりに留次郎は、昨晩と同じく肘から先が利かぬよう真一郎を縄で縛り上げ、後ろ手に手錠をかける。

鎖でほたにつながれてから、ようやく又平が事情を明かした。

殺された男は作造という名で、山川町の高利貸・藤田屋の店者にして、なんと両備屋の元奉公人だという。

「両備屋の……」

「おう。作造は何やら、久兵衛さんの鶴の一声で両備屋から暇を出されたそうでな。藤田屋の同輩に久兵衛さんへの恨みつらみをよく話していたそうだ」

つい先ほど重太郎から聞いた甚五郎という男を思い出したが、作造が両備屋を追い出されたのはもう十年余りも前のことらしい。

「それで？」

「それで、おそらく久兵衛さんへの積年の恨みを晴らそうと別宅に忍び込んだところ、てめぇに返り討ちに遭ったのだろう」

「ば、莫迦を言わねぇでくだせぇよ。俺は殺しちゃいません。ほら、龍之介って船頭が俺が作造の亡骸に駆け寄るところを見たって……」

「おう。だが此度（こたび）は別の証人が、別の申し立てをしてきたんだよ」

「別の証人が……？」

「うむ」と、応えたのは留次郎だ。

留次郎曰（いわ）く、真一郎が釈放されてほんの二刻ほど——八ツ過ぎに布部（ぬのべ）当麻（とうま）という侍が番屋に現れた。布部は馬喰町（ばくろちょう）に住む浪人で、今は瓦町（かわらまち）の元結（もとゆい）屋・弘前（ひろさき）堂で通いの用心棒として雇われているという。この布部が昨日の七ツ半頃、渡し場から両国橋まで舟に乗り、その際船上から大小二人の男が取っ組み合っているのを見たと言うのである。

「一人は六尺ほどで藍鼠（あいねず）の、もう一人は五尺三、四寸の鶯色の着物を着てたってんだ」

背丈も着物の色もまさに昨日の真一郎と作造に一致している。

「そんな莫迦な。そりゃただの偶然か、じゃなけりゃ真っ赤な嘘（うそ）ですや」

「だが、浪人とはいえ相手は侍だぞ？　そう軽々しく嘘つき呼ばわりはできんでな」

「侍だから嘘をつかねぇってこたねぇですぜ。そもそも、そのお人はどうして舟に？」

「布部さんは弘前堂では金蔵の夜番が主な仕事でな。昨日は昼見世の後、空合がよかったから大川端まで歩いて、ちょいと舟に乗ろうと思い立ったそうだ。せっかく気持ちよく春の名残を楽しんでいたというのに、無粋な争いが見えたからついじっと睨みつけてしまった、遠目ゆえに顔はよく見えなかったが、背丈や着物は間違いない、と」

　弘前堂は間口十間の大店で、両国広小路や浅草御門から近いからか、通りすがりにも繁盛しているのが窺える。だが、金蔵の夜番を雇うほどの豪商とは真一郎は知らなかった。

　布部は昨夜、夜番につく前に弘前堂で大川端での殺人を耳にして、己が目にした者たちを思い出した。下手人はすぐに捕まったとも聞いたのだが、気になって番屋まで出向いて来たところ、下手人と思しき真一郎は既に釈放されていた。

「お前さんを放したのは早計だったと責められてなぁ……」

「ううむ」

　真一郎は唸ったが、なんにせよ、身に覚えのないことである。

「け、けど、俺ぁ殺しちゃいねぇんで……藍鼠の着物なんて珍しくありやせん。そのお侍の言うことが本当なら、俺と同じくらいの背丈で藍鼠の着物を着たやつが他にもいた筈です」

「おめぇほど背丈のあるやつなぞ、そうそういるものか」と、又平。

「で、でも龍之介が」

「作造は一度はお前から逃れたが、転んだ隙に追いつかれ、そののちとどめを刺されたってぇことも……着物が乱れていねぇとおめぇは言ったが、それもおめぇが自分で直したんじゃねぇのかい？」

「又平さん」

「冗談だ、真一郎。けど、留さんの言い分じゃねぇが浪人とはいえ相手は侍、それにあの弘前堂の雇い人とあらばおめぇを野放しにしてはおけねぇのよ。なんせほれ、おめぇは腕利きの用心棒だからよぅ」

　岡っ引きにふさわしい強面（こわもて）の又平と、童顔で美形の大介の顔かたちはまったく違うにもかかわらず、「ひひひ」と笑みを漏らす様はどこか似ている。

「まあ、明日にはなんとかしてやっから、今日のところは諦めろ」

「昨日も同じ台詞（せりふ）を聞きやした」

「うん？　そうだったか？　ああ、そういやお桃の世話役がいるんだったな」

「そうなんでさ。大介は今宵は上野泊まりで留守なんですや」

「そんなら、お多香さんか守蔵さんにでも頼んでみるさ。お前は案ずるこたぁねぇ」

「けど、今宵は白飯に鰹節をたっぷり交ぜようと……」

「お桃の飯か。そいつもちゃんと伝えといてやらぁ」

「うう……」

うめく真一郎を捨て置いて又平が番屋を出て行くと、留次郎が苦笑を浮かべた。

「すまねぇな、真さん。あいにく今宵も塩むすびしかやれねぇぜ」


同夜──

ふと鼻に何かが触れて、真一郎は目を覚ました。

「しっ」と、小さくも鋭い声がして闇夜に思わず息を呑む。

身体を起こして目を瞬くと、人差し指を唇の前に立てた多香と目が合った。

腰障子で隔てられた隣りの三畳間からは軽いいびきが漏れ聞こえてくる。

「お多香」

囁き声で名を呼ぶと、薄闇に多香も囁き声で応えた。

「留次郎さんは木戸番と話し込んでる。芳助さんには眠り薬を含ませたから、ちょっとやそっとじゃ起きないだろうけど、大きな声は出すんじゃないよ」

町木戸が閉まる四ツまでは留次郎や芳助ととりとめない話をしながら起きていたのだが、四ツ過ぎにうとうとしだした芳助につられて、真一郎もいつしか眠りに落ちていた。徳兵衛は今宵も六ツ過ぎに帰宅している。

自身番と木戸番は大抵道を挟んで設けられていて、木戸番は住み込みで人の出入りを見張る他、町の保安や警火、夜警を担っている。徳兵衛ほどではないが木戸番の二人も高齢ゆえに、留次郎や芳助は己の退屈しのぎも兼ねてほぼ毎夜、代わる代わる木戸番屋を訪ねて手伝っているのだと、昨晩のうちに真一郎は聞いていた。

真一郎が頷くと、多香は改めて後ろ手に縛られたままの真一郎を一瞥(いちべつ)してくすりとした。

「二日続けて番屋にしょっ引かれて、今度こそお白州行きかもしれないってのに、よくもまあ呑気(のんき)に眠れるもんだ」

「なんにもできねぇ時は寝るに限るさ。又平さんが、明日にはなんとかしてくれるって言ってたしよ」

「ふふ、その又平さんから話を聞いたよ。厄介な証人が現れたもんだね」

真一郎の隣りに座り込んで多香は言った。

「そうなんだ」

「真さんはその布部って浪人に心当たりはないんだね？」

「少なくとも名前には。けど、もしかしたら……」

「もしかしたら？」

「ああ、いや、布部は知らねぇが別宅の庭を覗いていた男がいてよ。そいつはもしかしたら甚五郎って名で、先だって両備屋――久兵衛さんから暇を出されたやつかもしれねぇ」

庭を覗いていた男のことは、多香は又平からも大介からも聞いていたようだ。だが、重太郎が教えてくれた甚五郎のことは流石に知らなかった。

「久兵衛さんが直々に暇を出したってなら、何か裏がありそうだね」

「ああ」

「もう一人の、あんたを人殺し呼ばわりした男は見つからないままなんだってね」

「うむ」

「まあそいつが見つかったとしても、真さんには不利なだけか」

「でも、あいつは殺しの場は見ちゃいねぇんだぞ。布部だって――俺じゃあねぇが――取っ組み合いを見ただけだ」

「そこさ。『人殺し』なんてそう軽々しく口にできることじゃない。あんたが駆けつけた時、作造の亡骸はまだ温かかったんだろう？　とすると、その男はもしかしたら本当に作造が殺されるのを見たのかもしれないよ。布部の言い分が本当なら、下手人は藍鼠の着物を着た六尺の男だ。よっぽど身体つきや顔つきが違わない限り、下手人とあんたを見間違えてもおかしくないだろう？」

　男は殺しを目撃して一度は逃げたが、思い直して引き返したのではないか？　だが、下手人は既に去った後で、代わりに――運悪く――駆けつけた真一郎を下手人と思い込んだのではなかろうか――というのである。

「けど、そんな偶然が……？」

「だとしたら不運極まりない男だね、真さんは」

愉(たの)しげに応える多香が小憎らしい。

「それから、作造の亡骸は藤田屋が引き取ってったって聞いてさ。こっそり見に行ったんだけど、私はあの男を知ってるよ」

「えっ」

　やや声を高くした真一郎を、「しっ」と多香はたしなめた。

「静かにおしよ」

　肩に手をかけ、耳元に唇を寄せた多香の囁き声が耳朶(じだ)を嬲(なぶ)る。

　思わず身じろぎすると白い胸元が闇に揺らいで見えて、真一郎は慌てて目をそらした。

「す、すまねぇ」

「知ってるっていっても、一度顔を見ただけだけどね」

　肩をすくめて多香は言ったが、一尺と離れていないその身からは触れずしてぬくもりが感ぜられ、微(かす)かな、香とは違う甘やかな匂いが真一郎の鼻をくすぐる。

「そ、そうか」

「二月ほど前に今戸町(いまどちょう)の屋敷をこっそり訪ねて来た男だ。私はちょうど離れにいてね……何やら久兵衛さんに文のような物を渡してたけど、恨みがましい様子は見られなかった。身体つきからしても、庭を覗いていた男じゃなさそうだね」

多香は面打ちの荒彫りから中彫りと、大まかな彫りは大福寺にて、漆塗りや色付け、研磨、毛付けなどの細かい仕事は別宅の離れで仕上げている。

「うん、それだけははっきりしてら。だが、作造が久兵衛さんちに出入りしてたってんなら、昨日――いや、もうおとといか――も久兵衛さんを訪ねて来たのやもな」

「そうなんだよ……でも又平さんから聞いた限りじゃ、作造は何も持っていなかった。殺される前に久兵衛さんを訪ねたのなら、あんたがお桃を探していた時分だろうから、屋敷には誰もいなかった筈だ。もしや置き文でもないかと思って、夕刻にちょいと屋敷の周りを探してみたけど、それらしき物は見当たらなかったよ」

「流石お多香。抜かりがねぇな」

真一郎はいまだ多香の素性を知らないが、表向きは矢取り女、本職は面打師の多香はそこらの男たちより武芸に秀でている。今宵とて番人に「眠り薬」なるものを仕込み、このように夜半に番屋に忍び込んでくるなぞ、並の女でないことは明らかだ。

「久兵衛さんには世話になっているからさ、怪しいやつは放っておけないよ。まあ、此度は文はなかったのかもしれないし、財布も持ってなかったってんなら、下手人は物盗りで、文も財布と一緒に持って行っちまったのかもしれないね。けれどもなんだか気にかかる……」

どうやら多香は、真一郎よりも久兵衛を案じているらしい。

ちぇっ……

少しばかりふて腐れてから、気を取り直して真一郎は問うた。

「——今夜はお多香がお桃の世話を？」

「いや、守蔵さんに頼んだよ。お鈴は慣れない家に泊まるのは危ないし、私はほら、こうしてあんたに訊きたいことがあったしさ……」

ふっ、と目を細めた多香に、真一郎は小さく喉を鳴らした。

真一郎がつながれている板間に灯りはなく、隣りの三畳間の有明行灯が腰障子越しにうっすらと部屋の上半分を照らしているのみだ。床に座り込んでいる真一郎たちは薄闇に包まれているのだが、夜目が利く真一郎には既に多香の姿が——殊に白い肌が——しかと見える。

下肢に疼きを覚えて、真一郎は覗き込むように多香を見つめた。

「お多香」

「なんだい？」

隣りからは、芳助の大きな寝息とも小さないびきともとれる音が続いている。

ぐっすり眠り込んでいるようだと判じると、真一郎は逸る己を抑えきれなくなった。

「その……この俺でも、二晩もこうしてつながれて過ごすってのは、なかなかこたえるものがあってだな」

「そりゃそうだろうよ。常人にはまずないことだもの」

「うむ。やってもいいねぇ殺しのそしりを受けるってのは、なんとも心憂いもので……まさかとは思うが、もしやこのままお白州でも濡れ衣を着せられちまうんじゃねぇかと、今になって気が気じゃなくなってきた」

同情を引くべく言ってみると、多香はちらりと三畳間と表を窺い——それからそっと真一郎の胸の縄に触れた。

「そうだねぇ……」

真一郎を見つめながら、縄伝いに胸から腕、背中、手錠まで思わせぶりになぞると、多香は手錠の隙間に指先を差し込んできた。昨晩の痣が微かに痛んだものの、手首に触れた多香の指はいつもながら少しひんやりしている。

手錠の隙間にみっちり挟まれた多香の指がゆっくり動いて、股間がますます固くなる。

顔を近付け、真一郎の肩に頰を乗せるようにして多香が囁いた。

「まさかとは思うけど、お白州でも濡れ衣を着せられちまったら、こうしてあんたと過ごすのも、今宵で最後かもしれないね……」

「そうともお多香」

ここぞとばかりに真一郎は勢い込んだ。

「だからせめて最後の情け——いや、ひとときの慰め——いや、くつろぎをだな……うん？最後だなんて縁起でもねぇ」

はたと真一郎が我に返ると、多香は「ふふん」と鼻を鳴らして手錠から指を引き抜いた。

「そうとも真さん。最後だなんて縁起でもない。私はそろそろ退散するから、あんたは明日に備えてしっかり眠りな」

張り詰めた一物を着物の上から一撫でると、多香は立ち上がった。

「ま、待て、お多香」

引き止めたくとも、ままならぬ己が身が恨めしい。

「ふふ、お休み、真さん」

「そんな殺生な……」

悲嘆に暮れる真一郎をよそに、多香はするりと闇夜に消えて行った。


翌朝、何やら締まりのない顔をした芳助が、真一郎のいる板間を覗いた。

「お早う、真さん」

「お早う……」

芳助はあのまま、暁七ツが鳴るまで眠っていたらしい。

「留さんばかりに夜番を任せちまって悪かったけどよ、昨夜は夢見がよくてなぁ。枕元に呼出のごとき——いや、呼出も目じゃねぇ天女さまが現れて、神饌のおすそ分けだと、あま~

い干菓子をこう、その手で直に食わせてくれて……」

「……そうかい」

呼出というのは、かつての太夫に匹敵する吉原の上級遊女だ。

多香が含ませた眠り薬がなんだったのか、どう含ませたのかを真一郎は知らないが、少なくとも芳助はいまだ夢見心地のようである。

留次郎は徳兵衛と入れ替わりに一旦家に帰り、一眠りして昼過ぎに再び番屋にやって来たが、真一郎はつながれたままだった。

「又平さんはなんと？」

「まだ、こっちには来てねぇです」

留次郎が問うのへ芳助が応えて、二人して同情の目を真一郎に向けたが、徳兵衛だけはどこ吹く風で見回りに出かけて行った。

八ツを過ぎても又平はおろか、長屋の皆も現れない。昨晩訪れた多香や上野泊まりの大介はともかく、守蔵か鈴は己を案じて顔を出してくれるだろうと思っていただけに、真一郎はうなだれた。

折しも外はあいにくの曇り空で、留次郎たちを始め、所用で番屋を出入りする者たちも言葉少なだ。どんよりと更に一刻余りが経ち、七ツ半になろうかという頃になってようやく又平がやって来た。

「又平さん！」

思わず腰を浮かせると、又平の後ろには定廻り同心の田中忠良の姿があった。

「真一郎、神妙にしろ」

「へっ？」

「これからお前を大番屋に移す」

「えっ？」

大番屋は別名「調番屋」ともいい、ここで役人による取り調べの上、「嫌疑あり」と判じられると牢屋敷へと送られる。

留次郎たちも驚いたようだが、同心の田中の命には逆らえぬ。

「今少し探ってみてくだせぇ。作造を殺ったのは俺じゃねぇ。誰か他の……」

「うるせぇ。黙ってきりきり歩きやがれ」

縄につながれ、町の者の好奇と同情の目にさらされながらも真一郎は訴えたが、又平はそっけなく、田中も無言のままである。

が、ほどなくして六軒長屋の木戸が近付くと、又平が口を開いた。

「田中さまのお情けだ。長屋の皆に会ってゆけ」

又平に押されるように木戸をくぐり、通りから見えぬ井戸端まで来ると、背後でぷっと又平が噴き出した。

振り向くと、又平の隣りで田中も苦笑を浮かべている。

「どうでぇ、真一郎。流石のおめぇもちったぁ肝が冷えたろう？」

「ま、又平さん？」

啞然とした真一郎から手錠と縄を手際よく解くと、又平は木戸の反対側へと促した。

久兵衛長屋が「六軒長屋」とも呼ばれる所以は、六軒町にあるという他、左右に三軒ずつ六軒しかない長屋だからだ。二階建てでもなく、こぢんまりとしたこの長屋には出入り口となる木戸が一つしかない。反対側の表店は裏庭のある鶴田屋という旅籠で、鶴田屋と長屋の境の板塀には火事や洪水などの非常時に備えて戸口が設けられているものの、いつもは店側から閂がかけてある。

「ぐずぐずしてる暇はねぇ。六ツまであと半刻しかねぇからな。詳しい話は今戸町の屋敷で聞きな。――おおい、頼む」

又平が戸口の向こうへ声をかけると、待っていたかのように戸が開かれた。

「言われた通り、駕籠を用意しておきました」

まだ数回しか見かけたことのない鶴田屋の主の三蔵が、真一郎を見上げて微笑んだ。

「何やら知りませんが、うまくいくといいですな」

「はあ……」

「おめぇは目立つからなぁ。屋敷に着いたら、人目につかねぇようにこっそり忍び込んだぞ。俺と田中さまも追ってゆくゆえ」

「へぇ」

訳が判らぬまま鶴田屋の店先につけた駕籠に乗り込むと、駕籠は大川沿いを小走りに駆け、別宅の裏手につけた。三蔵に前もって告げられていたらしく、駕籠舁（か）きの一人が裏庭から声をかけると、ひとときと待たずに大介が縁側から手招いた。

「真さん、早く」

裏庭からそっと屋敷に上がると、座敷の方から鈴が奏でる胡弓（こきゅう）が聞こえる。

大介は茶の間に真一郎を促し、襖（ふすま）戸の隙間から座敷へ「真さんが来た」とだけ囁いた。

鈴の傍らで寝そべっていた桃は真一郎の方へやって来たが、鈴はちらりと振り向いたのみで、手を休めることなく胡弓を弾き続けている。

「大介、一体――」

座るが否や、大介が口を開いた。

「お多香さんが言うには、作造を殺ったのは甚五郎ってやつらしい」

「甚五郎が？　じゃあやっぱり庭を覗いていたのは甚五郎か？」

「おそらくだがな。甚五郎は作造を追ってここへ来たが、二度とも作造を見失って庭を覗いていたんじゃねぇかと……」

「甚五郎が恨んでいたのは久兵衛さんだろう？　やつがどうして作造を？」

「甚五郎ってのは、実は藤田屋の間者だったのさ」

「間者？　甚五郎が？　藤田屋ってのは作造が働いてた高利貸じゃねぇのかい？」

「それが、甚五郎も藤田屋の者だったのさ」

「うん？」

「つまりだな……」

　順繰りに話し始めた大介曰く、なんと多香は昨夜、番屋を出た足で王子まで出向いて、明け方久兵衛と話して来たという。

「まず、久兵衛さんが作造に暇を出したのは昔の話で、まだ十六だった作造が両備屋の金をちょろまかそうとしたからだとよ。久兵衛さんは作造がそうする前に気付いて盗ませず、けど、しとげてなくてもその心がけがよくねぇってんで、作造は両備屋を追われたのさ。作造はしばらく久兵衛さんを恨んだが、やがて改心したそうで、おととし、浅草で久兵衛さんとばったり再会してからは久兵衛さんのために働いていたんだと」

　一年前、作造は久兵衛に頼まれて、口入れ屋を介して藤田屋で働き始めた。

　藤田屋の主・増右衛門の悪行を探るためである。久兵衛は懇意にしている顔役から相談されて、藤田屋が借金を二重に取り立てているのではないかと疑っていた。

「それじゃあ、作造は久兵衛さんの間者だったのか？」

　作造が久兵衛に渡していた「文」は、二重取立の証となる借状の写しだったという。

「そうなのさ。だが驚くのはまだ早ぇぜ。藤田屋はなんと弘前堂とつるんでやがった」

「弘前堂ってぇと、布部が用心棒をしている元結屋か。ということはつまり――」

「布部は嘘をついたのさ」

弘前堂の主はその名を九兵衛（きゅうべえ）といい、浅草の顔役の一人で、久兵衛をいまだよそ者として目の敵にしているらしい。久兵衛が隠居してから引っ越してきたにもかかわらず、いつの間にやら難なく浅草の顔役に名を連ねたのが気に入らず、また、呼び名が同じことから何かと久兵衛と混同され、比べられては歯嚙（はが）みしてきたようである。

「九兵衛は久兵衛さんの弱みを握るべく――はたまた、久兵衛さんの大事な両備屋を陥れようと――増右衛門に頼んで、増右衛門は算術に強い甚五郎を間者として両備屋に送り込んだんだ。久兵衛さんは睦月に作造を通じてそれを知ったそうだが、作造が疑われちゃならねぇし、自分で見極めてからとしばし様子を見た上で、先だって甚五郎を追い出したのさ」

久兵衛から作造の正体や藤田屋と弘前堂の結びつきを知った多香は、五ツ過ぎに長屋に一度帰宅した。

「俺も上野の女が勤めに出てすぐ――朝のうちに長屋に帰っていたんだが、昼過ぎまでのんびりしようと思ってたのに、お多香さんに寝入りばなを起こされてよぅ……」

鈴は既に仕事に出ていたが、居職（いじょく）の守蔵につなぎ役を頼み、大介は弘前堂を、多香は藤田屋を探りにそれぞれ散った。

大介が弘前堂の女中から聞き出したところによると、布部は昨日、真一郎が釈放されてすぐの昼時に呼びつけられたそうである。

「夜番を終えて寝ていたところを起こされてご機嫌斜めだったらしいが、『いい仕事』だといわれて九兵衛としばらく話し込んでたってんだ」

――布部さんはけちだから、稀（まれ）に昼見世に行くことはあるけれど、舟に乗るなんてまずないわ。舟賃を払うくらいなら鰻（うなぎ）でも食べに行くんじゃないかしら。それに、昼見世に行った日はそれとなくでも判るものよ。たとえ湯屋に行っても、どこかしらに女の香りが残っているもの……布部さんがおとといの晩いらした時は、そんな気配はなかったわ――

女中の言葉から、大介は九兵衛が布部に偽証させたと踏んだ。大方、龍之介の証言を伝え聞いて、同じく「船上から」見たことにしたのだろう。

「まずは守蔵さんに言付けてから、番屋に知らせに行こうと思ってよ。八ツ前に一度長屋へ帰ったら、お鈴ももう帰っていてよ。お鈴は真さんを案じて早めに仕事を切り上げてきたんだと。だから後で一緒に番屋に行こうと話していたら、お多香さんが戻って来たんだ」

藤田屋を探りに行った多香は、甚五郎がここしばらく遣いとして弘前堂に出入りしていることや、下っ端に番屋の動きを見張らせていることを突き止めてきた。

八ツが鳴ってほどなくして、又平が田中と共に長屋に現れた。

浅草を縄張りとしているだけに、又平は増右衛門と九兵衛の仲に勘付いていて、殺された作造が藤田屋、証人の布部が弘前堂にかかわっていることから、「どうも臭う」と昨晩からあちこちに探りを入れていたという。多香とは藤田屋の近くで鉢合わせ、八ツには一度長屋へ戻ると聞いていたため、又平も所用を済ませて八ツに六軒長屋に向かった。道中、田中に出会ったのは偶然で、田中にあらましを伝えると共に、真一郎が大番屋に行かずに済むようしばしの猶予を願い出ると、興を覚えた田中が長屋までついて来た。

田中は睦月に辻射りの一件で真一郎と顔を合わせている。また、折々に又平から真一郎の話を聞いているがゆえに、真一郎の無実を信じてくれたようだ。

「田中さまがいなきゃ、真さんは今頃まだ番屋だったぜ。運が良かったなぁ、真さん」

「おう」

「まあ、どうやら田中さまのお目当てはお多香さんみてぇだったがな」

「なんだと？」

「ふふ、冗談さ。けど、田中さまがお多香さんの方ばかり見ていたのは本当だ。それにいくら又平さんの口添えがあったとはいえ、こうもすんなり俺たちの話に乗ってくれたのは、お多香さんの説得があってこそだ。俺や守蔵さんじゃあ、ああはいかねぇ」

話、というのは多香の発案で――藤田屋を今宵この別宅へおびき出し、一息に悪事を暴いてやろうというのである。

「いつかはしらねぇが、藤田屋は作造が久兵衛さんの手の者だって気付いたんだろう。甚五郎を両備屋に送り込んだのも、弘前堂のためだけじゃなかったのかもしれねぇ。作造を殺したかどうかは別として、お多香さんは藤田屋で甚五郎を盗み見て、一目でやつが人殺しだと判ったそうだ。人殺しってのは、隠していても気配でそれと知れるものなんだとさ」

お多香ならではだ――

出自は知らぬが、己とは比べきれぬほどの場数を踏み、修羅場をくぐり抜けてきたと思われる多香である。

「作造を殺ったのは成り行きじゃねぇかとも言っていた。殺すなら店でいくらでも機会があったろうからな。真さんが作造の亡骸を見つけたのも、下手人の疑いをかけられたのも、藤田屋には思わぬ成り行きさ。折しも久兵衛さんが留守で、増右衛門も九兵衛も、久兵衛さんがいねぇうちに真さんに罪をかぶせてしまいたかったのに、龍之介とやらのせいで真さんがあっさり放免になっちまったから、急いで別の証人を仕立て上げたのさ。その手際たるや敵ながらあっぱれだけどよ、俺たちだって負けちゃあいねぇ」

まずは守蔵が藤田屋へ行き、一芝居打った。

――作造さんがお亡くなりになったと聞きまして、お悔やみに参りました。ああ、作造さんとは時折湯屋の二階で碁を打つ仲でして……私は常から家にこもっておりまして、長屋の真一郎が殺しを疑われているとは聞きましたが、まさか殺されたのが作造さんだったとは先ほどまで露ほども知らなんだのです。実は作造さんから少し前に久兵衛さん宛ての文を預かっていたんですが、それもすっかり忘れていまして、その、なんだか申し訳なく、線香の一本でも上げさせてもらえないかとこうして出向いて来た次第でして……――

――え？　文ですか？　それは出がけに長屋のお鈴に託しました。真一郎は今度こそ大番屋に送られるらしいし、でも久兵衛さんは明日までお留守なので、今宵はお鈴が今戸町の屋敷に猫の世話にゆくのです。いやはや私も歳でしてな、また忘れても困りますから、文は今日のうちに屋敷に持って行ってもらうことにしたんです――

「藤田屋は久兵衛さんが留守のうち――つまり、今日のうちに『文』を取り返しに来る筈だ。お鈴に難色を示されたら力ずくも辞さねぇだろうから、人目につかぬようおそらく日が暮れてから現れるだろう――ってのがお多香さんの読みさ」

守蔵が藤田屋を訪ねる間に、又平と田中は真一郎を迎えに番屋に行き、大介は鈴と共に別宅へ来た。

「なるほど。けど藤田屋が来たらお鈴に相手させるのか？　そいつはちと危なくねぇか？」

声を低めて真一郎が言うと、大介も不満顔で囁き返した。

「俺は止めたんだけどよぅ……お鈴が自分一人だと見せかけた方が、相手も油断するだろうからって聞かなくてよぅ。お多香さんもまあ、俺に真さん、お多香さんと、三人もついてりゃお鈴に怪我させることもあるまいってんで……」

鈴に密かに想いを寄せる大介なれば、「力ずくも辞さぬ」敵の相手はさせられないと案じたのだろうが、鈴は鈴で何かしら力になれぬかと考えてのことであろう。

「それで、お多香は？」

「藤田屋を見張るために守蔵さんと出かけたよ。守蔵さんが一度こっちに知らせてくれたんだが、守蔵さんが藤田屋を出てすぐ、増右衛門と甚五郎が店から出て来て、お多香さんはやつらの後をつけてったそうだ」

守蔵はそれだけ告げると、再び藤田屋を見張りに戻ったという。

「お多香さんはよぅ、なんだかんだ真さんを案じて――」

「私がなんだって？」

ぎょっとして大介と振り向くと、いつの間にやら多香が襖戸から覗いている。

「真さん、これを。こんなのでもないよりましだろう？」

差し出された風呂敷包みを開いてみると、安田屋で使われている弓矢であった。

「はは」

楊弓の弦を弾いて真一郎は笑みをこぼした。

楊弓は二尺八寸ほどと的弓よりずっと小さいが、店で使わせている弓矢の中ではまともな物を借りたようだ。おそらく房次郎――安田屋の主にして弓士――に選んでもらったのだろう。箙の代わりか、十本の矢が入った太めの竹筒には紐が通してあるのもありがたい。

「増右衛門と甚五郎は弘前堂をしばし訪ねて、また藤田屋へ戻って行ったよ。ふふ、やつらは必ず仕掛けてくるよ。──あんたたち、用意はいいかい？」

「にゃあ！」

　真一郎たちより早く、桃が多香を見上げて応えた。


　藤田屋がやって来たのは六ツの鐘から四半刻ほど経ち、宵闇が辺りを包み始めてからだ。

「ごめんくださいまし」

「どちらさまですか……？」

　ゆっくりと玄関先に向かう鈴の声を聞きながら、真一郎たちは頷き合った。

「両備屋の伊太郎と申します」

　伊太郎は両備屋の古株の手代だが、真一郎の知っている声ではない。「甚五郎だ」と囁いて、多香は縁側の方へ回るべく茶の間から寝間の方へ抜けて行った。

「両備屋の……あの、久兵衛さんは今お留守なんです」

「ええ、存じております。私はただ、守蔵さんがあなたにお預けになった文を取りに参っただけでして」

「でも、あの文は久兵衛さんにお渡しするように、と」

「事情が変わりまして、今すぐあの文が入り用なのです」

「そんなこと言われても困ります。久兵衛さんは明日の夕刻には戻られますから、どうか出直してくださいまし」

「こちらもそれでは困るのです」

「そう言われましても、久兵衛さんへと言付かった物ですから」

「――埒が明きませんな。ちと、上がらせてもらいますよ」

「あっ、ちょっとお待ちください……」

止める鈴より先に、ずかずかと上がり込んでくる足音がした。

二人――いや、三人か？

茶の間に大介と身を潜めたまま、真一郎は足音に耳を澄ませる。

「困ります。勝手なことはおやめください」

「お鈴とやら……文はどこだ？」

座敷に入って来た甚五郎がどすの利いた声で言う。

「あんた、目が利かないんだろう？」と、別の男の声もする。「痛い目に遭いたくなかったらさっさと出しな」

「あ、あの」

鈴の怯えた声を聞いて、大介が襖戸に伸ばした手を真一郎は横から押さえた。

まだ早い――

「とっとと吐かせてずらかりやしょう」

違う声が急かすのへ、「そうだな」と、甚五郎も同意する。

「へへ」と、男が下卑た笑いを漏らした。「聞いたか、女？　早いとこ白状しちまいな。じゃなきゃおめぇの身体に訊いてでも――」

「嫌っ！　放して！　文なら巾着の中に……」

十五歳で見知らぬ男に手込めにされてから、男を苦手としている鈴である。

鈴の叫び声を聞くや否や、大介は真一郎の手を払って飛び出した。

鈴の手をつかんでいた男に頭突きを食らわせ、そのまま組みつく。

「なんだてめぇは！」

男はとっさに鈴の手を離したが、引きずられるようによろけた鈴は縁側から飛び込んで来た多香が抱き止めた。

「この野郎！」と、もう一人の男が仲間に馬乗りになった大介につかみかかる間に、甚五郎と思しき男が部屋の隅に置いてあった鈴の巾着から文を奪う。

真一郎と入れ替わりに多香は鈴を抱きかかえるようにして茶の間へいざない、それから二人と取っ組み合っている大介に駆け寄った。

「真さん、甚五郎を頼んだよ」

「おう！」

縁側から逃げ出した甚五郎を追う真一郎の後ろから、多香が大きな声で叫んだ。

「泥棒！　泥棒だ！」

甚五郎の背中を見ながら縁側で真一郎は弓を構えた。

「泥棒！」と、鈴も声を張り上げる。「泥棒！」

一本目は背中に、二本目は肩にと続けざまに射かけたが、屈強な甚五郎は楊弓の矢などものともせず、文を片手に駆けて行く。

走りゆく足を狙った三本目は外したが、垣根を越えていく際、垣根にかけた足に四本目が的中して甚五郎は垣根の向こうに無様に落ちた。

庭に飛び出した真一郎が垣根にたどり着く前に、反対側から駆け寄って来た又平が立ち上がろうとした甚五郎を背中から押さえつけた。

「盗人め！　観念しやがれ！」

「ぬ、盗んじゃいません」

この期に及んで、甚五郎は白を切った。

「じゃあ、その手にしている文はなんだ？」

「これはもともと、うちから盗まれた物なんです」

又平の後から小走りにやって来た田中が、甚五郎を見下ろして問うた。

「では文の中身はなんだ？」

「借状です」

「違います！」と、屋敷から叫んだのは鈴だ。「その文は守蔵さんが作造さんから預かった物で、久兵衛さんに渡すようにと……」

「作造は久兵衛さんに命じられて、うちから借状を盗んでいたんです」

「ほう。では作造を殺したのはお前か藤田屋の手の者か？」

「いいえ、作造を殺したのはそこにいる真一郎って男です。田中さまも又平さんも──何を吹き込まれたのか、どう言い包められたのかは知りませんが、騙されちゃいけません。この男、こう見えてあの久兵衛さんが見込んだ腕利きの用心棒ですぞ。ぼうっとしているのは仮の姿で、弓術の腕もさることながら、作造のような男なぞひと捻りにしてしまう人殺しでもあるのです」

甚五郎の後ろで又平が一瞬噴き出しそうな顔をした。真一郎の評はまったくの誤解にしても、同心を相手にこれだけの口が利ける甚五郎の度胸は本物だ。

「だが、作造が久兵衛さんの命で動いていたのなら、真一郎が作造を殺す理由があるまい」

「大方、仲間割れでもしたんでしょう」

しれっと言う甚五郎の手から又平が文を奪って田中に渡した。

文を開いてざっと目を通した田中が、じろりと再び甚五郎を見下ろした。

「こいつは借状ではなく訴状だ。藤田屋が弘前堂とつるんで借金の二重取立をしていると書かれておる。藤田屋の内蔵(うちぐら)にはその証拠が隠されていると」

突きつけられた文を見て甚五郎は眉をひそめたが、すぐに落ち着いた声で言った。

「この訴状はでっちあげです」

その通りであったから、真一郎は内心どきりとした。

そもそも守蔵が作造から「文を預かった」というのがでっちあげで、訴状は藤田屋に「盗ませる」べく多香が用意した偽物だ。

「作造は読み書きが苦手で、漢字をほとんど知らず、字ももっと下手でした。この訴状はこいつらが仕込んだのでしょう。久兵衛さんはうちや弘前堂を目の敵にしておりましてね。これこそ、此度の騒ぎがうちと弘前堂を貶(おとし)めようという久兵衛さんの罠(わな)だという証です」

なんとか切り抜けようと頭を巡らせる甚五郎に真一郎は舌を巻いたが、こちらにも多香が豪語した通り、一息に片をつける用意がある。

甚五郎に負けぬ落ち着き払った声で田中が言った。

「そこまで言うのなら、これから藤田屋を検めにゆこうではないか」

泥棒、と聞いて集まってきた衆人の中、多香と大介が捕らえた二人の男は駆けつけた留次郎と芳助に引き渡し、真一郎は甚五郎を促す又平と田中について藤田屋へ向かった。

「私がしゃしゃり出ることじゃない」と、多香は鈴や大介と共に別宅へ留まった。いまだ震えのやまぬ鈴や、顔や手足に痣をこしらえた大介を案じてのことでもある。

藤田屋に着くと、斜向いの居酒屋から守蔵が手招いた。

「た、助かった」

守蔵は慣れぬ見張りのために、待ち合わせを装いつつずっと飲み食いを続けていたという。

「手持ちの金じゃまったく足りんでな……」

又平の顔でつけにしてもらったものの、いつもより酒を飲んだせいか守蔵の顔は大分赤い。

真一郎たちを迎え出た増右衛門は驚きを隠せなかったが、ことのあらましを聞き、訴状に目を通すと落ち着きを取り戻して微笑んだ。

「田中さまにはご足労をおかけいたしました。甚五郎が言うように、両備屋のご隠居は何やらうちを嵌めようとなさっているようです。私は高利貸ですが、証文を違えるような真似はしておりません。どうぞ心ゆくまでお調べください。今、内蔵に案内いたしますゆえ……」

「いや、まずはおぬしの寝間に案内してもらおうか？」

「えっ？」

一瞬にして増右衛門の顔から笑みが消え、甚五郎も目を見開いた。

「そこの者、主の寝間に案内してくれ」

増右衛門を呼んで来た女中に声をかけると、田中はさっさと草履を脱いだ。

「ちょ、ちょっとお待ちを」

慌てる増右衛門をよそに、「さあ」と田中は女中を促した。

「おぬしらもついて参れ」

田中の後から真一郎たちもぞろぞろついて寝間に入ると、田中が守蔵を振り向いた。

「あの船簞笥を調べてくれ」

「はい」

赤ら顔だが、守蔵は危なげなく船簞笥に歩み寄った。

守蔵は錠前を作る錠前師だが、鍵を使わずして錠前を開ける鍵師でもある。また、時にはからくり箱を手がけることもある職人だ。

船簞笥の上半分には二つの横長の引き出しが、下半分には三つの縦長の引き出しが並んでいて、どの引き出しにも鍵穴がついている。

懐から道具を取り出した守蔵は、まずは上の二段の引き出しの鍵を難なく開けたが、一段目には切り餅――二十五枚の小判を重ねて包んだ物――一つと小金が、二段目には見るからに高価な蒔絵の印籠と縫箔入りの煙草入れが入っているのみであった。

続けて解錠した下の三つの引き出しにも鍔や目貫などの小道具の他、硯や根付など金目の物が入っていたが、真一郎たちの目当ての物は見当たらない。

増右衛門が腰を低くして田中に言った。

「あれには私の物を少々仕舞っているだけでして、やましいものは何もありません」

守蔵は並べた引き出しをじっと見つめたが、箱の奥行きからして引き出しの長さは相応で、上の二つも下の三つも長さは変わらぬことから、簞笥の奥にからくりはなさそうである。

真一郎たちが固唾を呑んで見守る中、守蔵はおもむろに下の引き出しの一つを持ち上げ、奥板の上の部分をとんとんと手のひらで軽く叩(たた)いた。

と、一見なんの変哲もない奥板から薄い隠し底が現れた。

折り畳まれた紙が入った隠し底を守蔵が差し出すと、田中が紙を広げて検める。

帳面代わりか、紙には日付と名前、金額がびっしり書き込まれている。

もう二つの引き出しにも似たように紙が仕込まれていて、こちらは借状であった。

借状を掲げて真一郎たちや女中に見せると、田中は微笑んだ。

「おぬしらが証人だ」

全てを懐に仕舞うと、田中は又平を振り向いて言った。

「さて、次は帳場に内蔵……今宵は泊まりになるやもしれんな」

「へぇ。じきに助(すけ)っ人(と)も着くでしょう」

又平が頷く傍らで、増右衛門ががくりと肩を落とした。

一夜明けて、真一郎が別宅に戻ったのは四ツを過ぎてからだ。

あれから――

騒然とした藤田屋から逃げ出そうとした者たちは、又平が手配りしておいた下っ引きと番人によって捕らえられた。やがて田中の小者が町方の助っ人を幾人か連れて来て、田中たちは帳場と内蔵を検め次々と証拠を押さえていった。

弘前堂の九兵衛は、折々に顔役や大店の主や隠居など、その立場ゆえに借金を隠したい者たちを増右衛門に「上客」として紹介していた。九兵衛の顔を潰さぬよう、また家の者に知られぬよう、借金は秘密裏に返済されるのだが、増右衛門は返済前に借状をもう一枚写しておき、借り主の死後に家の者に返済をせまって「二重取立」をしていたのである。船簞笥に隠されていたのは、過去の記録とこれから使うべく写してあった借状だった。これらをのちに見つけた元本と照らし合わせることで、田中は増右衛門を追い詰めた。

真一郎は又平と共に増右衛門や甚五郎を始めとする藤田屋の者たちをしばらく見張っていたのだが、前の晩が番屋泊まりだったこともあり、夜半に眠りに落ちて、先ほど目覚めたばかりであった。女中曰く、町方や又平はとっくに増右衛門たちを連れて大番屋に行ったそうで、真一郎は追われるように藤田屋を後にした。

渋々だったが増右衛門が内蔵の鍵を差し出したため、守蔵は夜のうちにお役御免になって長屋に帰っていた。鈴は東仲町(ひがしなかまち)のお座敷(ざしき)に、多香は安田屋に行くべく既に出かけていて、別宅に残っていたのは大介一人だ。

　鈴を助けるために男の一人に組みつき、しばしとはいえ多香が加勢するまで二人の男を相手取って、殴り殴られ、蹴り蹴られしていた大介は、満身創痍で真一郎を迎えた。

「色男が台無しだ」

「てやんでぇ。こんくれぇ、屁でもねぇや──と言いてぇとこだが、これがまた染みるのなんの……」

　切れた口元に手をやって大介は顔をしかめた。

　腫れて半分潰れた左目の周りと頬、だらけた着物から覗く胸元、腕、足、それから殴り返した右拳など、いくつもの赤黒い痣が色白の肌に目立って痛々しい。

「でもまあ、よくやったよ。お前がお鈴の大事を救ったんだ」

　男たちは二人とも、甚五郎ほどではなかったが、五尺二寸で細身の大介よりはずっと逞しい身体つきをしていた。とっさのこと、かつ好いた女のためとはいえ、己よりも大きな相手に丸腰で立ち向かうなぞなかなかできぬことである。

「けどよぅ、真さん。お鈴はお多香さんばかり頼りにしててよぅ……」

　真一郎たちが藤田屋へ向かった後、鈴を案じて声をかけた大介に鈴は応えた。

　──もう平気です。お多香さんが一緒だもの……大介さんも、安心してゆっくり休んでくださいね。お多香さんがついててくれるから、なんにも案ずることはないわ──

「そらおめぇ、お多香とお前じゃ勝負にならねぇ。どう見たって、お多香の方がお前よりずっと頼りにならぁな」

「ちぇっ」

「だがよ、お鈴もその、ちったぁ労ってくれただろう？　てめぇのために、ここまでなりふり構わずやり合ったとなりゃあ、女でなくともぐっとくらぁ」

ふて腐れた大介を慰めるべく言ってみると、大介は予想に反してますますむっとした。

「莫迦野郎！　こんなみっともねぇこたぁねぇ。お多香さんなんか、引っかき傷一つねぇんだぞ。噂にならねぇよう、俺ぁ痣が消えるまで湯屋にも行かねぇからな。真さんもお鈴には黙っててくんな！」

どうやら大介は鈴に己も無傷だと見栄（みえ）を張り、多香にも口止めをしたようである。

まったくもって愛（う）いやつめ……

くすりとした真一郎は、大介に睨まれ、形ばかり首をすくめてみせた。

「——そういや、お桃はどうした？」

真一郎が訊（たず）ねると、今度は大介が肩をすくめる。

「お桃ってばよぅ。『にゃあ！』なんて威勢よく応えておきながら、自分だけさっさと逃げやがってよぅ……」

「そんじゃあ、昨夜から帰ってねぇのかい？」

「いや、一度は帰って来たさ。だが、朝餉を食った後にまたふらりといなくなっちまった」

「またか……」と、真一郎は肩を落とした。

「そう案ずるない。お桃のこたぁご近所もよく知ってるし、腹が減ったら戻って来るさ。お多香さんもそう言ってたぜ。ああ、真さんこそ腹が減ってんじゃねぇのかい？」

口より先に腹が応えて、大介が笑い出す。

田中が頼んで藤田屋の女中が夕餉を出してくれたのだが、これまた「手間暇かけることはない。すぐに食せる塩むすびのみでよい」という田中の意向によって、昨晩も真一郎は塩むすびにしかありつけなかったのだ。

既にどちらも冷めていたが、多香が支度したという豆腐と卵の味噌汁を、丼に入れた白飯にかけてかっこんだ。

「五臓六腑に染み渡るとはこのことよ……」

「ふふ、ねこまんまで大喜びたぁ、真さんは無邪気でいいやな」

「お前に言われたかねぇや」

お代わりには削り節も入れ、飯も味噌汁も空にすると、真一郎は腹ごなしを兼ねて桃を探しに行くことにした。

「放っといても、そのうち戻るだろうに……」

「けどなぁ、久兵衛さんはことの成り行きを知りたくて、きっと早めに帰って来ると思うのさ。そん時お桃がいねぇんじゃ、猫守代をもらえねぇかもしれねぇ」

「けっ。お桃がいたって、真さんは結句三晩とも留守だったじゃねぇかよぅ」

「む……」

「それより、俺もお梅さんに見られる前に帰るとすっか」

笠と手ぬぐいで顔を隠し、大川沿いをこっそり帰る大介と屋敷の裏手で別れると、真一郎は桃の名を呼びながらまずは屋敷の周りを、それから今戸橋の方へと流して歩いた。

番屋が見えてくると、真一郎を認めた芳助が声を上げて手招いた。

番屋には大番屋から戻って来た又平が、留次郎と共にいた。

「ちょうどおめぇを呼びにやろうかと思ってたところよ。おめぇを人殺し呼ばわりしたやつな。なんとあれも甚五郎だった」

当然のことながら昨晩の見物人には別宅の近くの長屋の者もいて、甚五郎を見かけてもしやと思ったそうである。この時は辺りが暗く、甚五郎は縄付きではなかったため、のちに留次郎に知らせるのみにとどめたが、朝方、増右衛門と縄付きで大番屋に引かれて行く姿を改めて見て間違いないと判じたという。

甚五郎は昨晩からだんまりを決め込んでいたが、大番屋に着くと流石に観念したらしく作造殺しを白状した。

藤田屋では十人ほどの男が働いていたが、貸付にかかわっていたのは増右衛門と甚五郎の他は一人、二人で、二重取立にかかわっていたのは増右衛門と甚五郎のみらしい。他の雇われ人の主な仕事は取立や蔵の夜番であった。増右衛門は女は遊びのみで妻子を持たず、いずれは甚五郎を跡継ぎにと考えていて、両備屋に送り込んだのも弘前堂の頼みという他に、甚五郎に両替を学ばせようという思惑があったようだ。

一方、両備屋を恨んでいるように見せかけていた作造は、勤め始めて半年ほどして増右衛門の信頼を得た。作造と前後して甚五郎が両備屋にいったこともあり、増右衛門は算術に長けた作造を重用するようになったのだ。甚五郎は藤田屋では「芝の高利貸を手伝っている」ことになっていて、両備屋にいることは増右衛門しか知らなかった。作造がそのことに気付いたのは、年明けて、増右衛門から甚五郎への遣いを頼まれるようになってからだった。

「借状の写しは代書屋よろしく甚五郎が担っていたんだと。作造は二月余り前、遣いに行った甚五郎の住まいで、隙を見て写しを一枚盗み取ったってんだ。増右衛門は甚五郎がうっかり写し忘れたのだろうと思ったそうだが、甚五郎は即座に作造を疑ったそうだ」

借状の元本は借り手からの、写しは借り手の死後に家の者からの返済時に処分するため、写しだけでは二重取立の証拠にならぬのだが、写しをまだ生きている借り手に確かめられれば、筆や爪印の違いから偽造がばれてしまう。また、読み書きが苦手な作造なれば、他に仲間がいるに違いないと踏んで、甚五郎は藤田屋に戻って来てからわざと隙を作って、今一度作造に写しを盗ませた。

それが四日前のことである。

翌日、作造は仕事を早めに切り上げて久兵衛の別宅へ向かったが、あいにく屋敷には誰もいなかった。どうすべきか迷ったのだろう。逡巡して辺りを窺った作造は、後をつけて来た甚五郎に気付いて屋敷の庭に逃げ込んだ。甚五郎は作造が裏庭の垣根を越えたところを捕らえたが、黙らせようととっさに首に腕をかけたところ、力の加減を誤って、作造はほんのひとときであっさり息絶えてしまった。

「幸い辺りには誰もいなくてよ。甚五郎は物盗りに見せかけようと文と財布を抜いて、人が来る前に亡骸を大川に流そうとしたってんだ。ところがその前におめぇがお桃を探す声が聞こえてきて路地へ逃げたのさ。そのまま逃げちまうには不安で、様子を見に戻ろうと、表店を南へぐるりと回って大川端に出たところ、おめぇが作造を抱き起こすのが見えて、とっさにおめぇを下手人に仕立て上げようと思い立ったたってのさ」

盗ませた借状は取り返したのに、守蔵から他にも「文」があったと聞いて増右衛門と甚五郎は慌てた。捕まった際、「借状」だと応えたのはとっさの当てずっぽうで、実のところがなんであれ、誤魔化す自信が甚五郎はあったようだ。

「あいつときたら、田中さまを前にしてなんだかんだ言い抜けようとしやがって……まったく恐ろしいやつだ」

「ええ」と、真一郎は頷いた。「恐ろしくて――なんだかもったいねぇや」

「もったいねぇだと？」

「だって又平さん、やつは算術が得意で、読み書きができるだけじゃなく、代書屋のごとく筆が使えてどんな字も真似できたんですぜ。その上腕っぷしも強くて、度胸があって、機転が利いて……顔かたちはまあ並だったが、それも善し悪しだ。あいつなら他にいくらでも道があったろうに、なんでまた増右衛門なんかのもとで働いてたんだ……」

「なんでもやつの父親と増右衛門が知り合いで、甚五郎がその昔——訳あって人を殺めてしまった折に、増右衛門が庇ってくれて事なきを得たそうだ。だが、今度こそやつは打首を免れねぇ。やつの才はもったいねぇが、まあこれで一件落着だ」

「そうでもねぇんで。お桃がまた朝から行方知れずなんでさ。それに……」

「それに、なんだ？」

「今聞いた限りじゃ、甚五郎が作造をつけて屋敷まで来たのは三日前の一度きりじゃねぇですか？　とすると、庭を覗いていたのは別の野郎だったんじゃねぇかと……」

また、昨晩射かけた甚五郎の後ろ姿を思い出すと、どうも桃に追われて逃げて行った男とは違うように思うのだ。

「ううむ」

「けどまあ、今はお桃を見つけるのが先決でして」

番屋を辞去すると、真一郎は通りを北へ折り返した。

「お桃ー。お桃やー」

もしや既に屋敷に戻っていはしないかと、望みを抱きつつ別宅へ足を向け――ふと、真一郎は眉根を寄せた。

まだ一町ほども離れているが、屋敷の垣根の前に佇(たたず)む男が見える。

こいつぁ、噂をすりゃあ影――

男から目を離さぬよう、真一郎は小走りに屋敷まで駆けた。

あと五間――という辺りまで来て、真一郎に気付いた男が逃げ出した。

「待て、この野郎！」

声を張り上げ、真一郎は男を追った。


「なんだなんだ？」

「また捕物かい？」

町の者の驚き声を聞きながら半町ほど走り、昨晩の大介を思い浮かべつつ、真一郎は男の背中に組みついた。

目方は同じくらいだが、真一郎の方が上背がある。前のめりに転んだ男の背中に馬乗りになると、真一郎は今度は又平を思い出しながら男の腕をねじり上げた。

「てめぇはいってぇ何者なんだ？」

「あ、あっしは――」

甚五郎と似たような屈強な身体つきをしていながら、甚五郎とは似ても似つかぬ気弱な声を男は出した。

「おおーい、どうした？」

久兵衛の声がして振り向くと、ちょうど帰って来たところらしい。

男を引っ立てて屋敷の前に戻ると、真一郎は久兵衛に突き出した。

「こいつが庭を覗いてたやつでさ」

「ほう。してお前さん、なんのために？」

久兵衛が問うと、男はうなだれながらも口を開いた。

男の名は耕太（こうた）。両国に住む庭師で今は近くの寺院の庭の手入れに通っているという。

「その、桜の病が気になりまして……」と、耕太は庭の桜を指差した。

上の方の青葉の中に、ほんの少しだが枝が膨らみ小枝が生えているところがある。てんぐ巣という樹木の病で、やがて枯れるが親木の衰えは避けられぬのだと耕太は言った。

「だが、それならどうして逃げたのだ？」

「それは、その……呼子鳥（よぶこどり）を……」

真一郎は知らなかったが、呼子鳥というのは庭に咲く高価で珍しい椿（つばき）の名だそうだ。

「一枝分けてもらえねぇかと……いや、頼んだところで俺には手の出ねぇ値を吹っかけられるに違ぇねぇ。それならいっそこっそり盗んじまおうかと……申し訳ありやせん！」

地面に額をこすりつけて平伏した耕太に、久兵衛はてんぐ巣を取り除くのと引き換えに呼子鳥を一枝譲ると約束した。

「流石久兵衛さん。太っ腹でいらっしゃる」

では明日にでも――と、喜んだ耕太が去ってから真一郎が言うと、久兵衛は微笑んだ。

「太っ腹でもなんでもないわ。来年も再来年も、ずっと花見を楽しみたいからな。桜の病を治してくれるのなら、椿の一枝など安いものだ」

「けど、来年ちゃんと咲くかどうかは判りやせんぜ？」

「うむ。しかし先のことは誰にも判らん。あの耕太という男、盗もうと思えばこれまでにいくらでもそうできただろうにそうしなかった。お前がやつを捕まえなくとも、やつはやはり盗まなかったと……儂はそう信じてみたいのだ」

改心したとはいえ一時は両備屋から盗もうとしていた作造を、再び己のもとで働かせていた久兵衛だ。また真一郎とて、野盗と疑われてもおかしくない宿無し、一文無しだったにもかかわらず、久兵衛に拾われて今がある。成り行きで決めつけず、己が目で人を見て判ずる久兵衛はやはり太っ腹だと思うと共に、久兵衛の眼力を真一郎も信じてみたくなった。

「何はともあれ、これでようやく一件落着――」

久兵衛に微笑み返して真一郎がつぶやくと、梅がおっとりと見上げて問うた。

「何がどう落着したんですか？」

「これ、真一郎。余計なことは言うでないぞ」

真一郎が応える前に、すかさず久兵衛が釘を刺す。

「あら、また私は仲間外れですか？」

むくれる梅に、真一郎は慌てて言った。

「ああ、そういやお桃が見当たらねぇんです。その、朝からずっと」

盆の窪に手をやって白状すると、梅はにっこりと微笑んだ。

「それならきっと和尚のところですよ。ちょうどいいわ。王子で和尚がお好きな干菓子を買って来たんです。一緒に届けに参りましょう」

「これ、お梅。孫福のところになら一人でゆけ。儂は真一郎に話が――」

「あ、ほら、あなた。又平さんがいらっしゃいましたよ」

騒ぎを聞きつけたのか、久兵衛の帰りを知ったのか、又平がやって来るのが見えた。

「ささ、真さん、今のうちに……すぐに戻って参りますからね」

久兵衛は苦虫を嚙み潰したような顔をしたが、梅は構わずに真一郎を促した。

大福寺の住職の孫福は久兵衛の旧友で、山谷浅草町に住んでいる。

己が人殺しを疑われたことや、昨晩の屋敷での泥棒騒ぎ、また藤田屋や弘前堂の悪行はいずれ耳に入ることである。久兵衛の言う「余計なこと」が何を指すのか真一郎にはよく判らなかったが、なんであれ黙っていた方がよさそうだと判じて、梅の問いをかわしつつ孫福の家に向かった。

はたして梅の言った通り、桃は孫福のもとにいたのだが、梅は今度は孫福に問うた。

「和尚、この三日のうちに何があったのかご存じで？」

「う、ううん」と、孫福が言葉を濁す。「儂は伝え聞いただけじゃから、余計なことは言えんでな……なぁ、真一郎？」

「はあ、その、お話はのちほど久兵衛さんからお聞きください」

「もう」

桃を抱いて帰路についた梅は再びむくれた。

「私、知ってるんですよ。昨日の朝、早くから宿の人があの人を呼びに来て……私、後でこっそり宿の人に訊いたんです。そしたら若い女の人が訪ねて来たって」

「そ、それは実はお多香でして。お梅さんが案ずるようなことはなんにもありやせん」

「そんなことは判ってますよ。でも、お多香さんが王子まで訪ねて来るなんて一大事に決まってるのに、あの人ったら私にはなんの相談もないんだから」

「そりゃ、せっかくのお花見に水を差したくなかったんでしょう」

ぼんやりと、痣だらけの大介が思い出されて真一郎は苦笑した。

「だからって、一人で抱え込まなくたっていいでしょう。長い付き合いなんだから、いくら取り繕ったって判るのよ。なのにあの人ったら、私がそれとなく水を向けても『なんでもない』『ははは……』『案ずるな』って、なんにも教えてくれないのよ」

と、更に苦笑で応えてから、真一郎はふと、梅が「如月」ではなく「二月」と言ったことを思い出した。

――またあなたと、二月に飛鳥山でお花見できるなんて嬉しいわ――

「お梅さんと久兵衛さんは、その、前にも閏二月に飛鳥山へお花見に……？」

「ええ」

閏月は数年ごとにあるものの、二月ばかりとは限らない。

「この前の閏二月というと、ええと――」

「宝暦四年――三十八年前よ」

即座に応えて梅ははにかんだ。

「私は二十歳になったばっかりで……飛鳥山で初めてあの人に出会ったのよ」

三十八年前というと久兵衛は二十三歳だ。長男の重太郎が今年三十五歳だから、亡くなった久兵衛の妻が重太郎を身ごもる二年も前に久兵衛は梅と出会っていたことになる。

「あれから、いろんなことがあったわ」

「……でしょうな」

「うふふ」

梅が忍び笑いを漏らすと、「なぁー」と桃も梅の腕の中で目を細めた。


梅と桃を屋敷に送り届けると、待ち構えていた久兵衛と共に真一郎は長屋へ帰った。

皆で久兵衛の家に上がり込み、半刻ほどことの次第と始末を話すうちに六ツを聞いた。

「しかし、まさか昨日のうちに始末をつけてしまうとはな……」

いささか残念そうに久兵衛がつぶやくと、大介が得意げに応えた。

「へへ。又平さんだけじゃねぇ。田中さまもお多香さんの仕事ぶりには感心しておられやしたぜ。『疾きこと風の如く』って、武田の殿さまの旗まで引き合いに出してよぅ」

今から二百三十年ほど前——永禄の頃、甲斐国の大名・武田信玄が旗指物に記したとされる兵法の一節である。

「孫子の兵法か」と、久兵衛。

「うん？　武田の殿さまのじゃねぇのかい？」

「武田信玄が孫子の書いた物を抜き書きしたのだ」

「抜き書き？　じゃあまだ他にもあんのかい？　ええと、あれは確か風と林と——」

「——『故に其の疾きこと風の如く、其の徐かなること林の如く、侵掠すること火の如く、動かざること山の如く、知り難きこと陰の如く、動くこと雷霆（らいてい）の如し』」

　つらつらと応えたのは多香である。

「流石お多香さん……けどなんだって？　陰と雷霆……？」

「陰のごとく人知れず探り、図り、雷のごとく激しく制す、ということさ」

　久兵衛が言うと、大介が目を細めた。

「へぇ、そっちの方がお多香さんらしいや」

「ええ、お多香さんにぴったりだわ」

　鈴も頷くと、大介は嬉しげに口元をほころばせ——痛みを悟られぬうちに顔をしかめた。

「どうかしました？」

「いや、なんでもねぇ」

　道中「口止め」しておいた久兵衛は大介を見やって口角を上げたが、すぐに口元を引き締めて真一郎に言った。

「……作造は明日、大福寺に葬るでな。頼むぞ、真一郎」

「承知しやした」

　作造の亡骸は一昨日藤田屋に引き取られたが、藤田屋は野辺送りどころではなく、亡骸は打ちやられたままだ。

　十四年前に両備屋を追い出された作造は今年三十路で、真一郎より一つ年上なだけだった。

「やつは読み書きは今一つだったが、算術は抜きん出ていてな……手先も器用で算盤も滅法早かった。ゆえについ、己を試したくなったらしい」

久兵衛は委細を語らなかったが、作造はそれまで久兵衛が「思いも寄らなんだ」策で両備屋から金を掠め盗ろうとしたという。

「未然に気付いたのは偶然だ。己が策や運を試したいという気持ちは判らんでもないが、人の金や――命で遊ぶ者を儂は好かん。金も命も賭すのは自由だ。ただし己のものだけだ」

作造の目論見を阻んだ久兵衛は、問答無用で暇を出した。

「しかし儂は何やらやつの才が惜しくてな。お払い箱にした訳は誰にも言わなんだ。一度でも『盗人』などと噂になれば、疑いはずっとついて回るでな……だがまあ、なんやかや噂は避けられなかったがの」

ゆえに両備屋をお払い箱になった後、作造はしばらくろくな仕事に就けなかった。作造は江戸を離れたが、久兵衛を恨んだのも数年で、やがて下総国で妻子に恵まれてからは己が罪人にならずに済んだことを喜んだ。

「残念ながら、妻子はのちに流行病で相次いで亡くなったそうでな。それで作造はおととしまた江戸に――浅草の下駄屋の友人を頼って出て来たのだが、なんとそのお人の父親が亡くなって、藤田屋が取立にやって来たのだ」

この友人は父親から借金が返済済みであることを聞いていたため、更なる取立に不審を抱いたが、藤田屋は借状を盾に返済をせまった。ほどなくして久兵衛と再会した作造は、友人から聞いた愚痴を明かして藤田屋の評判を久兵衛に訊ねたのである。

ちょうど久兵衛も他の顔役から相談を受けており、増右衛門のみならず弘前堂の九兵衛にも疑いを持っていることを打ち明けると、作造は自ら藤田屋へ探りに行くと言い出した。

――藤田屋の取立が元で、友人の店は一時窮地に立たされやした。他にも騙された人がいると知ってはとても放っておけやせん。俺は今はもう身軽なやもめですから、どうかご案じなさいますな――

そう言って作造は笑ったそうだが――

妻子を亡くした寂しさを紛らわすためでもあったろう……と、真一郎は思った。

両備屋にいた頃の作造は読み書きが苦手であったが、妻の勧めもあってこの十年ほどで大分学んでいた。藤田屋ではできぬふりをしていただけで、帳面や証文を盗み見て、のちに書き留めた物を久兵衛に届けていたという。

「船簞笥の鍵を盗もうとしたこともあってな。無茶はするなと言い含めておいたのだが、鍵を盗むのを諦めた代わりに、甚五郎の住まいから掠めてきたと、睦月に借状の写しを持って来おった。此度の盗みは己のためならず、人のためにしたことだから、どうか見逃してくれと抜かしての。それがまさかこんな始末になろうとは……後の始末はお上に任せて、またうちで――両備屋で働いてくれんかと、先だって話したばかりだったというに……」

肩を落として久兵衛は溜息をついた。

「……でもよぅ」と、おずおずとだが大介が口を開いた。「あんな風に殺されちまったのは気の毒だが、危ない橋を渡ったのは――そう決めたのは作造だ。今年三十路のよぅ、いい歳した男が決めたことなんだからよ。どんな始末になってもきっと覚悟の上だったさ」

いまだ十六、七歳にしか見えぬが、大介ももう二十三歳のいっぱしの男である。

「そうですよ」と、頷いたのは多香だ。「相手はあこぎな高利貸と古株の顔役です。たとえ写しを盗んでいなくとも、間者だとばれた時にはそれなりの目に遭うと――もしや殺されるかもしれないと、作造さんも覚悟していたことでしょう。金も命も賭すのは自由。己のためにそうする者は珍しくありませんが、作造さんは久兵衛さんのため、いや、増右衛門たちの餌食になった皆のために命を賭した……それは必ずしも不幸なことじゃありません」

梅が待っているからと、久兵衛は五ツを前に提灯を片手に別宅へと帰って行った。

三日ぶりの己の九尺二間で、真一郎は明け六ツまでぐっすり眠った。

朝のうちに大福寺にて作造を埋葬すると、日の出湯で汗を流してから、昼過ぎに起き出してきた大介と、久兵衛が持たせてくれた握り飯をつまんだ。

「真さん、読み終わった本を貸してくれよ」

暇を持て余した大介に頼まれて、真一郎は別宅に黄表紙を忘れてきたことを思い出した。

別宅への道中で番屋に顔を出すと、弘前堂の九兵衛が昨夕のうちに大番屋に連れられて行ったこと、作造を殺めた甚五郎は言わずもがな、増右衛門や九兵衛も二重取立でとうに十両以上を得ていることから死罪になるようだ――と、留次郎が教えてくれた。

地上はそうでもないが天上は風が強いようで、朝方まだ残っていた雲はいつの間にやら遠くに追いやられている。昼下がりの陽光が心地よく、まっすぐ長屋へ戻るのが惜しくなった真一郎は、別宅を出るとそのままふらりと北へ足を向けた。

銭座の横を通り過ぎ、橋場町を抜けて渡し場まで行くと、のんびりと北東の――川向うの更に遠くへ目を凝らす。

二十里ほども離れているが、このように晴れた空のもとなら筑波山が見えるのだ。

富士山とは比べものにならないが、常陸国笠間藩出身の真一郎には「お山」といえば筑波山だ。「お山」に向かって一つ大きく伸びをすると、渡し場の方から声がかかった。

「おーい、真一郎さん！」

舟を降りて近付いてきた船頭は、二十二、三歳のいなせな男だった。五尺四寸ほどと背丈はそう高くはないが、日に焼けた手足は筋骨逞しく、同じく日焼けした顔に真っ白な歯がよく映える。

「俺は龍之介ってんだが――」

「お前さんが？　ああその、先日はお前さんのおかげで助かった。わざわざ申し出てきてくれてありがとうよ」

　のちに再び捕まった真一郎だが、それは布部の偽証ゆえである。町の者の口添えがあったとはいえ、すんなり一度目の釈放が叶ったのは龍之介の証言があってこそだった。

　礼を聞くと、龍之介は微苦笑を漏らして真一郎を渡し場から少し離れた、人気のない場所へいざなった。

「そらあんた、粂さんの見込んだお人を助けるのはやぶさかじゃねぇ」

「粂さん？」

「浜田の粂七さんさ」

　浜田は浅草御門の北側の平右衛門町にある出会い茶屋で、粂七は浜田の番頭だ。

　なんと龍之介は、粂七に頼まれて見てもいないことを証言したというのである。

「真一郎って名で、時折この辺りから川向うを眺めてる六尺のお人だって聞いて、俺ぁすぐにぴんときたさ。粂さんは俺の大恩人だからな……粂さんに頼まれたんじゃあ、否とは言えねぇ。それに真一郎さんのこた、ちっとは耳にしてたしよ。久兵衛さんってご隠居の用心棒で、花見の宴の的弓でお侍に勝ったとか……俺もこの目で見てみたかったぜ」

　無邪気に言う龍之介に今一度礼を言うと、真一郎は一路南へ歩いて浜田を訪ねた。

　浜田は幾度か客として訪れたことがある。番頭の粂七とは一度名乗り合い、顔を合わせれば挨拶を交わしはするものの、それだけの間柄だった。

「龍之介さんから聞いたんだが、ちと話せないか？」

店先にいた粂七を捕まえてそう切り出すと、「あいつめ……」と苦笑しながら、粂七は他の店者に断って、真一郎を路地に促した。

人気がないのを確かめると、小さくだがぺこりと頭を下げる。

「どうも、さしでがましいことをいたしました」

「いや、その、助かった——助かりやした。だが、一体どうしてですか？」

今までは客と番頭として接してきたが、粂七は三十代半ばで真一郎より年上だ。

言葉を改めた真一郎へ、粂七は如才ない笑みを浮かべて応えた。

「そりゃ真一郎さんは、あの久兵衛さんの用心棒ですからね。久兵衛さんには……いろいろご恩があるのですよ。ああでも、このことはどうかご内密に。恩返しと呼ぶにはあまりにもつまらぬことですから」

「それにしたって、下手をしたら龍之介さんが咎められることだって……」

「ですから、龍之介には真一郎さんの名は出さぬよう言い含めておきました。ただ、それとないお人を見たように話すだけでよい、と。人殺しの疑いなんて、滅多なことじゃ覆せませんよ。亡骸を見つけたのですから、番屋に行くのは当然です。しかし、留め置かれるというのはただごとじゃありません。噂というのは怖いものです。噂が広がらぬうちにと思い、手っ取り早くああいう手を使いましたが、お気に障ったのでしたら申し訳ありません」

「いや、ですが……粂七さんは俺が殺ったとは思わなかったんですか？」

真一郎が問うと、粂七は小さく肩をすくめた。

「まったく疑わなかったと言えば嘘になります。真一郎さんに限らず、その気になれば女だろうが子供だろうが、誰だって人を殺めることができますからね」

まるで空合でも語るがごとく、穏やかに微笑んで粂七は続けた。

「殺しは――盗みも欺騙も――ご法度です。わざわざご法度としているのは、それが悪行だからというだけでなく、やろうと思えば誰にでもできることだからですよ。しかしまっとうな者ならば、よほどの事由がなければ法を破るまでに至りません。そして真一郎さんは久兵衛さんの見込んだお人ですから……もしも真一郎さんがあの者を殺していたとしても、私はその事由を汲んで、助っ人を申し出たことでしょう」

これも久兵衛さんの人望ゆえか――

まだどことなく腑に落ちなかったが、あえて問い詰めることでもなかった。

今一度礼を言うと、真一郎は浜田を後にした。

御蔵前をゆっくり戻り、八幡宮の前にさしかかると女に呼ばれた。

「真さん！」

門前町の茶屋・枡乃屋から女将のとしが手招いている。

「長屋に帰るなら鈴ちゃんを一緒に頼むよ。何やら足を痛めちまったそうなのさ」

「お鈴が？」

鈴はお座敷や出稽古がない時は、枡乃屋の店先で胡弓を弾いて小銭を稼いでいる。真一郎が問い返すと、店先に座っていた鈴が慌てて手を振った。

「た、大したことじゃないんです。ちょっとその、昨日転んだところが痛むだけで」

「それでちょうど今、膏薬を買いに行こうって話してたんだ。真さん、帰る前にちょいと買って来ておくれ。八幡さまの横に伝三がいるからさ」

としの言う「伝三」は人ではなく薬屋だ。熊の毛皮を着て「皆さまご存じの、熊の伝三が熊の膏薬。切り傷、腫物も即座に治る」というのを口上に、貝殻に入れた熊の油薬を売る露店である。

金を受け取り、ひとっ走りして膏薬を買って戻ると、真一郎は鈴を促して家路についた。

「あんまり痛むようならおぶってやるからな。遠慮なく言うんだぞ？」

「私なら平気です」

小さくもきっぱりと応えてから、鈴は困った顔をした。

「もう真さんたら、間がいいのか悪いのか判らないわ」

「うん？」

「転んだっていうのは嘘です。その、膏薬を買いに連れて行ってもらいたくて……」

立ち止まると、鈴は膏薬の包みを差し出した。

「お多香さんに頼もうと思ってたんですけど、せっかくですから、これは真さんから大介さんに渡してください。私が買ったことは内緒にして……」

「お鈴」

「私は盲ですけど、ぼんやりとは見えますすし、たとえ見えなくたって判ります。昨日今日の付き合いじゃないんですから……私が出しゃばったから、大介さんが怪我をする羽目になってしまって……大介さん一人だったら、きっともっとうまく立ち回れたでしょうに」

唇を嚙んでうなだれる鈴に、真一郎は微笑んだ。

「そんなこたねぇ。大介だけだったら、あいつらきっと、まずはこっそり忍び込んで、三人がかりで有無を言わさずのしてたさ。顔を見られちゃ厄介だからな……それこそ作造みてぇに、誤って殺されちまってたかもしれねぇ。俺やお多香が気付く前によ」

「やめてください。そんな恐ろしい――」

「仮の話さ。大介ならそう案ずるこたぁねぇ。あいつはあれで骨のある男だ。痣だってもう三日もすりゃあ元通りにならぁ。元通りの――小生意気な色男に逆戻りだ」

真一郎がおどけて言うと、鈴はようやく少し口元を緩めた。

連れ立って長屋の木戸をくぐると、湯桶を抱えた多香が井戸端にいた。

「おや、お鈴に真さん。二人一緒とは珍しいね」

多香の声を聞きつけて、がさごそと、すぐに大介が表に出て来る。

「真さん、今戸町へ行ったんじゃねぇのかよぅ？　いつまでも帰って来ねぇから、また番屋につながれてんのかと思ったぜ」

「すまねぇ。ついぶらりと渡し場へ、行きがかりで御門へと、北へ南へと歩いてな」

浜田ではなく浅草御門としたのは、粂七に「内密に」と言われたからというよりも、多香や鈴につまらぬ誤解をされたくなかったからである。

「帰りしな、ちょうど枡乃屋にお鈴がいてよ、一緒に帰ることにしたのさ」

「ふうん……」と、大介は不満げだ。

「渡し場から御門へねぇ……」と、多香もやや呆れた声を出した。「どういう成り行きか知らないけど、久兵衛さんの顔を潰すような真似だけはすんじゃないよ」

「わ、判ってら。そうだ。みんなに助けてもらった礼に今宵の夕餉は俺が馳走しよう。守蔵さんも誘ってみんなではし屋に——」

言いかけて、真一郎は思い留まった。はし屋は真一郎たちの行きつけの居酒屋だが、大介はまだ人前に出られたものではない。

「……いや、はし屋よりもねこまんまだ」

「ねこまんまだぁ？」

眉根を寄せた大介に、真一郎はにっこりとして懐から手ぬぐいに包んだ鰹節を取り出した。

「久兵衛さんが、此度の心付けにと鰹節の残りをくれたのさ」

「使いかけの鰹節が心付けか。まったく真さんはちょれぇなぁ」

「大介、こいつはそんじょそこらの鰹節じゃねぇぞ。あのお桃の——いや、久兵衛さんの選りすぐりなんだからな。さ、お鈴、夕餉は俺に任せて、先にお多香と一緒に湯屋に行って来ちゃどうだ？　お多香、ねこまんまだけってのはあんまりだから、これで帰りに酒と何かつまみを買って来てくれ」

もらったばかりの金の中から一朱を差し出すと、多香はくすりとして受け取った。

「お安いご用だ」

多香に促されて湯桶を取って来た鈴が、小さく笑みを浮かべて真一郎を見上げた。

「あの、じゃあ真さん、お願いしますね」

「ああ」

多香と鈴が木戸を出て行くのを見送ると、大介がじろりと真一郎を見やった。

「なんでぇ、なんだか馴れ馴れしいな」

「そらおめぇ、昨日今日の仲じゃねぇからな」

澄まして言うと、大介は頬を膨らませたがそれもほんの束の間だ。

「……俺も支度を手伝うよ。ええと、まずは飯を炊くか？」

「飯炊きは俺がやろう」

家から出て来たばかりの守蔵が、伸びをしながら言った。

「その口じゃ火吹が吹けねぇだろう」

「じゃあ、俺は鰹節を削ろうか？」

「そいつは俺の仕事だ。お前はこいつを塗って、本でも読んでろ」

「うん？」

「熊の膏薬だ。八幡さまで買って来た」

膏薬と黄表紙を合わせて渡すと、大介はまじまじと見てから微笑んだ。

「なんだ。八幡さまに行ったついでにお鈴と帰って来たのか」

「そういうことだ」

「へへ、そいつはどうもあんがとさん」

「なんの。礼にゃあ及ばねぇ」

すっかり機嫌を直した大介が家の中に消えると、両隣りの真一郎と守蔵はそれとない笑みを交わし、夕餉の支度を始めるべくそれぞれの家に足を向けた。

第二話　花残月（はなのこりづき）

木戸の前に佇む男を見つけて、真一郎はつぶやいた。

「誰だか、客らしいぞ」

大介のために鈴を誘い、三人で浅草寺（せんそうじ）の灌仏会（かんぶつえ）の花祭りに行った帰り道である。

「相変わらず目がいいな」

そう大介が言ったのは、長屋の木戸までまだ一町はあるからだ。確かに真一郎は目が利く方だが、遠くまで見通せるのは六尺近い背丈のおかげでもある。

十間ほどまで近付いてから、名札を見上げる男へ大介が声をかけた。

「うちの長屋になんか用かい？」

振り向いた男は、真一郎でさえ思わず目を見張るほど見目麗（みめうるわ）しい。

整った顔立ちだけなら大介で見慣れているのだが、二十五、六歳の男は五尺五寸ほどと大介より背が高く、老竹色（おいたけいろ）の地味な着物がしなやかな身体つきと顔立ちの華やかさを一層際立たせている。

「私は忠也と申します」

役者のごとき優美な笑みと共に名乗ってから、男は真一郎の方へ問うた。

「あの……あんたさまがもしや錠前師の守蔵はんどすか？」

「いや、俺は矢師の真一郎ってんだが――」

男の名前と京言葉、守蔵を訪ねて来たと知って真一郎は思い出した。

「お前さん、もしや京の錠前師の忠也かい？」

昨年の長月の十三夜、真一郎、大介、守蔵の三人は廻船問屋の豊田家に忍び込んだ。

京で名高い錠前師・忠也の錠前を破るためである。

真一郎の問いに、忠也は嬉しげに目を細めて頷いた。

「はい、その忠也にござります。守蔵はんにお目にかかりたく、京から旅して参りました」


江戸から京までおよそ百二十五里。日に四刻歩いても半月余りかかる道のりだ。

旅の費えも莫迦にならず、特に贅沢をしなくとも片道二両ほどかかるといわれている。

忠也がわざわざ京からやって来たと聞いて――はたまた、忠也の容姿が己が知る錠前師とはあまりにもかけ離れているがゆえに――出迎えた守蔵はぽかんとして問うた。

「お前さんが本当にあの忠也なのかい？」

「へえ。守蔵はんが私の錠前を破ったと聞き、また豊田家から守蔵はんの錠前をいただいてから、なんだか居ても立ってもいられんと……ほんまならすぐにでもお目にかかりたかったんどすけど、一通り仕事を済ませて、これを作るうちに遅なってしまいました」

そう言って忠也は懐から袱紗に包んだ物を取り出した。

袱紗の中身は錠前だった。豊田家の錠前には輪宝紋が刻まれていたが、こちらは流水文様だ。錠前としては他に類を見ない雅やかさが「くだりもの」と呼ぶにふさわしい。

「この錠前を、守蔵はんに是非お試しいただきたく」

にっこりとして差し出されたのは錠前のみで鍵はない。「お試し」とは言いようで、その実は守蔵への挑戦状らしい。

「……悪ぃがしばらく一人にしてくれ」

守蔵に締め出されて真一郎たちは大介の家に移ったが、京や旅路のことを聞いたり、江戸について訊かれたり、鈴が胡弓を披露したりと、一刻ほど過ごしたのちに、守蔵が解錠した錠前を持って来た。

「まさかこないに早う破られるとは……」

呆然とした忠也に、大介が得意げに胸を張った。

「うちの守蔵さんは江戸一の鍵師だぜ。くだりもののなんざに負けねぇよ」

「むぅ……」

忠也は悔しげに眉根を寄せたが、すぐに気を取り直して守蔵に向かって手をついた。

「守蔵はん、どうか私を弟子にしておくれやす」

「そいつはごめんだ」

「な、何ゆえどすか？」

「俺も歳だ。今更、弟子なんて面倒くせぇ」

「そないなら尚更（なおさら）、その腕を継ぐ者が入り用でしょう。せ――せめて道具を見してもらえまへんか？」

「莫迦も休み休み言え。会ったばかりのもんに大事な道具を晒（さら）せるか」

呆れ声で守蔵は応えたが、もともと大枚払って忠也の錠前を三つも手に入れるほどその腕前は評価している。鍵師の道具はともかく、錠前師の道具やこれまで集めた錠前を見せるのはやぶさかではないようで、真一郎たちは再び守蔵の家に集った。

「はぁ、美しい……」

溜息と共に忠也が手に取ったのは、守蔵が作った錠前の中羽根だ。並の錠前には二、三枚しかないらしいが、忠也が手にしたそれは四枚あった。

「だが、豊田家に売ったのもさっきのも五枚羽根だったじゃねぇか」

「そやけども、どちらもあっさり破られてもうた」

「あっさりなんてとんでもねぇ。豊田家のも破るのに一刻はかかったさ」

「このやすりも見事どす。ほんに使い勝手がよさそうで」

「うむ。そいつは知り合いの鍛冶屋に頼んで、わざわざあつらえてもらったもんだ」

守蔵の家を訪ねることも、守蔵がこのように饒舌になることも滅多にないため、真一郎たちも忠也に負けず劣らず興味津々で守蔵が道具や錠前について語るのを聞いた。

そうこうするうちに足音が近付いて来て、開いたままの戸口から多香が顔を覗かせた。

「何ごとだい？」

「ああ、お多香。なんと京から――」

真一郎が応える前に、忠也が多香の方を向いて頭を下げた。

「錠前師の忠也と申します。あんたはんがお多香はん……名札を見て気になっていましたが、こら『たち花』の三人も真っ青な別嬪はんどすな」

十年ほど前に鳥居清長という人気絵師が描いた「当世遊里美人合　たち花」は、三人の江戸美人を描いた浮世絵だ。

「世辞も過ぎると興ざめだよ」

「お世辞は私も苦手どす。麗しいものを麗しゅう言うて、なんの悪いことがありまひょ」

臆せずに言う忠也に、「ふうん」と多香は興を覚えた様子で微笑んだ。

「あんたみたいな男が錠前師とは面白い」

「私は秘め事にも目があらへんさかい、錠前師になったんどす。殊にお多香はんのような方の秘め事にはそそられますえ」

「流石京者。まるで業平の生まれ変わりみたいな口を利くね」

在原業平は言わずと知れた大昔の京の貴族で、歌人としても、女たらしとしてもいまだ名高い男である。

「ふふ、なんぼなんでも業平には敵いまへんよ。そやけど、名人に美男美女と、この長屋は粒ぞろいどすなぁ……」

多香への流し目はもとより、守蔵と鈴がそれぞれ錠前と胡弓の名人、大介と多香で美男美女だとして、何やら己だけないがしろにされたようで、真一郎は内心面白くなかった。


久兵衛の口利きで、忠也は平右衛門町の旅籠から長屋の裏の鶴田屋へ移った。

鶴田屋は部屋数が少なく、内風呂を備えている分、値が張るのだが、忠也の錠前は一つ五両を下らぬだけあって旅費は潤沢にあるようだ。

弟子入りは断られたものの、忠也は六軒長屋に日参し、守蔵が許す限り仕事ぶりを見守ったり、一緒に鍛冶屋に行ったりした。守蔵の許しが得られぬ時は江戸見物に出かけるのだが、これにはもっぱら真一郎が案内役として付き合った。

案内役を頼まれたのは忠也が多香について安田屋に行った後だったため、初めは渋々だった真一郎だが、案内料の他、飯代も遊興費も忠也持ちと悪くない。また、「美しい」「麗しい」が口癖の忠也は美に並ならぬこだわりがあるようなのだが、己の美貌は鼻にかけぬし、雇い人の真一郎を見下すこともなかった。

江戸の名所はもとより、この一年余りの久兵衛の伴で、主な料亭や大店にも詳しくなった。常から利用している露店や裏店は言わずもがなで、忠也は無邪気にそういった真一郎の知識を喜び、格式を問わず、興をそそられるままあちこち見物して周った。

役者顔負けの美貌もさることながら、人好きのする物腰や京言葉も相まって、どこへ行っても忠也は人目を引いた。

そうして六日ほど経った月半ばの十五日、守蔵に相手を断られた忠也は、朝のうちに刈谷道場に行こうとしていた真一郎について来た。弓矢の手入れがてらに的弓を楽しもうと思っていた真一郎は気が進まなかったが、ついでに寛永寺やら不忍池やらを案内して欲しいとねだられ断り切れなかったのである。

刈谷道場に着くと、若き弟子の橘清二郎が目を真ん丸にして声を上ずらせた。

「し、真一郎さん、この方は一体……？」

「京から来た錠前師の忠也さんです」

「京から……あの、錠前師というと、つまり蔵などにつける錠前の？」

「はい。その錠前を作る職人にございます」と、忠也。

「職人にはとても見えません。その、もしや役者ではなかろうかと……」

「おおきに」と、忠也は嫌みのない笑みをこぼした。「よう言われますが、この通り、れっきとした職人にござります」

忠也が差し出した両手は、甲は滑らかなのだが、手のひらにはいくつかの傷跡がある。指先も固くなっているのが見て取れて、そこだけは職人らしさが窺えた。

「なんだなんだ？」

聞き覚えのある声に振り向くと、刈谷と共に友部一馬の姿があった。

旗本の天野銀之丞に仕える侍で、花見の宴で的弓を引き合った弓士でもある。

「友部さま」

「おう、真一郎さん、ちょうどよかった。ここで会ったが百年目——ってぇのは大げさだが、今日こそ、ちと付き合えや」

友部の通う梶原道場と刈谷道場は、花見の宴の後、閏二月に早速仕合の場を設けたのだが、弟子ではない真一郎は参加を断っていた。

「それが、今日は弓矢の手入れに寄っただけでして」

忠也——京からの客——の案内を引き受けていることを話すと、友部は忠也を上から下まで眺めて言った。

「お前さんは弓は引かねぇのか？」

「残念なことに弓術の心得はあらしまへん」

「そらつまんねぇな。なぁ、一刻――いや、半刻でいい。真一郎さんを貸してくれや」

「貸すだなんてとんでもおまへん。勝手についてきたのは私どすさかい。そやけども、真一郎はんは弓士でもあったんどすな」

「おう」と、真一郎より先に友部が応えた。「しかもなかなかの曲者（くせもの）よ」

興を覚えた忠也と他の弟子たちを見物客に、真一郎は道場の弓矢を借りて射位に立った。

友部と交互に引くこと、十手二十本。

どちらも一本も中白（なかしろ）を外さずに引き分けると、ちょうど九ツの鐘が鳴った。

「はぁ、美しい……」

鐘を聞いて弓を置いた真一郎たちへ、忠也は称嘆した。

「眼福とはこのことで……弓術はよう知りまへんが、構えから的に当てるまで、お二方ともこう、迷いのあらへん姿がまことに凜々（りり）しゅう――麗しゅうござりました」

「まことに」

そう大きく頷いたのは橘だ。

「私などはまだ逐一七道をなぞらなければ型が乱れてしまうのですが、お二方はとうに各々の型を体得されていて、また友部さまはどちらかというと剛、真一郎さんは柔と互いの射法に違いはあれど、射そのものへの気構えはどこか通じるところがあるように思うのです」

「友部さまは剛、真一郎はんは柔、それでいてどこぞ似とる……橘さま、言い得て妙にございます。ところで、七道とはなんでしょう？　無知をお許しになっておくれやす。どうかご教示いただけまへんか？」

「わ、私がですか？」

照れながらも橘は、射法の基本である「七道」を忠也に語り始める。

橘たちを横目に矢取りに向かうと、友部が囁き声で問うた。

「なぁ、真一郎さんよ……俺は京に上ったことがねぇんだが、あの忠也ってのは本当に京者なのか？　俺が知ってる上方の者とは大違いなんだが」

「私も京に上ったことはありやせんが、同じ上方でも、大坂と京じゃ大分違うと聞いとります。それに忠也さんは、おそらく京でも相当な変わり者じゃねぇかと」

「うむ。『凜々しい』はまだしも『麗しい』と言われたのは初めてだ。それも男に……なんだか憎めねぇやつだけどよ。その、なんだ、やはり野郎だと嬉しくねぇな」

「ええ、まさしく」と、真一郎は苦笑を返した。

上野を一通り巡って長屋に帰ると、多香も前後して安田屋から帰って来た。

「もう、お多香はん、なんで教えてくれへんかったんどすか？」

「なんの話だい？」

「真一郎はんの弓の腕前どす。今日、上野の道場でえらい驚きました。安田屋で話の種にでも教えてくれはってもよかったのに」

「矢場で客に他の男を褒めるような野暮な真似はしないさ。ましてや、あんたみたいなど下手っぴにはね」

「ど下手っぴとは、えげつないいわれようどすな」

「いいじゃないか。当てようが外そうが、うちの女どもはあんたに夢中だ。また連れて来てくれと今日も頼まれちまったよ」

「せやったら、またそのうちに」

矢取り女たちが忠也に群がる様子は容易に想像できた。弓術くらいしか取り柄のない真一郎としては嫉妬を覚えないでもなかったが、多香に「その気」がなさそうなのは救いであった。また友部が言ったように、どうも憎めない魅力が忠也にはある。

守蔵に挨拶をして鶴田屋へ戻った忠也と入れ違いに、久兵衛が長屋にやって来た。

「真一郎、ちと頼みがある」

「はあ、なんなりと」

雇われの身として即答すると、久兵衛は真一郎を上がりかまちに促して声を低めた。

「その……不義を探って欲しいのだ」

「ま、まさかお梅さんが？」

「莫迦者」と、久兵衛は一蹴した。「探って欲しいのは西仲町の『栄扇』の娘だ」

娘の名は比佐。扇屋・栄扇の長女で今年二十四歳。十八歳の時に婿を取って、既に二児の母だという。

「卯月に入って何やらそわそわしだしてな。既に二度、母親に子守を任せて出かけておるそうだ。二度とも日本橋の扇屋――つまり商売敵を探りに行くと言ったらしいが、帰って来てもどこか上の空で……おかみさんがどうも男じゃないかと案じておるのだ」

隠居の幸信が久兵衛の知己で、婿の助四郎に悟られぬうちに内々に収めたいと、久兵衛を頼ってきたのである。

「おかみさん――おひろさんがそれとなく問うてみたのだが、誤魔化されたらしい。まずは本当に不義を働いてるのかどうか、もしもそうなら男の正体をつかんできてくれ」

「かしこまりやした」

翌日、久兵衛の用事を理由に真一郎は案内役を断ったのだが、用事の中身を聞いて忠也は目を輝かせた。

「せやったら私もご一緒します。江戸見物よりよっぽどおもろそうや」

「いや、そいつぁならねぇ」

「なんでどすか？」

「そら真さんかておんなじやろう」と、忠也はくすりとした。「ああ、私も皆はんとおんなじように、真さんと呼んでもよぉすか？」

「そら構わねぇが——」

「ほな、行きまひょ、真さん」

「行きまひょ、じゃねぇ」

真一郎が困った声を漏らしたところへ、隣りから大介が顔を出した。

「ああ大介、もしも暇なら」

「いんや、ちっとも暇じゃねぇ。俺にだって仕事があんだ」

忠也が長屋に現れてから八日になるが、大介は日に日に愛想がなくなっていく。

江戸生まれ江戸育ちの大介にはもともと「上方」や「くだりもの」への対抗心がある。ゆえに「京者」というだけで初めから忠也をどことなく敵対視していたのだが、忠也が出かけたついでに枡乃屋に寄ったり、長屋でも鈴に馴れ馴れしい口を利いたりするものだから、忠也ばかりか案内役の真一郎にまですっかりへそを曲げてしまった。

また、話すうちに判ったことだが、二十五、六歳と思われた忠也は大介より一つ年上なだけの二十四歳で、歳よりずっと若く見られる己に比べ、忠也は歳より大人びて——といってもほんの少しだが——見えることも大介の癇に障ったらしい。

一方、忠也は大介がますます気に入ったようで、長屋を出ると忍び笑いと共に言った。

「ふふ、まったく大介はんはかいらしおすなぁ。私がお鈴はんや真さんと仲良うしてるのがおもろないんやろう。私とは一つしか違わへんのに、ほんにまあ、童（わらわ）のように愛らしくて初々しい……つれへん素振りがまたたまらへん。女たちが放っとかへんのも判ります」

「いくらなんでも童はねぇだろう。間違ってても大介の耳には入れるなよ」

「判ってますて。お鈴はんに聞きましたが、大介はんは笛の名手なんどすってな。どないなもんや是非いっぺん聞いてみとぉす。真さんから頼んでもらえまへんか？」

「俺よりもお鈴に頼んだ方が……いや、久兵衛さんから頼んでもらう方がいいやな」

「ああもう、京に連れて帰って、五条大橋（ごじょうおおはし）で牛若（うしわか）よろしゅう笛を吹かせてみとぉす……」

うっとりとして半ば本気でつぶやく忠也に、真一郎はかねてからの疑問を口にした。

「その……お前さんはもしや、そっちの気もあんのか？」

「そら真さん、女性の方がなんかと都合がよぉすけど、好いた人なら私はどちらでも構いまへん。ましてや大介はんみたいな美童なら、断る手はあらしまへんで」

忠也があまりにもあっけらかんとして言うものだから、たじろぎよりも感心が勝って真一郎は思わず噴き出した。

「そ、そうか。そういうもんか」

「そないなもんですとも」

「けど、そいつも大介には黙ってた方がいいぞ」

「判ってますて」

目を細めて頷いた忠也と、まずは西仲町の扇屋・栄扇に向かった。

久兵衛の遣いを名乗って隠居の幸信を呼び出し、初めに不義を疑ったひろに話を聞けぬものかと思ったのだが、真一郎たちを客と勘違いした店主の助四郎が早速忠也と二言、三言交わす間に、奥から比佐と思しき女が出て来た。

栄扇は大店ではないが、助四郎の他、四人の店者が働くまずまずの店で、比佐は普段は店先に出て来ることはないようだ。

訝しげな顔をした助四郎に、比佐は言い訳がましく微笑んだ。

「上方言葉が聞こえたものですから、つい……」

忠也を見やってはにかんだ比佐の顔かたちはよくいって十人並みで、とても不義を働くような女には見えぬ。だが色艶はよく、二児の母親らしいむっちりとした肉置きにはそれなりの色気が窺えた。

「うちは江戸物——殊に浅草の職人の作った扇を多めに取り揃えてございます。お気に召すものがありましたら遠慮なくお声がけくださいまし」

主らしく如才なく助四郎は言ったものの、比佐をすぐ奥へと促したあたり、内心面白くないようだ。

ようやく真一郎は幸信に会いに来たことを明かしたが、あいにく幸信もひろも留守らしい。

真一郎が助四郎と話す間に、忠也は一本、気に入った扇子を見つけて買った。

貝のごとく丸みを帯びた形をしていて、白鼠一色かと思いきや、よく見るとところどころに微かに銀箔が煌いている。

「もう夏どすさかい……」と、忠也は雅やかに扇子を扇いでみせた。

栄扇を出ると忠也が問うた。

「さて、どないします？」

「婿殿にばれねぇようにこの辺りを訊ねて回るのは難しいな。おひろさんに伺うのは明日にして、日本橋の扇屋をあたってみるか。お比佐さんは息抜きや買い物を兼ねて、本当に商売敵を見に行っただけかもしれねぇし……」

「いいえ真さん、賭けてもよぉす。あのおかみさんはいたしとりますえ」

涼しげに、口元を扇子で隠して忠也は囁いた。

「おそらく相手は上方の男ではおへんやろか」

なればこそ、比佐は己の京言葉を聞きつけて顔を出したのではないかと忠也は言った。

色男ゆえというよりも、場数の違いからくる勘であろう。忠也や大介ほどの美男でなくとも、もてる男はいるものだ。

どちらにせよ、忠也の方が己より女慣れしているのは否めないと、真一郎はあっさり兜を脱いで頷いた。

「そうか。もう手遅れか」

「手遅れかどうかは、修羅場を見てからやないとなんとも」

にっこりとして忠也が扇子を畳んだところへ、「もし！」と、鋭く女の声が呼んだ。

「あなた、あれでしょう？　久兵衛さんのところの――」

「へえ、真一郎と申しやすが……」

「そうそう、真一郎さん。聞こえましたよ。『手遅れ』だの『修羅場』だの……こいつがあれですか？　娘をたぶらかしたやつですか？」

辺りをはばかりつつも詰め寄ってきたこの女こそ、比佐の母親のひろであった。

「……それでな、お多香の考えも聞いてみてぇと、こうしてちと出向いて来たのよ」

夜九ツが鳴ったばかりの、大福寺の濡れ縁である。

多香の後を追って町木戸が閉まる四ツ前に大福寺に着いた真一郎は、多香が一通り彫りを終えるまで――九ツを聞くまで辺りで一眠りしていた。

今年は閏二月があったため、卯月の半ばでも昨年と比べて大分暑さが増している。寝ている間に藪蚊に手足を刺されたようで、二つ三つ赤くなっているところを掻きながら真一郎は多香を見つめた。

「まあ、入りなよ」

苦笑しながら多香が言うのへ、真一郎は素早く身を滑り込ませて雨戸を閉めた。

――あれからすぐにひろの誤解は解けて、真一郎たちは栄扇からやや離れたところでひろから話を聞くことができた。

ひろが勘違いしたのは忠也の京訛りを聞いたからで、ひろは娘の不義の相手に既に見当をつけていた。

弥彦という名の蚊帳売りである。

「その蚊帳売りなら聞いたことがあるよ。上方から卯月の一月だけ江戸にやって来る、美声の美男らしいね」

「お多香も耳にしていたか」

比佐はこの弥彦を心待ちにしていたようで、卯月の頭に蚊帳を買い替えていた。この蚊帳を愛おしげにためつすがめつ眺めたり、触れたり、また何やら急に上方に関心を覚えたような娘の様子を見て、ひろは弥彦にあたりをつけたという。

ひろから話を聞いたのち、真一郎と忠也は浅草の所々で弥彦について訊ねて回ったが、何分流しの蚊帳売りだけに、今どこを売り歩いているのか、どこに寝泊まりしているのかはさっぱり判らなかった。

七ツを過ぎて六軒町に戻り、長屋の近くで忠也と別れると、真一郎はまずは鈴に、それから家でごろごろしていた大介に声をかけ、大介の家で集った。

鈴を誘ったのは拗ねている大介へのご機嫌取りだったため、不義を話の種にするのは気が引けたのだが、鈴も多香と同じく「蚊帳売りの弥彦」を知っていた。

「あけ正で女たちが噂していたんだと。お多香が聞いた通り、弥彦は卯月の一月だけ江戸を流す上方の蚊帳売りで、美声を裏切らねぇ色男だそうだ。美形かどうかはともかく美声はお鈴のお墨付きさ。一度だけだが、あけ正の前を流して行ったのを聞いたってんだ」

鈴がお座敷仲間や料亭・あけ正の女中たちから聞いたところによると、弥彦は並の蚊帳より高値の萌黄蚊帳しか売らないそうで、中でも縁の紅布に刺繡を施した蚊帳には二倍、三倍の値をつけているという。

「でもって、この弥彦ってやつはとんだ女たらし——いや、人妻たらしでよ。刺繡入りの蚊帳を売りつけながら人妻を——人妻だけをくどいては、出会い茶屋に誘うそうだ」

刺繡入りの蚊帳を所望する客は総じて裕福だ。弥彦はそういった客の中から、気に入った人妻のみを選って密通を楽しんでいるらしい。

「ふうん……人妻しかくどかないとは面白い」

真一郎が手土産として携えてきた八千代屋の大福を食みながら、多香は興味を抱いたようである。

――金目当てたぁいけすかねぇ。紐みてぇな野郎だな――

「てめぇも紐同然のくせして、俺は人妻には手を出さねぇ、不義は始末に負えねぇと、大介がぷりぷりしていて可笑しかったや。どうやら、お鈴が弥彦の声を褒めたのが気に障ったみてぇでよ」

「ふふ、大介らしいね」

これまた真一郎の手土産の酒を口にして、多香は愉しげに微笑んだ。

先月、ふとした折に多香に誘われいたしたものの、月に一度あるかないかの逢瀬では真一郎には物足りない。今宵もあわよくばと思ってやって来たが、色目を使うにはまだ早いと、茶碗に酒を注ぎ足すだけにとどめた。

「何はともあれ、お比佐さんを問い詰めても埒が明かねぇから、この弥彦ってのを捕まえて釘を刺したいっておひろさんは言うんだが、一体どこをどう探したものか……卯月の一月しか江戸にいねぇってんなら、あと半月もねぇからよ」

「そんなら、浜田の粂七さんに頼んでみちゃどうだい？」

「粂七さんに？」

「人妻を連れ込むなら、近所の茶屋は避けるだろう。でも、浜田なら西仲町から大分離れているし、あの辺りは盛り場でごちゃごちゃしてるから密会にはうってつけさ。たとえ浜田の客じゃなくても、粂七さんは顔が利くから、弥彦の出入りがないか、他の茶屋にも訊ねてくれるだろう」

多香の言うことはもっともなのだが、粂七と聞いて閏二月の出来事を思いだした。

久兵衛の雇われ人ではないが、店子として真一郎よりずっと長く久兵衛に世話になっている多香である。久兵衛に「ご恩」があるという粂七なれば、多香もこれまでに粂七に便宜を計ってもらったことがあるのやもしれない。

「お多香、粂七さんてのは一体どういうお人なんだ？」

「どういうって——それこそ一体どういうことさ？　浜田の番頭の粂七さんだよ。あんただって知らないお人じゃないだろう？」

「そうなんだが……」

偽証の一件を言うべきか否か束の間迷ったが、内密にと頼まれたからには、たとえ多香にでも明かし難い。

「蚊帳売りの弥彦か……どれほどの色男か、私も一度この目で拝んでみたいもんだ」

「そうか？」

真一郎が問い返すと、多香はにやりとして言った。

「そりゃそうさ。お鈴のお墨付きなら、その美声とやらも聞いてみたいね。蚊帳売りならまずまず筋骨逞しいだろうし、同じ上方の者でも忠也とはまた一味違った美男だろうさ」

蚊帳売りのほとんどは振り売りだから、弥彦は少なくとも忠也よりは雄々しい身体つきをしている筈だ。

「にしても、何も人の女に手を出さなくてもいいだろうに……女も女だ。いくら美男だからって、旦那がいるのによく知らねぇ男にほいほいついて行くたぁどういうこった」

明暦元年に出た布令では姦通は男女共に死罪で、見つけ次第討ち取ってもよいことになっている。だが、六十年余りを経て男は非人手下、女は花街に下げられるなど、死刑から労役刑へと減刑され、そののち五年ほど——享保十年になると、示談が成立すれば金で内済にできるようになった。

示談金の相場は大判一枚。

大判一枚は十両に値するが、実の量目は七両二分しかないゆえに、示談金——間夫代、または姦通料——は七両二分でもよしとされているものの、十両あれば長屋の一家が一年暮らせることを思えばけして安くはない。

ただし金で片をつけられるのはあくまで示談がまとまった場合のみで、姦通罪で訴えられれば男は非人手下、女は遊女へと身を落とす。昨今では体面を慮った示談が主になったとはいえ、訴えられぬとは限らぬし、恨みや憎しみが高じた殺しを聞かないでもない。

「示談になったたって、噂になりゃあ町にいづらくなるだろう。弥彦は上方に逃げちまえばそれまでだろうが、人妻がよくもまあそんな危ない橋を渡れるもんだ」

比佐の顔を思い浮かべながら真一郎が言うと、「ふふん」と多香は笑みを漏らした。

「危ない橋だからこそ渡りたくなる者だっているんだよ。己はそんな真似はしないと思っていても、誰もが認める美男なら——弥彦や忠也のような男に誘われれば、たとえ人妻でもふらりと抱かれたくなることがあるだろうさ」

「ふらりと……」

お前はどうなんだ——

真一郎が見つめると、多香は思わせぶりに微笑んだ。

嫉妬と欲情に同時にかられたが、勢いに任せてせまったところで返り討ちに遭うだけだと、まだたっぷり酒が入った酒瓶を横目に思いとどまった。

ところが「そうさ」と多香は頷くと、茶碗を脇に押しやって、真一郎の頰に触れる。

「ふらりと——ひょんなことで魔が差すことも……」

囁く多香の唇が真一郎のそれを塞いだ。

思わぬ成り行きに戸惑う間もなく、真一郎は多香を抱きしめた。

おぼろげに明け六ツを数えてしばらくして、真一郎は多香に揺り起こされた。

「真さん、そろそろ帰るよ」

薄目で見やると、多香はもうとうに着物を身につけている。

本堂はまだ雨戸を閉めたままだが、細く差し込んでくる朝日で充分周りが見えた。

昨晩の多香の肢体を未練がましく思い出しながら、もぞもぞと起き上がると、真一郎はおもむろに切り出した。

「なぁ、お多香。そろそろ俺と一緒にならねぇか？」

多香はほんの一瞬小首をかしげるようにしたが、「ふっ」とすぐさま噴き出した。

「何、寝ぼけたこと言ってんのさ。さっさと支度しないと置いてくよ」

寝ぼけちゃいねぇが……

ふと口をついて出た求婚だったが、もともと不意打ちが通じる相手でもない。

やはり駄目か――

そう一人で合点しながら、さほど気落ちすることもなく真一郎は脱ぎ散らかしたままだった下帯を手にした。

多香が面打ちの道具を須弥壇（しゅみだん）に仕舞いに行く間に、のそのそと身なりを整えて、二人して大福寺を後にする。

守蔵と鈴は起きている気配がそれぞれの家からしたが、大介はまだ寝ているようだ。

「朝餉の前に、日の出湯に行かないかい？」

「おう」

日の出湯で揃って羽書を見せると、番台の日出吉（ひできち）が真一郎にだけ微かに目を細めてみせた。

求婚は一蹴されたものの、多香とは同じ長屋に住み、時にはこうして連れ立って湯屋に行き、飯を食い、酒を酌み交わし、男女の悦びを分かち合う仲である。

さすればそこらの夫婦ともそう変わるまい——と、真一郎も多香に見えぬようそれとない笑みを日出吉に返した。

帰りしなに振り売りから青菜を買って長屋に戻ると、真一郎が飯を、多香が味噌汁をそれぞれ支度することにする。

話し声を聞きつけた大介が、目をこすりながら起きて来る。

「真さん、お多香さん、俺にも食わせてくれよぅ」

三人でやや遅めの朝餉を食べ終えると、四ツ前に鈴は枡乃屋へ、ほどなくして多香が別宅へ面の仕上げにと出かけて行った。

「真さんは今日も弥彦を探しに行くのかい？」

「ああ。お前は今日も仕事をすんのか？」

「俺は……」

大介が言いよどんだところへ、表の木戸から久兵衛が、裏の鶴田屋へ続く戸口から忠也が、前後して長屋にやって来た。

「守蔵、ちと話がある」

何ごとかと真一郎たちも久兵衛の家に集うと、久兵衛が忌々しげに口を開いた。

「井関屋の金蔵から金がなくなったそうでな。お前が疑われておる」

「守蔵さんが？」

「守蔵はんが？」

大介と忠也が揃って声を上げた。

「井関屋というと、先だって俺が錠前を開けた……」

「うむ。その井関屋だ」

雷門から九町ほど西の浅留町の井関屋は銅物屋で、弥生の終わりに金蔵の鍵を失くしてしまったと、久兵衛を通して守蔵を呼んでいた。

「金蔵といっても井関屋のは長持に錠前をつけただけの代物でな。守蔵は難なく元の錠前を破って、代わりに己の錠前を売って帰って来たのだ。この金蔵には銭箱がいくつか入っておって、此度銭箱を検めたところ、小銭で七両ほどなくなっていることに気付いたそうだ」

鍵を持っているのは主の高太郎のみということから、守蔵が錠前を付け替えた時にこっそり盗んだのではないかと言い出した。

「なんでも見張りの者が一度、小用に離れたそうだな？」

「ええ。ですがそりゃ俺が錠前を開ける前で、ほんのひとときのことですや」

店の金蔵を開けるとなると流石に一人にはさせてもらえず、店者が一人、見張りとして後ろから守蔵を見守っていた。高太郎はこの者が厠に行った隙に守蔵が錠前を破って金を盗り、その後何食わぬ顔をして再び錠前を閉めたのではないかと疑っているらしい。

「莫迦莫迦しい」

「阿呆らし」

再び大介と忠也の声が重なって、真一郎は思わず小さく噴き出した。

忠也が目元を緩めたのに反して、大介はぷいっと顔をそらして付け加えた。

「そんなの、家の者か店の者が盗ったに決まってら」

「無論、儂もそう言い返したさ。だが高太郎さんは半信半疑でな……」

「とんでもねぇや。うちの守蔵さんを盗人呼ばわりするたぁよ」

大介ほどあからさまではないが、守蔵も腹に据えかねたようだ。

ふいっと座を立って向かいの己の家に行くと、錠前を一つ手にして戻って来た。

「こいつなら、俺の錠前に劣りやせん」

差し出されたのは忠也の錠前で、守蔵が己で買い求めた物の一つだ。三つの内では一番安い物ではあるが、それでも五両したという代物だ。

「久兵衛さん、すいませんが、井関屋に出向いて俺の錠前を取り返してきてくだせぇ。てめぇで鍵を失くしておいて、鍵師を盗人呼ばわりするような店はこっちもごめんだ。忠也、お前さんには悪ぃが、お前さんの錠前と交換なら久兵衛さんもことを収めやすいだろう」

「悪いやなんてとんでもあらしまへん。そいつは守蔵はんの物どすさかい、どないしようと守蔵はんの勝手どす。どうせとっくに破られてるし、お師匠はんの好きにしとぉくれやす」

さりげなく守蔵を「お師匠」と呼びつつ忠也はにっこりとした。

忠也の錠前を袱紗に包むと、久兵衛は真一郎に伴を言いつけた。


「守蔵は錠前を開けただけで、銭箱には一切手を付けておらんと言っておる。そちらさんがお困りだったから儂も守蔵も尽力したが、このような疑いは面目を潰されたも同然だ。守蔵を疑う者に守蔵の錠前を使われるのは不愉快極まりないでな。これと引き換えに、守蔵の錠前を返してもらいたい。この、京で名高い忠也の錠前と引き換えなら文句なかろう」

「あ、いや、私はその、そういったこともあるやもしれぬと申しただけでして……」

久兵衛の有無を言わせぬ物言いに、井関屋の高太郎はたじたじとなって応えた。

高太郎は四十路をいくつか過ぎただろう年頃で、目元の皺や少し出た腹に店主として貫禄を感じるものの、還暦過ぎの久兵衛とは親子ほども歳が違う。高太郎の方が背丈も目方もあるというのに、五尺で細身の久兵衛の方が堂々としていて頼もしい。

高太郎は守蔵を疑ったことへの詫び言は述べたが、錠前の交換にはあっさり応じた。高太郎が錠前を交換に行く間に、久兵衛が厠を借りに立ち、座敷には真一郎が取り残された。

「あの、うちの人が余計なことを……どうも申し訳ありません」

詫びながら茶を運んで来た女は高太郎の妻で、結と名乗った。うりざね顔にほっそりとした身体つきで、どう見てもまだ二十代半ばゆえに、こちらもともすれば親子ほど歳の離れた夫婦であった。

「ああ、いえ……」

言葉を濁して、真一郎は庭の方を指差した。

「それよりあすこに干してある蚊帳ですが、刺繍入りとは珍しいですな」

庭先に虫干ししてある萌黄の蚊帳の縁には朝顔の刺繍が入っていて、もしや弥彦の蚊帳ではなかろうかと先ほどから気にかかっていたのである。

「ええ。あまり見ないかもしれません」

遠慮がちに結が応えた矢先に、高太郎が戻って来て言った。

「だからって、今年もまだ使うのか？　――ああ、あれは昨年、子供がいたずらして穴が開いてしまいましてね。下の方を繕ってあるのです。もう五、六年使っておりますし、みっともないので買い換えるよう言ったのですが、こいつは若いのに締まり屋でして」

「いいじゃないですか。縁はまだ綺麗なのですから」

「縁よりも網の方が大事だろうに」

そう言って高太郎は苦笑したが、結は蚊帳を手放す気はないようだ。

「あの」

　ふと思いついて真一郎は言ってみた。

「私の友人に刺繡入りの蚊帳を扱っている者がおります。お結さんももしや、そいつからお求めになったのでは？　弥彦という名の蚊帳売りなんですが……」

「いえ、あれは……あれは母からの贈り物なのです」

「そうですか。お母さまからの贈り物なら、大切になさりたいのは当然ですな」

　さりげなく応えたものの、弥彦の名を聞いた結の目に、微かに動揺が走ったのを真一郎は見逃さなかった。

　母親からの贈り物というのは嘘だろう。

　お結さんも、弥彦と通じていたのやもな……
　五、六年前なら結は二十歳そこそこだった筈だ。弥彦がいくつかは知らないが、四十路を過ぎてはいまい。高太郎は結より少なくとも一回りは年上だし、顔立ちは至って並だ。まだ若かった人妻の結が「ふらりと」弥彦に惹かれてもおかしくはなかった。
　子供にいたずらされて、夫に呆れられても尚、蚊帳を使い続けようとする結を見て、弥彦への興味が増した。多香ではないが、一体どれほどの男なのか一目拝んでみたくなる。

　ほどなくして戻って来た久兵衛と井関屋を辞去すると、真一郎たちは再び長屋の久兵衛の家に集った。

　持ち帰った錠前を一目見て守蔵が言った。

「こりゃ合鍵を使ったな」

「ええ。しかも随分お粗末な合鍵どす」

錠前を検分しながら、守蔵と忠也が頷き合う。

二人の手元をそれとなく覗き込んだ大介に、忠也が中羽根を差し出した。

「大介はん、上にこまい傷がついとるんが見えますか？」

「あ、ああ」

「鍵穴にも、ほれ、このように」

久兵衛は眉根を寄せて手に取って錠前を確かめたが、真一郎には覗いただけで羽根の上部や鍵穴の周りの微かな傷が見て取れた。

誰かが鍵の蠟型でも取り、合鍵を作ったのだろう。型取りした鍵はどうしても本物よりやや大きめになる。本職ならこれを本物に合わせて丁寧に削るところを、この合鍵を作った者は大分端折って荒削りのまま鍵穴に差し込み、強引に解錠したのだろう――というのが、守蔵と忠也の推し当てだ。

「見とぉくれやす。お師匠はんの鍵はこの通り、滑らかなもんどす。この鍵やったら、こないな傷はけししてつきまへん」

守蔵の鍵で錠前を開けてみせると、忠也は久兵衛に申し出た。

「久兵衛はん、どうか私を井関屋とやらに連れて行っとぉくれやす。盗みは鍵の型を取った者の仕業どす。お師匠はんはけして盗人ちゃうと、私の——この錠前師、忠也の口から伝えとうございます」

翌日、朝のうちに真一郎は久兵衛と忠也の伴をして再び井関屋を訪れた。

錠前の傷を見せながら忠也が所見を述べると、高太郎は「ううむ」としばし黙り込んだ。

「……鍵は昼間は肌身離さず、夜も寝間に隠してあるのだが、まさかお結が……いや、そういえば」

金蔵代わりの長持は帳場としている小部屋に置いてあるのだが、大きな金の出し入れの他、日中は帳場に出入りする者はいない。だが、錠前を替えてまもなく、妹の克(かつ)に頼まれて金を貸すために一緒に帳場に行ったという。

「新しい錠前に気付いたお克に、前のより丈夫そうだ、ちょっと鍵を見せてくれないかと言われて……ちょうど手代が客のことで相談に来て、少しばかりだが目を離したことが」

「それなら、おかみさんじゃなきゃ、妹さんの仕業だろう」と、久兵衛。

「しかし、そんなことが……」

「その手代とやらもぐるなのでは?」と、真一郎は口を挟んだ。

寝間を共にする結ならいくらでも型を取る機会があっただろうが、金に困っていそうなのは克の方だ。克の仕業だとすると、手代の助っ人なしに型取りはなし得なかっただろう。

眉間に皺を寄せて高太郎が再び考え込むと、襖戸の向こうから声がかかった。

「お茶をお持ちしました」

「お、お克」

返事を待たずに克は襖戸を開き、座をぐるりと見回すと、忠也を認めて微笑んだ。

「ようこそお越しくださいました。お口に合うとよろしいのですが」

「どうしてお前が？　お結はどうした？」

「遣いがてらに寄ったのです。そしたら、上方からのお客さまがいらしていると聞いたので、私もご挨拶をと」

どうやら忠也の美貌を聞いて、結を差し置いてしゃしゃり出て来たようである。

妹だけに高太郎より幾分若いが、それでも三十代半ばの大年増だ。引眉と微かに覗いた鉄漿（おはぐろ）から、既に嫁いだ身であることが窺える。

「そうどすか。あんたはんがお克はんどすか」

婉麗（えんれい）な笑みを向けた忠也に、克ははにかみながら茶を差し出した。

「ええとこへいらっしゃった。ちょうど今、お克はんの噂をしとったんどす」

「まあ、私の……？」

「ええ」

ここぞとばかりに、更に優艶に微笑んで忠也は問うた。

「この錠前の傷、お克はんがつけたんちゃいますか？」

「えっ？」

さっと克の顔色が変わったのを見て、真一郎と久兵衛は目配せを交わした。

「お克はんは手代の——なんちゅう名どしたっけ？　高太郎はん？」

「健二(けんじ)……」

「そやそや、その健二はんと通じてはるんちゃいますか？」

「ままま、まさか」

「お克！」

動揺をあらわにした克を、高太郎が叱咤(しった)した。

「お前が——なんということだ。ああ、どうか皆さん、このことはご内密に……」

慌てる高太郎の声を聞きながら、襖戸の向こうに気配を感じて真一郎は立ち上がった。

さっと襖戸を開けると、驚き顔の結がいた。

「すみません。お客さまが気になって、その、盗み聞きを」

「お結、ちょうどいい。久兵衛さんたちを私の代わりに見送って来てくれ」

急いで詫び言と共に頭を下げた高太郎に、追い出されるように真一郎たちは座敷を出た。

「どうもお騒がせして申し訳ありません。また改めてお詫びとお礼に参ります」

玄関先で深々と頭を下げてから、結は躊躇いがちに真一郎に切り出した。

「あの、蚊帳のことなのですけれど……やはり今年は買い換えようと思います。ですから、その、似たような刺繡入りのがないか、ご友人に訊いていただけないでしょうか？」

「え、ええ」

戸惑いながらも、真一郎はひとまず頷いた。

「それで、もしもよいのがありましたら、お手を煩わせてすみませんが、あなたさまが届けてくださいませんでしょうか？」

「私がですか？　しかし、高価な物ですから、その目でお確かめになってからの方が」

「このようなことがあった後で、うちの人に疑われとうありませんから……」

ということは、やはりお結さんは弥彦と通じていたのか……

だが、弥彦に会うつもりがないのなら、わざわざ高値の蚊帳を買い換えることはなかろうと、真一郎は内心首をひねった。

「我儘を申してすみませんが、どうかお願いいたします」

弥彦の名を口にしたのは思いつきの方便で、実は友人どころか顔も知らぬ真一郎だ。だが、何やら思いつめた目をした結に今更嘘だったとは言い難い。

「判りやした。近々やつを訪ねてみます」

真一郎が請け合うと、傍らの久兵衛と忠也が揃って微かに口角を上げた。

「真さん、ご友人ちゅうんは弥彦やろう？」

「お結さんも弥彦に通じておったのか？」

井関屋を出て口々に問うた二人に、真一郎は昨日の結とのやり取りを話した。

「ふふ、それであないな安請け合いを……真さんは知れば知るほどおもろいお人どすな」

「まあ、栄扇のために、どうせ弥彦を探すのだからな」

「はあ」

「早う弥彦を見つけまひょ。どないな色男か私も一目見てみとぉすさかい」

人妻しかくどかないと知って、忠也も弥彦に一層興味を覚えたようだ。

「――そやけどなんで弥彦やのうて、真さんに蚊帳を届けるよう言うたんやろか。弥彦が忘れられへんさかい、蚊帳を買い換えるんちゃうんやろうか……なんやお比佐はんよりも、お結はんの秘め事の方がそそられますえ」

「ああ」

忠也が言うのへ真一郎は頷いた。下世話な話だが、栄扇のためよりも、結のために弥彦を見つけたくなってきたのは事実だ。

孫福と約束があるという久兵衛とは六軒町の長屋の前で別れ、真一郎たちはまずは守蔵と大介にことの始末を話した。

疑いがすっかり晴れて気をよくした守蔵が近所の一草庵で皆に蕎麦を馳走してくれ、そののち忠也は守蔵に誘われて鍛冶屋へ、真一郎は大介を誘って浜田に向かった。

多香に勧められた通り、手っ取り早く浜田の粂七を頼ってみようと思ったのである。

「俺だってそう暇じゃあねぇんだが、仕方ねぇなぁ」

口ではぶつくさ言いながらも、忠也がいないからか大介は乗り気でついて来た。

また、今日も鈴は枡乃屋で弾いているようで、行きがけに大介がちらりと店先を窺う。

「枡乃屋は後回しだ、大介」

「わ、判ってらい」

浜田で粂七を呼んでもらうと、粂七は真一郎と大介を交互に見やって微笑んだ。

「お二人ご一緒とは、また何ごとですかな？」

「本日はその、もしや弥彦って蚊帳売りをご存じないかと思いやして」

真一郎が問うと、粂七はあっさり頷いた。

「存じ上げておりますよ。お得意というほどじゃありませんが、時折いらっしゃいます。もちろん、卯月の間のみですが」

「すげぇな。お多香さんの見込んだ通りだ」と、大介が目を輝かせた。

「お多香さんが？」

「ああ。弥彦が出会い茶屋に女を連れ込んでるってんで、粂七さんに聞いてみちゃあどうかと勧めてくれてよ。それで俺たちがこうして出向いて来たのさ」

「さようでしたか。――弥彦さんは、うちでは八ツに待ち合わせることが多いですが、前もって言付かることはありません。部屋に空きがないようならそれまでだと、女にも言い含めてあるようです」

委細を問いもせず、躊躇いもなく客の事情を明かすのは久兵衛への恩ゆえだろうが、さすれば己と多香の逢瀬も久兵衛には筒抜けなのだろうと、真一郎はやや気恥ずかしくなった。

弥彦が来たら知らせてくれるよう粂七に頼み、斜向いの居酒屋で八ツ過ぎまで浜田を見張ったが弥彦は現れなかった。

帰りしなに枡乃屋に寄り、鈴と家路を共にしながら、大介が真一郎の代わりに得意げに井関屋や弥彦のことを語った。

続く二日も大介と浜田を見張ったが戦果はなく、四日目は忠也が同行を申し出た。

「今日はお師匠はんは一人になりたいそうで……」

井関屋の件で借りを作ったと思ったのか、はたまた忠也を気に入ったのか、この三日間守蔵は鍛冶屋や道具屋などに忠也を連れて回っていたが、今日は一人で仕事がしたいらしい。

「ふん、大方おめぇの子守に飽きたんだろうさ」

嫌みたっぷりに大介は言ったが、忠也はびくともしなかった。

「せやろうなぁ……せやさかい、今日は大介はん、あんたはんに子守を頼みます」

「冗談じゃねぇ。どうして俺が――」

「ああ、まちごうた。大介はんやなくて、真さん、どうかお頼み申します。一人も二人も手間は変わりまへんやろう？」

自分ばかりか大介まで子供扱いする忠也に大介は頬を膨らませたが、井関屋の一件で職人としての忠也や、守蔵を敬慕する姿は認めたようだ。

「――真さん、こいつも一緒でいいからさっさと行こうぜ」

「そやそや」

「そやそや、じゃねぇ」

「ああそや、帰りに枡乃屋に寄りまひょ」

「寄りまひょ、じゃねぇ」

「ふふ、大介はん、そう照れへんでもええんどすえ」

「照れてなんか――ああもう、おめぇは目立つんだから、ちと離れて歩きやがれ」

「あれ、真さん、あんなん言うてますで。目立つのんは大介はんもおんなじやのに」

六尺の真一郎を挟んで両脇から美男が掛け合うものだから、通りすがりの者たちが皆、こちらを見やって行くのが窺える。

これじゃあ、子守とどっちがましだか判らねぇ――

内心苦笑しながら、真一郎はどちらにも大人しく歩くよう促した。

浜田の前にはちょうど条七がいて、真一郎たちに気付くと微苦笑を浮かべる。

通い詰めている居酒屋の縄暖簾（なわのれん）をくぐると、忠也を認めたおかみがこれまでにも増して愛想よく注文を取りに来た。

出入り口に近い座敷に陣取り、飲み食いしながら浜田を見張ることほんの四半刻ほど、八ツが鳴ってすぐに真一郎は浜田へ向かう女に目を留めた。

栄扇のおかみの比佐である。

とっさに腰を浮かせた真一郎へ、忠也が言った。

「今止めたら、弥彦が逃げるかもしれまへんで」

「だが、これ以上ことを重ねさしちゃあならねぇ」

忠也と大介を置いて外に出ると、真一郎は小走りに比佐に駆け寄った。

「お比佐さん」

名を呼ぶと、浜田の前にいた比佐が真一郎を見やって目を丸くした。

「ああ、あの、あなたは――」

比佐が声を上ずらせたところへ、「お比佐！」と男の声が叫んだ。

すわ弥彦かと、比佐と揃って振り向くと、今度は真一郎も思わず目を見張る。

半町ほど先から駆けて来たのは比佐の夫の助四郎であった。

「お、お比佐、お前は……お前はやはり他の男と——こ、こいつか？　こいつがお前をたぶらかしたのか！」

「ち、違いやす」

「な、何が違うものか！　覚えているぞ！　お、お前はあの京者を隠れ蓑に店を覗きに来たのだろう！　お比佐に会いに——いや、私を莫迦にするために！」

顔を真っ赤にして助四郎は言葉を詰まらせた。

「真さんは、人のおかみさんに手ぇ出すようなお人やあらしまへん」

「そうだそうだ」

慌ててやって来た忠也と大介が口々に言うと、助四郎は今度は忠也たちに食ってかかった。

「ならばお前か！　それともお前か！」

「ちゃいます」

「違ぇや」

揃って呆れ声で応える辺り、二人はなかなか息が合うようである。

「お比佐！　一体どういうことだ！」

「わ、私は——」

助四郎は怒りに、比佐は恐怖にわななくのへ、真一郎は努めて穏やかに言った。

「ご亭主、落ち着いてくだせぇ。私どもは忠也さんを案内がてら、あすこで昼酒を飲んでただけですや。そしたらおかみさんがやって来て……私はただ、おかみさんがなんだか、その、迷子みてぇに見えたもんで、ちと声をかけてみたんで」

「迷子だと？　そ、そんな様子は見えなかったぞ。店からずっと後をつけて来たのだ。お比佐はまっすぐにこの……こ、ここはそういう茶屋であろう！」

「さようです。ですから、おかみさんは『間違って』いらしたんじゃねぇかと……」

比佐をちらりと見やって言うと、比佐もこくりと小さく頷いた。

「その……越後屋に行こうと思ったのですけれど、な、なんだか誰かにつけられているような気がして……怖くなっていつもは通らぬ道を折れたのです。あなたが——まさかつけているのがあなただとは知らなくて……ああ、よかった」

そう言って、比佐は助四郎の手を取った。

「もう、ほんに怖い思いをしました。あなた、どうしてこんな真似を？」

「そりゃ、お前……」

近頃、なんだか様子がおかしいと、助四郎も比佐を疑っていたという。ひろにもそれとなく問うてみたそうだが、ひろは娘と婿のためを思って誤魔化したようだ。

「今日またお前がこっそり出かけて行くのを知って、とっさにこうして……」

「――こっそり出かけたのは、あなたのためです」

「私のため？」

「ええ」と、比佐は今度はしかと頷いた。「新しく、あなたの着物を仕立てようと……越後屋では上方の流行りを勧められたのですけれど、あなたはあまり上方がお好きじゃないから迷っていたんです。でも、ほんにあなたに似合いそうな色柄で……」

比佐が言い繕うのへ、助四郎は徐々に落ち着きを取り戻し、己の早合点を陳謝した。

「どうも頭に血が上っておりまして、あられもないことを口にしてしまいました。ご無礼、どうかお許しくださいませ」

比佐が助四郎に寄り添うようにして去って行くのを見送ると、真一郎は溜息をついた。

「女は怖ぇや。こちらから水を向けたとはいえ、あんなにしれっと嘘をつくとは……」

「はは、真さん、あんなのはまだ可愛いもんさ」

「そやそや。女ちゅうのんは、時にもっとえげつない嘘をつくさかい」

それぞれ慰めにならぬことを口にして、大介と忠也は微苦笑を交わし合った。

「お取り込み中すみませんが」

条七がすっと寄って来て、真一郎たちがいた居酒屋とは反対側の居酒屋を顎で示した。

「あちらの縄暖簾の横にいるのが弥彦です」

真一郎が顔を向けると、店の陰からこちらを窺っていた男が駆け出した。

「待て！　お結さんから言伝だ！」

結の名を聞いて、男——弥彦——は足を止めた。

「お結から……？」

訝しげに近付いて来た弥彦へ、真一郎は頷いた。

「そうだ。そのためにもう四日もここを張ってたんだ。あんたが弥彦さんか。俺は真一郎ってんだが——」

「俺は大介」

「私は忠也どす」

名乗った順に真一郎たちをぐるりと見回すと、弥彦は眉間の皺をますます深くした。


結からの「言伝」が新しい蚊帳だと知ると、弥彦は気落ちした様子でつぶやいた。

「そんなら近々、井関屋に出向いてみらぁ」

「それが、旦那に疑われちゃならねぇからと、俺が届けるように頼まれた」

「なんだと？」

真一郎、それから忠也と大介を改めて見やってから、弥彦は小さく肩をすくめた。

「蚊帳は店に置いてきた。往来じゃなんだからついて来ねぇ」

江戸の言葉でそう言って、弥彦は応えを待たずに歩き出した。

訊きたいことは山ほどあったが、往来を避けたいのは真一郎も同様だ。

二十代半ばの弥彦は忠也より二寸ほど背が高く、目鼻立ちのはっきりとした精悍（せいかん）な顔つきをしている。出職（でしょく）らしく日に焼けた肌が健やかかつ爽やかで、ほどよく逞しい身体つきには忠也と違った色気が漂う。

そんな弥彦を道案内に、大介、忠也とひとかたまりに、黙々と早足で通りを行くのだから真一郎はなんとも居心地悪い。

やがてたどり着いたのは、日本橋は十軒店（じっけんだな）よりの伊吹屋（いぶきや）という万屋（よろずや）だった。

座敷に案内されると、早速――おそらく忠也と大介の美貌を聞きつけて――店主と思しき五十代の男が顔を出した。

「おいでやす。弥彦や、こら何ごとだ？」

「すんません。俺もまだ判ってへんのです」

言葉を変えて弥彦は言った。

「ほう。儂は近江（おうみ）の出で彦太郎（ひこたろう）といいます」

「私は――銀座町の両備屋のご隠居に仕える者で、真一郎と申します。こちらは京の錠前師の忠也さん、こちらは同じ長屋の笛師の大介といいます」

「こらこら……両備屋のご隠居というと久兵衛さんですな」

「久兵衛さんをご存じで？」

「お目にかかったことはおまへんが……忠也さんもお名前は耳にしとります。ほして笛師の大介さん……ふふ、お前が客を連れてくるとは珍しい。何やら面白そうやな、弥彦」

「はあ」

「今、酒と飯を支度させます。邪魔者は消えるさかい、ゆっくりしてってくだはい」

上機嫌で彦太郎が座敷を出て行くと、真一郎は自分たちの立場を今少し明かした。

ほどなくして運ばれてきた酒と膳を飲み食いしながら、ことの次第を始めから――井関屋での盗人の正体は伏せたが――弥彦に語る。

「……それで、お結さんは似たような刺繍入りの蚊帳が欲しいってんだ」

「けど、俺には会いたくねぇってのか……」

「さっきの――栄扇の旦那みてぇなこともあるし、そうそう危ねぇ橋は渡りたくねぇんだろう。それに、お結さんとは五、六年前に会ったきりじゃねぇのかい？」

「お結がそう言ったのか？」

「いや、お結さんはお前さんとの仲はなんにも」

「蚊帳もおっかさんの贈り物だと言ったくらいだしな」

自嘲と共に肩をすくめた弥彦へ、大介が問うた。

「あのよぅ、お前さんはほんとは江戸もんなのかい？」

「そや、彦太郎はんとも似てへんし……」

「ああ、俺は神田生まれの神田育ちさ。前は神田の蚊帳屋で働いてたんだけどよ。俺の作った蚊帳を彦太郎さんが気に入ってくれて、近江に行かねぇかと誘ってくれたんだ」

伊吹屋は万屋だが、彦太郎が近江商人ゆえに、上方や近江国の品物を多く扱っている。縁に紅布、網に萌黄色の染色を施した萌黄蚊帳は近江商人の発案で、彦太郎の弟は近江で蚊帳屋を営んでいるそうだ。弥彦が二親を既に亡くしていたこともあり、彦太郎は弥彦を引き抜き、近江の弟のもとへ送ったのである。

弥彦は一年のほとんどを近江で蚊帳を作って過ごし、弥生の半ばには江戸で蚊帳を売るために近江を発ち、皐月の半ばには近江へ戻るという。しかも蚊帳は他の商品と共に菱垣廻船で江戸に送られるため、弥彦は身軽で気ままな一人旅らしい。

「彦太郎さんには、同じ『彦』の字同士だとなんだかんだ可愛がってもらっててよ。近江でも江戸でも、まあ好きにさしてもらってら」

蚊帳職人がわざわざ江戸まで出て来て、自ら蚊帳を売ることなどまずない。また、近江の蚊帳売りは大抵、手代に棒手の担い夫と、二、三人で売り歩くことが多いのだが、弥彦が一人なのは彦太郎の贔屓があってこそだろう。

「それで、弥彦さんよぅ、お結さんとは一体どういう――」

「ああ、蚊帳が入り用なんだったな。ちと待っててくんな」

大介の問いを遮って、弥彦は蚊帳を取りに立った。

もののひとときで弥彦は戻って来たものの、何やら感じ取ったようで大介が改めて結について問うことはなかった。

問わずとも結が弥彦にとってかけがえのない女だということは知れたし、その結は井関屋に嫁いで少なくとも五年は経っているらしい。

人妻ばかりくどく理由もその辺りにあるんだろう——

そう判じて真一郎も——おそらく忠也も——あえて問い詰めようとはしなかった。

「お結にはこいつを渡してくんな」

そう言って弥彦は二つ持って来た包みの内、緋色(ひいろ)の風呂敷に包まれた物を差し出した。

「おう。お代はいくらだ？　後で届けに来っからよ」

「……いくらでもいい。だが、お結には直に払いに来るよう言ってくれ。この店ならお結も怪しまれずに来られるだろう。俺は毎日八ツには店に戻っていると……お結にそう伝えてくんねぇか？」

躊躇いがちに言う弥彦からは、やはり結に対する強い未練が感ぜられた。

「判った。言うだけ言ってみらぁ」

真一郎が請け合うと、弥彦はもう一つの鼠色(ねずみいろ)の風呂敷包みを開いた。

「よかったら使ってくんな。売ってもそこそこの金にならぁ。扇屋とのごたごたから助けてくれた礼だ」

風呂敷の中身は萌黄蚊帳だった。縁に刺繡は見当たらないが、それでも並の蚊帳より価値がある。

「ありがてぇ。ちょうどそろそろ請け出しに行こうと思ってたんだ」

昨秋から蚊帳を質屋に入れっぱなしの真一郎が喜んで受け取ると、弥彦もようやく少しばかり気を許した顔になって頷いた。


翌日の昼下がり、代金のことをどう切り出そうかと、悩みながら真一郎が井関屋に蚊帳を届けに行くと、幸いなことに主の高太郎は留守だった。

「お克さんの婚家と揉めておりまして……」

克が手代の健二と密通していたことや、健二と共謀して井関屋から金を盗んでいたことが婚家にもばれたそうである。

「うちはお克さんのところの次男を養子にもらうことになっているのですが、離縁になったらそれがふいになりそうで、うちの人がとりなしているのです」

健二を訴えたくとも、克も同罪となるためそうできず、念書を取って健二は追い出したものの、井関屋が姦通料と口止め料を克の婚家に払う羽目になったようだ。

高太郎と克の両親はもう亡くなっているそうで、さすれば高太郎が妹の面倒を見るのは致し方ないとしても、「養子」というのが気になった。

「こちらには、その、お子さんは？」

「嫁いでまもなく身ごもったのですが、早産が死産となりまして。その後も二度身ごもりましたがどちらも流れてしまいました」

「さ、さようでしたか。どうも余計なことを訊きました」

夫婦の寝間に入り込んで蚊帳に穴を開けたのは、養子になる手筈（てはず）の甥（おい）だったらしい。

弥彦から預かってきた包みを渡すと、結はおそるおそる風呂敷を広げた。

蚊帳の縁には一見して刺繍が見当たらず、真一郎も結も束の間首をかしげたが、広げてみると刺繍は縁の内側にぐるりと施されていた。

「こりゃ……葉桜ですかね？」

「ええ」

頷いた結の声が震えた。

「お結さんのは朝顔の刺繍入りだと伝えたんですが……」

「こちらで一向に構いません。……ううん、朝顔よりこっちの方がずっといいわ。おいくらでしたか？　夫が留守なのでお代はのちほど店の者に届けさせます」

「それが——」

真一郎が弥彦の言葉を伝えると、結は困った顔をしてしばし黙り込んだ。

「……伊吹屋は確か本町でしたね？」

「はい。浮世小路より少し北です」

「判りました」

小声だったが覚悟を決めたように言うと、結は手間賃として予め懐紙に包んでいたものを差し出した。

井関屋を出て確かめた中身は一朱――まずまずの手間賃である。

戻り道中で八ツを聞きながら長屋の前まで来ると、北側から久兵衛がやって来た。

「真一郎、ちょうどよかった。茶を淹れてくれ」

「へぇ。久兵衛さんもちょうどいいところへ。これから別宅に伺おうかと思ってやした」

昨夕、伊吹屋で飲み食いして長屋に戻って来たのが六ツを過ぎていたために、浜田でのことも弥彦が見つかったこともまだ話していなかったのだ。

久兵衛の家に行くと、八千代屋の包みを出して久兵衛が苦笑した。

「長屋で皆とお八ツでもと思ったのだが、守蔵さえもおらんとは」

「守蔵さんは又平さんに呼ばれて、麻布のお武家の錠前を開けに行きやした。お鈴はお座敷、お多香は安田屋、大介と忠也さんは昼見世から中ですや」

昨日の一件でどことなく打ち解けてきた大介に、忠也が「一度は行ってみとぉす」と、吉原への案内を頼んだのである。真一郎も誘われたのだが、井関屋に行くからと断っていた。

「お多香に操を立てたつもりか？」

「そうでもねぇです。お多香には先日、夫婦にならねぇかともちかけてみやしたが、けんもほろろにいなされやした。なので操だの義理だのってのはねぇんですが、大介だけならまだしも、忠也さんも一緒に中は勘弁ですや」

大介には冬青（そよご）という座敷持（ざしきもち）の馴染みが中――吉原――にいる。大介の案内なら冬青のいる尾張屋（おわりや）に二人は行っただろうが、決まった女郎がいる大介は別として、真一郎と忠也なら女たちは九分九厘――否、百発百中、忠也に抱かれたいと望むだろう。

安田屋にしても同じことで、商売ゆえに相手を断られることはなかろうが、それはそれで虚（むな）しいものだ。揚げ代が忠也持ちとあっては尚更である。

「あはは、今頃尾張屋の女たちは大騒ぎであろうな。それにしても――あはははは、そうか、お多香にはけんもほろろに断られたか」

「けどまあ、あのお多香が『おかみさん』なんて、どうもぴんとこねぇですし……」

引眉に鉄漿をつけた比佐やひろ、結や克、また久兵衛の内縁の妻といっていい梅を思い出しながら真一郎は言ったが、これもまた久兵衛に一笑された。

「あはははは、負け惜しみを言うでない。なぁに、まとまってしまえばそれなりに様になるものよ……だがしかし、ふふ、そうか。道のりは険しそうだな、真一郎」

「はあ」

茶を淹れて、八千代屋の大福を食みながら、真一郎は昨日今日の出来事を久兵衛に語った。

「ならば、栄扇のことは片付いたのか」

「おそらく」

「そりゃでかしたぞ、真一郎。それに伊吹屋の彦太郎さんとな。儂も名前は聞いておる。なかなか面白そうな御仁でな。今度、一緒に行って顔をつないでくれ」

「へぇ」

「しかし、今度は井関屋でも一悶着ありそうだな。妹のみならず、嫁も不義を働いておったとは。嫁は若気の至りだったやもしれんが、再び弥彦に会いにゆくのなら、焼けぼっくいに火がつかんとも限らんでな。高太郎さんが守蔵を疑ったことはいまだ腹に据えかねておるが、なんだか気の毒になってきたわい。だが、ううむ、あすこは嫁とは二十年ほども歳が離れておって、お結さんは確か中年増になったばかりだ」

「さようで」

「高太郎さんはあっちの付き合いにはあまり顔を出さんでな。それだけ嫁に入れ込んでおるのだろうと思っておったが、養子を取るというのなら、もしやあっちの方はもう枯れてしまったのやもしれんな。とすると、お結さんが弥彦を慕う気持ちも判らんでもない……」

いつになく下世話なことを言う——と思いきや、久兵衛は昨日は「寄り合い」ののち、有志で吉原に繰り出した挙げ句、孫福のもとに泊まったという嘘が梅にあっさりばれて、別宅から逃げて来たという。

「久兵衛さんともあろうお方が、どうしてそうつまらねぇ嘘をつくんです？　『付き合い』の内なら、お梅さんだってそう目くじら立てねぇでしょうに」

「だがなぁ、真一郎」

珍しく溜息交じりに久兵衛は言った。

「この儂とて時には成り行きにもてあそばれて、思わぬ下手を打つこともあるのだ。それに下心が一分もなかったといえば、それはそれで嘘になるでな」

「はあ……」

「此度はまた、孫福の間が悪くてな。朝のうちに散歩がてら、うちにもらいものの海苔を届けに来おったのだ。まったく余計な真似をしおって」

ゆえに嘘をついた途端に見破られたのだと、八つ当たりめいたことを言って久兵衛は頬を膨らませた。

「そいつぁ、災難でしたね」

「うむ。今夜はこっちに泊まるでな。そうだ、今宵は皆で何か旨いものを食いにゆこう。そうだそうだ、そうしよう。——何がいいかの？」

一変して久兵衛は、浮き浮きとして浅草の御料理番付を取り出した。

あれでもないこれでもないと言ううちに、まずは鈴が、それから多香が帰って来た。

久兵衛は翌朝「桃の様子を見に」別宅へと帰って行き、五ツ過ぎに帰って来た大介と忠也はそれぞれ一眠りに家に宿にとこもったため、真一郎はのんびりと刈谷に頼まれた矢を作って過ごした。

守蔵に弟子入りを申し出た忠也だったが、初めからそのつもりではなかった。

――俺が破れねぇ錠前を作ってきたら、そん時は俺の知る限りを伝授してやる――

守蔵にそう言われて、忠也は一旦京に戻ることを決めた。久兵衛のつてで、ちょうど皐月の朔日に浅草から伊勢参りに行く一行がいることを知り、道中の四日市宿まで同道することにしたのである。

「町屋も借りっぱなし、道具も置きっぱなしどすさかい、いっぺん帰らなとは思てました」

江戸へは知己のつてで商人の一行と、京から日本橋まで同道したと聞いていたから、忠也を案じて真一郎は問うた。

「四日市からはどうすんだ？」

「京に上る人はぎょうさんいてはるさかい、誰かおもろそうな人を見つけてご一緒します」

ことなげに微笑んで、忠也は引き続き守蔵の仕事ぶりや江戸見物を楽しんだ。

——そうして五日ばかり経った卯月は二十八日。

忠也が守蔵と一緒に神田の道具屋へ出かけたため、真一郎は町の者の頼みを引き受け、両国の回向院の近くまで遣いに行った。

道中、汗を拭いながら遣いを済ませ、八ツ過ぎに長屋に戻って来ると、木戸の前に名札を見上げる結の姿があった。

「よかった。なんだか入りづらくて……」

並の長屋なら居職に加え、井戸端に集うおかみたちや辺りを駆け回る子供たちでにぎやかなのだが、独り身ばかりの六軒長屋は常から静かだ。

「今日はなんのご用で……？」

結をいざなって木戸をくぐると、長屋はしんと静まり返っている。

真一郎の家の上がりかまちには「言伝帳」が置いてある。初めは久兵衛とやり取りするだけだったのだが、時折、大介や多香、守蔵も書き込むようになった。一番新しい言伝は〈かんだ　大介〉で、どうやら大介は神田の女のところへ行ったようだ。

「ええと……」

「暑いので、すみませんが先にお水を一杯いただけますか？」

「あ、ああ、もちろんです」

結を上がりかまちに促し茶碗をつかむと、真一郎は井戸から冷えた水を茶碗に汲んだ。

家に戻ると、結は上がりかまちに座ったまま、部屋の蚊帳を見つめていた。

もらった明くる日に早速吊るしたのだが、掻巻が出しっぱなしなのが恥ずかしい。

「弥彦にもらったんです。その……お結さんへの届け物の心付けとして」

密通の修羅場から救った礼とは言えず、真一郎は誤魔化した。

「刺繡は入ってないんですが、涼やかで気に入っとります」

結からやや離れて上がりかまちに腰かけると、真一郎は茶碗を結の方へ押しやった。

一口、二口水を飲み、喉を湿らせてから結は切り出した。

「……弥彦さんから、私のことを聞きましたか？」

「あ、いや、あいつからは何も」

「真一郎さんは、私があの人と通じていると思ってらっしゃるんでしょう？」

「いえ、まあ、その」

膝に置いた茶碗に目を落とし、つぶやくように結は言った。

「私と弥彦さんは幼馴染みなんです。一度だけ肌身を合わせたことがありましたが、井関屋に嫁ぐ前のことです。もう十年も前の——卯月に」

はっとしたが、「さようで」と応えるのみにとどめた。

先日のように思い詰めた様子はないが、その目には迷いと諦めが交錯している。

家の者には吐き出せぬ迷いなのだろう。

弥彦には――おそらく――伝えられぬ想いなのだろう。

「……私は神田の建具屋の娘で、弥彦さんはうちの裏の仕立屋の息子でした」

結は中年増――二十五歳――になったばかりで、弥彦も同い年だという。

幼い頃から共に遊び、学んできた二人は、十代になって自ずと想い合うようになった。弥彦の家は真一郎と似た男やもめに一人息子、結には兄が一人いるため、何ごともなければ結が弥彦に嫁いで二人は夫婦となった筈だった。

だが、結が十四歳の冬に、隣家の失火が原因で建具屋・大高屋も半分が焼けた。

苦境に陥った大高屋に手を差し伸べたのが、鐶や引手などの取引があった井関屋だった。

その頃まだ存命だった井関屋の主は名を高之といい、息子が高太郎ということもあって、同じ「高」のつく大高屋を贔屓してくれていたのだ。大高屋が喜んだのも束の間、援助と引き換えに高之は息子のために結を妻にと所望した。高太郎の前妻は嫁いだ翌年に流産が元で先立ち、高太郎はそののち十年ほども後妻を娶らずにいたのだ。

「父にも兄にも、店のために嫁いでくれと泣かれました。私も……中に売られるよりましだと思い心を決めました。母は父から口出しを止められていましたが、私を一番案じてくれたのは母でした。年が明けて嫁入り話が進み、祝言の日取りが決まった矢先、母が皆で花祭りに行くよう父たちに勧めました」

――母娘水入らずで、お結に嫁の心得を教えておきたいから――

そう父親に頼み込む母親に、結は内心首をかしげた。

「というのも、男女の秘事については既にもう父たちには内緒で話を聞いていたからです」

娘を不憫に思う母親の意を汲んで、父親と兄は灌仏会の卯月八日に店を閉め、「再建祝いを兼ねて」店者や職人総出で寛永寺の花祭りに繰り出した。

「四ツを過ぎて皆が出かけて行くと、母は黙って握り飯を用意して、私に座敷で待つように言いつけました」

ひとときして戻って来た母親は弥彦を伴っていた。

――私もこれから出かけて来ます。八ツまでは誰も戻らないでしょうから、それまで二人でゆっくりなさい――

「母は私の気持ちに気付いていたんです。私があの人を諦め切れずに、最初で最後――たった一度でいいから、あの人に抱かれたいと望んでいたのを……」

震える声をなだめるためにまた一口水を飲み、蚊帳を見やって結は続けた。

「私は戸惑うあの人の手を取って、寝間に連れて行きました。寝間には朔日に吊るしたばかりの蚊帳があって、私たちは一緒に蚊帳の中へ……」

己の蚊帳の中の乱れた搔巻に、十年前の結の秘事が重なって見えた。

拭ったばかりの首元が再び汗ばんできたような気がしたが、手ぬぐいを取り出すのを真一郎はじっとこらえた。

「夜具を広げると、あの人もようやく応えてくれて……初めはおそるおそるでしたけど、昼餉も忘れて私たちは抱き合いました。やがて八ツの鐘が鳴り——あの人はこのまま逃げてしまおうと言ったけれど、所詮若さゆえの思いつき……親兄弟を裏切る訳にはいかず、私はあの人に別れを告げました」

その後、二十日ほどを経た皐月の朔日に結は井関屋にて高太郎と祝言を挙げた。

結が十五歳、高太郎は三十四歳であった。

弥彦はしばらく仕立屋の父親を手伝っていたが、翌年に父親が急死して、町は違うが同じ神田の蚊帳屋に勤め始めた。この蚊帳屋で、父親譲りの縫い物の腕を活かして縁に刺繍を入れた蚊帳が伊吹屋の彦太郎の目に留まり、十八歳で近江に発った。

「——五年前の弥生の終わりに、急に文をもらったんです」

文を届けに来たのは見知らぬ男児で、差出人は母親の名になっていたが、母親の手でないことは結には一目で判った。

文に記してあった卯月朔日に雷門に行くと、そこには弥彦の姿があった。

一緒に逃げないかと、弥彦は再び結を誘った。

——俺ももう一人前だ。近江の旦那にも伊吹屋の旦那にもよくしてもらってる。まだ長屋暮らしだが稼ぎは充分あるし、お前と一緒になるなら家を用意してやるとも旦那たちに言われてら。なぁ、お結、近江では誰もお前を責めやしねぇ。この十両を置いてくりゃ、井関屋だって訴え出たりはしねぇだろう――

「あの人きっと、おっかさんにでも聞いたんでしょう。私がお義母(かあ)さんやお義姉(ねえ)さんに石女(うまずめ)だと責められていたのを……」

舅(しゅうと)の高之は結たちが祝言を挙げてまもなく、夏の終わりに卒中で亡くなり、井関屋は高太郎が継いでいた。姑(しゅうとめ)も数年前に亡くなったそうだが、五年前はまだ健在だった。

――嫁いでまもなく身ごもったのですが――

ふいに結の言葉を思い出して、真一郎は口元を小さく引き締めた。

結が嫁いだのは弥彦と睦(むつ)み合(あ)ってから一月と経たぬうちだ。さすれば、早産にて死産となった赤子は弥彦との子だったやもしれなかった。

結はその後五年の間に二度懐妊したが、二度とも流産だった。前妻は高太郎と一つしか違わず、やや遅い二十二歳で嫁いできて、二十三歳にして初めての懐妊、そののちの流産だったがゆえに、井関屋にとっては十代の結の死産に続く流産は大きな誤算であったようだ。

「けれども私はどうしても踏ん切りがつかなくて……私が断ると、あの人は言いました」

――末日には近江に帰る。もしも気が変わったら本町の伊吹屋に来てくれ。末日も八ツまでは日本橋の袂(たもと)で待っている――

「お金を持って行くように言われましたが、それも断りました。そしたら皐月の朔日に、文を届けてくれた子が蚊帳を届けてくれました」

十両は間夫代だ。いくら彦太郎たちの贔屓や同情があるとはいえ、二十歳の弥彦がそれだけの金を工面するのは大変だったことだろう。

「あれから五年……卯月の朔日にあの人はうちの前を流して行くようになりました。私は毎年朔日は家にいて——あの人の声を待つんです。『萌黄の蚊帳ぁ——』って、それだけなのに、あの人の声はすぐに判るんです。うちの前を通るのは朔日の一度きりなのですけれど、毎年卯月の間は落ち着かなくて……伊吹屋に行けばあの人に会える、もしかしたら今年も日本橋で待っていてくれるのではないかと……でも、やっぱり私はあの人には会えないわ」

今年も結は朔日に弥彦の声を聞いたのだろう。

だが、結が弥彦に声をかけることはなかった。

弥彦は今年も振られたと踏んで、代わりに他の女を誘い、その間、結は——真一郎から弥彦の名を聞き、のちに蚊帳を頼むまで——ずっと迷っていたに違いない。

蚊帳を受け取ってから……今も尚。

茶碗を置いて、結は持って来た巾着から懐紙に包んだものを取り出した。

「これをあの人に届けてくださいませ。明日、あの人が江戸を発つ前に」

今年の卯月は小の月で、明日の二十九日が末日だ。

「蚊帳代ですか？」

「はい。一分銀で二両包んであります。夫は高いと渋々だったけど、あんな蚊帳はこの世にきっと二つとないもの。二両でも足りるかどうか……」

そう応えてから、結はほんのりといたずらな笑みを浮かべた。

「前の錠前の鍵、夫はうっかりどこかへ落としたと思っているのですけれど――そしてそれは本当なのですけれど――実は私が拾っていたんです」

「えっ？」

「夫が落としたのをとっさに拾って……その、出来心で少しだけお金を盗ったのです。鍵は後でそれとなく返そうと思ったのですけれど、金蔵を調べられたら私が盗ったことがばれてしまうと思い直し、返せぬうちに夫が鍵師を呼んだのです」

つまり、克と健二が盗んだとされる金の内、いくばくかは結の懐に入っていたのである。

「そうだったのか……」

思わずくすりとして金を受け取った真一郎の手へ、結は己の手を重ねた。

「お結さん？」

真一郎の手に触れたまま、結が少しばかり身を寄せる。

己の手のひらより一回り――否、二回りは小さい結の手は白く、指は細く、手のひらはしっとりと汗ばんでいる。

開けっ放しの戸口の向こうの陽射しがやけに眩しいのに比べ、横目に映る萌黄蚊帳と掻巻が淫靡で生々しい。

じっと己を見上げ、見つめる結に、図らずも真一郎は生唾を飲み込んだ。

「お結さん……」

「私……」

掠れた声で結は瞳を潤ませたが、そこに浮かんでいるのはやはり迷いと諦めだった。

そっと金の包みだけを握りしめ、真一郎は結の手のひらの下から己の手を引き抜いた。

「危ねぇ、危ねぇ」

わざとおどけて真一郎は言った。

「俺ぁ稼ぎが悪いから、弥彦みてぇに間夫代に十両なんてぽんと出せねぇ。それによ、俺ぁ不義も弥彦の代わりもごめんだ。あんただって……こんなことしたって、あいつを思い切れねぇだろう」

「ご、ごめんなさい。私、あの人の噂を聞いて、勝手に焼き餅焼いて……」

手ぬぐいの代わりに巾着を目頭にあてて、結は声を震わせた。

結がしゃくり上げるのを真一郎はしばし黙って見守った。

「……本当にごめんなさい」

「なんの。けど、どうしても無理なのか？　あいつはきっと、あんたが現れるのを今か今かと待ってるだろうに。断るにしてもせめて一目――」

真一郎が言うのへ、結は力なく首を振った。

巾着を手に立ち上がると、結は今一度萌黄の蚊帳を見やって言った。

「――昔から、卯月の頭に蚊帳を出すと母が決まって言うんです。『花残月に蚊帳なんて早過ぎる』って。母は陸奥（むつ）の出で、陸奥では卯月でも桜が残っているから……私、寝間で照れ隠しに弥彦さんにそのことを言ったんです。あの人……覚えていてくれたんですね」


見送りを断って結が帰って行くと、真一郎はぼんやりと手の内の包みをもてあそんだ。

――と。

「この盗人め！」

怒鳴り声と共に戸口に覗いたのは、結の夫の高太郎だ。

「よくも――よくも、私のお結を寝盗ったな！」

「ち、ちがっ」

真一郎が打ち消す前に、高太郎の拳が飛んできた。

「高太郎さん、ちと落ち着いて……」

一発目も二発目もかわして真一郎は表に飛び出た。

高太郎は十五歳も年上で、真一郎よりも喧嘩とは縁遠いと思われる。背丈も真一郎の方があるがゆえに拳をかわすのは訳ないのだが、高太郎はいつぞやの助四郎に負けず劣らずの鬼の形相だ。

「うるさい！　蚊帳を買い替えてから、お結はずっと心ここにあらずで……店の者に聞いたんだ。お前が私の留守を狙って蚊帳を届けに来たってな。それで後をつけて来てみれば、この長屋へ……お前の友人の蚊帳売りだって、相当な女たらしだそうじゃないか！」

「うるさいのはそちらさんですよ、高太郎さん」

すっと斜向いの戸が開いて、多香が表に進み出た。

ぎょっとして高太郎は振り上げた手を下ろしたが、ぎょっとしたのは真一郎とて同様だ。

「お結さんはただ、蚊帳代をお支払いに来たついでに、守蔵さんへのお詫びを言付けていったんです。あいにく守蔵さんは留守なので、お詫びは私と真一郎さんが承りました」

「さ……さようで？」

「さようです」と、多香は幾分むっとした顔で応えた。「何やらそちらさんはごたごたされているんですってね。盗人の疑いは晴れたというのに、守蔵さんへのお詫びがおろそかになっていると、お結さんは心苦しく思っていらしたそうです。ほんにまあ、おかみさんは若いのによくできたお人なのに、旦那さん、あなたときたら、どこまでうちを虚仮にするおつもりなんですか？　これまた久兵衛さんが知ったらただではすみませんよ」

「も、申し訳ない。久兵衛さんのところにはお詫びに上がったのだが、守蔵さんまでは気が回らず――どどうか、久兵衛さんにはご内密に……」

平身低頭してから、高太郎はそそくさと長屋を出て行った。

「……お多香、お前ずっと潜んでいたのか？」

「潜んでいたとは人聞きの悪い。家でのんびりしてただけさ」

「だが、お結さんの打ち明け話もどうせ盗み聞きしてたんだろう？」

「まあね。忠也ほどじゃないけれど、秘め事には興をそそられるからねぇ。あのまま始まっちまったらどうしようかとちょと冷や冷やしたけれど、修羅場にならなくてよかったよ」

悪びれずににやりとしてから、多香は付け足した。

「あの旦那はどうやら、お結さんにぞっこんみたいだね」

「ああ」と、真一郎も頷いた。

高太郎はおそらく元来真面目で、また一途な男なのだろう。

親子ほど年差があっても――またはそれゆえに――高太郎は結を溺愛していて、石女だろうが不貞だろうが、結を手放す気はないようだ。

長屋を出て行く結を捕まえることもできただろうに、そうせず男の真一郎をなじったのは、結を責めることでその心が今以上に離れるのを恐れてのことであろう。

「それにしても女ってのは判らねぇなぁ。俺が女なら、迷わず弥彦についてくがなぁ……」

「そうかい？」

「そら、お結さんに袖にされたからって、あちこちで人妻をたぶらかしたのはまずかったろう。俺ぁけしてそんな真似はしねぇ――いや、そもそもしようたってできねぇが――弥彦はお結さんと同い年の色男で、並よりずっと稼ぎがあるんだぞ？　対して高太郎さんは悪い男じゃねぇんだろうが、たとえお結さん一筋だろうとも、所詮は親の言いなりに、金にあかせて嫁を買った男だ。何より、なんだかんだ二人は相思だってぇのによ……」

「相思だからって一緒になれるとは限らないさ」

肩をすくめて多香は言った。

「それにお結さんは弥彦と――あんたや私とも違って、まだ親兄弟がいるからね。いくら好いた男と一緒でも、江戸を離れるには相当の覚悟がいるだろう。けどまあ、おそらく次の卯月には……」

「うん？　そりゃ女の勘か？」

問い返した真一郎に、多香は小さく首を振った。


九ツ半には日本橋の北の袂に着くと、弥彦が真一郎たちを認めて顔をしかめた。

真一郎と大介は手ぶらだが、忠也は菅笠（すげがさ）をかぶり背中には風呂敷包み、肩には振り分けをかけている。

「お結さんから蚊帳代を預かってきた」

真一郎が懐から紙包みを取り出すと、弥彦は小さく鼻を鳴らして自嘲した。

「やっぱりまた振られたか」

「いや、そうでもねぇ。お結さんは……おっかさんが患っててな」

「なんだと?」

昨日、多香から聞いたことであった。多香は守蔵が盗人と疑われた際、まず結を疑って、結の実家である大高屋を探りに行っていたのである。

――一番鍵を盗めそうなのは寝間を共にしているお結さんさ。けど、お結さんは金に不自由してなさそうだったから、家の方を調べてみたんだよ――

大高屋は昨年、結の父親が亡くなっていて兄が店主になっていた。商売はその前から上々で、十年前の火事の残痕はもうどこにも見当たらないのだが、卯月の頭に倒れたという母親が床に臥したままだという。

「医者の見立てじゃ秋までもたねぇだろうと……だから、お結さんは江戸に残ることにしたんだ。おっかさんを看取るために――でなかったら、きっと今ここにいた筈だ」

五年前は父母共に健在で、だが店はすっかり元通りとはいえず、己が逃げれば井関屋が肩代わりした借金を実家から取り立てるのではないかという恐れがあった。

しかしながら、この五年で大高屋は多少のことではびくともせぬよう溜め込んでいて、また今の結は井関屋の弱み――克の不義と盗み――を握っている。

「井関屋は小姑の次男に継がせるそうだ。あすこは日頃から小姑が足繁く出入りしているらしいし、養子がくればお結さんはますます居づらくなるだろう。旦那にちぃとばかりの恩義と情があったとしても、お前さんへの未練には遠く及ばねぇ。おとっつぁんは亡くなっちまったし、おっかさんなら打ち明ければきっと快く送り出してくれるだろう」

お前さんたちを結びつけた母親なれば——

北へ南へと、ひっきりなしに人が通り過ぎて行く日本橋だ。買い物客が主だが、弥彦や忠也のように旅装の者も少なくない。

黙り込んで、菅笠越しに橋を見やった弥彦に、真一郎は穏やかに問うた。

「お前さん、もう江戸には帰らねぇつもりじゃねぇのかい？　初めから、今年もお結さんが現れなかったら、あの葉桜の蚊帳を贈ってそれきりにするつもりだったんだろう？」

「……ああ。今年で五年目になるからな」

「お結さんが金を預けに来たのは昨日のことだ。ずっと——ぎりぎりまで迷っていたんだろう。今年こそ、お前さんについて行くか否か……」

弥生の終わりに「出来心」で金を盗んだのも、近江までの路銀が念頭にあったからではなかろうか。

「だからよ、弥彦さん……次の卯月も懲りずに江戸に帰って来いや」

真一郎の言葉に、「そうだそうだ」「そやそや」と、大介と忠也も口々に頷く。

結はこの夏も毎夜迷い続けるだろう。

蚊帳の内側の葉桜を見上げては、白昼、弥彦と抱き合った日を思い出すだろう。

時に夫の寝息を聞きながら。

時に——夫に肌身を許しながら。

「次の卯月か……」

「なんなら次もご一緒しまひょ」

「次も？」

「この格好を見たら判るやろう。お結はんが弥彦はんについていかへんと知って、せやったら私が石部(いしべ)か草津辺りまで同道させてもらおう思て、昨晩、急いで荷造りしたんどすえ」

「堪忍やな」

すかさず眉をひそめて弥彦が言った。

「なんで俺がお前さんと」

「つれないこと言わんとぉくれやす。ええやおへんか。袖振り合うも他生の縁、旅は道連れ世は情けや」

忠也がにっこりするのへ、弥彦は肩をすくめて、真一郎に紙包みを差し戻した。

「こいつはあんたの——真一郎さんの手間賃にしてくんな。いろいろ世話になったからよ」

「だが——」

包みの大きさと重さからして、弥彦にも中身の見当はついた筈である。

「いいんだ。あんたの言う通り、あの蚊帳はもともとお結にやろうと思ってたもんで、金を取るつもりはなかったんだ。なんだか手切れ金みてぇだしよ、井関屋の旦那の金なら尚更いらねぇや。とはいえ井関屋や――俺を袖にしたお結に返すのも癪だしな」

にやりとした弥彦に、真一郎もにやりと笑みを返した。

「そんなら、ありがたくもらっとくさ」

「ほな真さん、路銀もできたことやし、今度は真さんが京に来まへんか？　私に案内させとぉくれやす。なんならいっぺん上方で暮らしてみるのも悪ないどすえ。真さんなら京でも大坂でもきっとすぐに馴染めるさかい」

「冗談じゃねぇ」と、言下に応えたのは大介だ。「真さんは上方なんざにゃ行かねぇさ。江戸には久兵衛さんと――お多香さんがいるんだからよ」

「ふふ、大介もやろう？」

いつの間にやら呼び捨てする仲になった忠也が微笑む。

「お鈴はんも、お師匠はんも……ほんに真さん、羨ましおす」

「おう」

真一郎が頷くと、忠也は再び大介を見やって言った。

「次は笛を聞かせとぉくれ」

「さぁ、しらねぇや」

「ほんまにいけずやなぁ、大介は」

ぼやきつつも、忠也はいつもながら愉しげだ。

「ほな、弥彦はん、なにとぞよろしゅう」

「ふん。俺はちんたら行く気はねぇからな。ついて来られねぇようなら置いてくぞ」

「そう急ぐことあらへんやろう。男二人の気楽な旅や。振られた者同士、ゆるりと道中を楽しみまひょ」

「……お前さんも振られたのか？」

「お師匠はんは弟子にしてくれへんし、真さんは京に来てくれへんし、大介は笛を聞かせてくれへんし、六軒長屋では振られてばかりや」

「けっ」

弥彦は小さく舌打ちしたが、顔にはどことなく明るさが増してきた。

日本橋の真ん中で二人と別れ、二人が橋の向こうへ着くまで見送ってから、真一郎たちは橋を戻った。

浅草へ帰るべく大伝馬町(おおでんまちょう)へ足を向けながら、おもむろに大介が切り出した。

「……なぁ、真さん」

「なんだ、大介？」

「真さんは、やっぱり上方に行きてぇのかい？」

「いや」と、すぐに応えが口をついた。「今となってはそうでもねぇ。まあ、一度くれぇは訪ねてみても……」

顎に手をやりつつ、なんとなく筑波山の方を見やって真一郎は笑みを漏らした。

「そうだ、大介」

「なんだい、真さん？」

「なんならいつか、みんなで行こうや」

「みんなで？」

「おう。俺とお前とお多香とお鈴……ひょっとしたら守蔵さんや久兵衛さんも。ついでにお伊勢参りに行ってもいいな。京は忠也に案内させよう。あいつなら大坂に奈良、伊勢までついて来るかもな。——そういや、奈良から伊勢への道中にも六軒ってとこがあるらしいぜ」

「へぇ……」

興を覚えた顔で大介が真一郎を見上げる。

「お伊勢さんなら、お鈴だって一度は行ってみてぇだろう。なぁに、市中を抜けりゃ人混みもねぇ。お鈴に合わせて、みんなでのんびり行きゃあいいんだ。みんな一緒ならなんとかならぁな」

「そうだな」

嬉しげに目を細めて大介が頷く。

「みんな一緒ならなんとかならぁ」

品川、川崎、神奈川、保土ケ谷――と、東海道五十三次の宿場を二人で数えるうちに、あっという間に大伝馬町も馬喰町も通り過ぎ、浅草御門が見えてきた。

第三話　掏摸たち

「真さん！」

木戸の方から鈴の声がして、真一郎は腰を浮かせた。

皐月は三日目の七ツ前。

朝のうちから矢作りをしていた真一郎は、神田から帰って来たばかりの大介と、壁越しに早めの湯屋に行こうかと話していたところであった。

「どうした、お鈴？」

真一郎よりも一足早く鈴のもとへ駆けつけた大介が問うた。

「あ、あの——まも、守り袋を盗られてしまって……」

血相を変えて、涙ぐみながら鈴が応えた。

つい先ほど、仲見世で通りすがりの者に守り袋を掏られたというのである。

主に子供が腰や首から下げている守り袋には、護符や迷子札が入っている。大人で身につけている者は稀なのだが、鈴はお座敷に上がる時は験担ぎに、今は亡き胡弓の師匠にもらった守り袋を腰につけていた。

「す、すぐに気付いたのですけれど、人が多くて……通りすがりの人に訊いてみましたが、どうも判らないと……あの、一緒に番屋に行ってもらえませんか？　私一人だと、その、相手にしてもらえないかもしれないので……」

「もちろんだ」

大介と二人して頷くと、真一郎たちはまずは仲見世に向かった。

鈴は昼のお座敷が少し早めに終わり、客から思わぬ心付けをもらったこともあって、帰り道で仲見世に寄ったそうである。

「一人でか？」

そう大介が問うたのは、目が利かない鈴は人混みが苦手で、仲見世はおろか浅草寺も一人で詣でたことがないと先日言っていたからだ。

こくりと頷くと、鈴はうなだれた。

「花祭りで大介さんがご馳走(ちそう)してくれたあの茶通(ちゃつう)、今日は私がお土産にしようと……」

先月、灌仏会の花祭りを三人で訪れた際、「ここの茶通が旨いらしい」と仁王門の前の出店に大介が寄り、その場で皆で一つずつ頬張った饅頭(まんじゅう)だ。

「饅頭くれぇ、俺か真さんがひとっ走り――」

言いかけて大介は口をつぐんだ。

――お鈴はてめぇのことはてめぇでちゃんとできるんだ――

――目は利かなくても口は利けるんだ。助けがいるときゃ、そう言うさ――

六軒長屋での初日に、大介が真一郎に言ったことである。

できる限り己のことは己でしようとする鈴だ。先月訪れたばかりということもあり、今日は助けを借りずに自分の手で皆に土産を持ち帰りたかったのだろう。

常から見物客が引きも切らない仲見世で、鈴が「この辺り」と示したのは仁王門からほど近い仲見世の北側だった。大介と手分けして左右の店の店者に怪しいやつを見なかったか訊ねてみたが、皆、客の相手でそれどころではなかったようだ。

「守り袋ねぇ……」と、店者の一人が鈴を見やって言った。「ここは掏摸が少なくないけど、守り袋なんて盗るかねぇ？　どっかで落としてきたんじゃないのかい？」

「いえ、すれ違いざまにちょっと引っ張られたような気がして、すぐに手をやったんです」

「だから、その前に落としたんじゃないのかい？」

店者は半信半疑のままで、鈴は小さく頭を振った。

大介はむっとしているが黙ったままだ。鈴は目が利かない分、人の気配に聡（さと）いのだが、店者に食ってかかったところで無駄なばかりか、鈴に余計な気を遣わせると踏んだらしい。

「番屋に行ってみようぜ」

大介が促し、真一郎たちは雷門から一番近い東仲町の番屋に足を運んだ。

鈴をお座敷に呼んだのは料亭・あけ正で、東仲町にあることから、番人の正行はよく通りかかる鈴のことを見知っていた。

番屋には仲見世や浅草広小路の落とし物がいくつか届けられていたが、砥粉色の生地に真鶸の縫箔が入った鈴の守り袋は見当たらなかった。

「真鶸の縫箔か……」

正行はつぶやいてから、真一郎たちを見やって言った。

「この辺りはお上りが多い分、巾着切も多いが、やつらが狙っているのは財布で、守り袋を盗る者なんてまずいない。だが、三社祭では子供の守り袋や煙草入れ、印籠なんかを盗られたという者が幾人かうちに来た。もしかしたら同じ巾着切の仕業やもしれないな」

巾着切というのは巾着や懐中物を掏りとる者――つまり掏摸の別名だ。

弥生の十七、十八日に行われる三社祭は浅草寺の本堂の東側にある三社権現の例大祭で、酉の市共々江戸では名の知れた祭りである。

「私が一人でうろうろしてたから……」

寄り道なんかするのではなかったと、鈴はすっかりしょげている。

鈴には身寄りがおらず、六軒長屋に越してくる前は、山谷浅草町の胡弓の師匠・津江のもとで暮らしていた。

六年前、行きずりの男に手込めにされたことを、鈴は津江にのみ打ち明けた。だが、どこから漏れたのか辺りで噂になってしまい、家にこもりきりになった鈴を案じた津江が、近所に住む孫福とその友人である久兵衛を頼ったのだ。

六軒町は山谷浅草町から四半里ほどしか離れていないが、鈴が襲われた場所とは反対方向にある。また、通えぬほど師匠から離れるのを鈴が嫌がって、六軒長屋にくることになった。

津江は三年前に亡くなっているため、幼い時にもらった守り袋は死後に譲り受けた胡弓と共に、鈴にとっては大切な津江の形見であった。

守蔵と多香は無論のこと、久兵衛の耳にも入れておこうと真一郎が別宅に行くと、久兵衛も梅も掏摸への怒りをあらわにした。

「よくもまあ、守り袋を盗ろうなどと非道な真似を……」

「お鈴ちゃんや子供から盗むなんてとんでもないわ！」

「真一郎、その掏摸を探すのだ。まずは浅草、なんなら他の町も」

「合点でさ」

鈴を案じた久兵衛と共に長屋に帰り、当座の手間賃として一分を受け取る。

翌日、真一郎は大介と連れ立って、手始めに質屋をあたることにした。

まず新鳥越町（しんとりごえちょう）の質屋・ののやへ足を向けたのは、昨年の神無月（かんなづき）、尾張屋での盗人騒ぎで盗まれた冬青の櫛がののやで見つかったからだ。

鈴の守り袋は津江が鈴のためにあつらえた珍しい物ゆえに、足のつきやすい近場の質屋に持ち込んだとは考えにくい。新鳥越町は仲見世から四半里余りしか離れていないが、久兵衛が言った通りまずは浅草を回り、噂話を探ったり、忠告して回るのも手だと判じた。

「また盗みですか？」

まるで真一郎が盗人かのごとく、じろりと見やって店主は言った。

店主の名は近之助で、四十路過ぎの髷に白髪が混じった男である。

「盗みは盗みですが、此度は掏摸の獲物を探しているのです」

慇懃無礼な近之助に合わせて丁寧に応えると、近之助は小首をかしげて先を促した。

守り袋が掏られたことや、番人の言葉を伝えると、近之助がつぶやくように言った。

「お津江さんのお弟子さんか……」

鈴が盲目であることや、守り袋が師匠の形見だと聞いて思い当たったようである。

「お津江さんをご存じでしたか」

「父とお津江さんのお父さまが碁敵でした。お津江さんには三味が流れた時などにお知らせしておりました」

津江は三味線の師匠をすることが主で、鈴も初めは三味線を習ったものの、のちに始めた胡弓の方が気に入って、胡弓で身を立てることにしたと聞いていた。

「さようで」

頷きながら、真一郎は懐から紙を取り出した。素人絵だが、多香が己や真一郎たちの記憶をもとに守り袋を描いたものだ。

「あつらえ物ですし、真鶸の守り袋なんて二つとないと思いますが、念のためこれを置いていきます。もしも誰かが売ってきたり、噂をお聞きしたりすることがありましたら、どうか六軒町の久兵衛長屋まで知らせてもらえませんか？」

「承知いたしました」

最後までにこりともせずに近之助は頷いた。

ののやを辞去した後は、山谷浅草町から元吉町へ、見返り柳から日本堤沿いの田町、聖天町、浅草花戸町、田原町、諏訪町と、真一郎たちが知る限りの質屋を訪ねて歩いた。

守り袋は見つからなかったが、真一郎たちの他にも盗られた腰物を探しに来た者がいたと、田原町の質屋が教えてくれた。

「蓮華の蒔絵の印籠で、上野の花祭りで掏られたって言ってましたよ。売りさばくなら同じ上野じゃないだろうと考えて、浅草やら神田やらの質屋をあたっているそうです。ですから、お客さんたちももう少し離れた質屋をあたってみては？」

翌三日間、真一郎と大介は手分けして、朝のうちは両国や神田、上野の質屋を回り、昼からは仲見世や浅草広小路、少し足を伸ばして両国広小路もうろついて掏摸がいないか目を光らせた。

「おう、見回りご苦労さん」

　三日目に両国広小路で出会った又平はそうからかったが、事情は正行から聞いていて、又平なりに気にかけてくれているようだ。

「守り袋なんか盗ったところで大した金にはならねぇだろう。いたずらでやってんのならますます許せねぇ。子供らや――お鈴のような者まで狙うなんてよ」

　憤る又平は心強いが、そうそう怪しい者は見つからない。

　やがて七ツが鳴り、四半刻ほどして真一郎は両国広小路を後にした。

　次の手を迷いながら長屋へ帰ると、言伝帳に多香からの言伝が記されていた。


〈おいてやにて　六ツにあいたし　多香〉

　慌てて井戸から水を汲んで来て汗を拭い、真一郎は再び長屋を出ておいて屋に向かった。

　銭座の更に少し北にある舟宿・おいて屋の二階には、休息所として八つの部屋が設けられている。舟宿としてはあまりない造りだが、旅籠のごとく部屋で飲み食いし、夜を明かすこともできるため、顔役たちの密談や男女の密会に使われることも多く、久兵衛の行きつけでもあった。

　久兵衛の店子だからか、真一郎たちも大川が望める一番奥の角部屋に案内されることが多いのだが、今日は先客がいるらしく、案内されたのは廊下を挟んだ反対側の、だがやはり角部屋だった。

多香はまだ来ておらず、酒と肴（さかな）を頼んで待つことほどなくして六ツの鐘が鳴った。

が、酒と肴と共に女中が案内してきたのは、一人の見知らぬ男だった。

「なんだてめぇは？」

誰何（すいか）したいのは真一郎とて同じだが、女中が部屋を間違えたのではなさそうだ。

「――真一郎と申しやす。お多香に呼ばれて来たんですが……」

真一郎が名乗ると、男はすぐに合点した様子で頷いた。

「ああ、聞いてらぁ。そうか、お前さんが真一郎さんか。俺は景次（けいじ）ってぇもんだ」

年の頃は己とそう変わらぬように見える。

背丈こそ五尺四寸ほどで己よりずっと低い。だが己と同じく、身体つきはどちらかというと細い方で、目鼻立ちは違えど、可もなく不可もなくといった面立ちという点は似ている。

一体何者なのかと更に訊ねる前に、案内の女中と共に多香がやって来た。

「おや、景次さんももう来てたのか」

「お前からつなぎがくるこた滅多にねぇからな。どうした、お多香？」

「まあ、お先に一杯どうぞ。さ、真さんも」

景次と真一郎がそれぞれ猪口（ちょこ）に口をつけると、真一郎の方を見て多香が囁いた。

「景次さんは本職の掏摸さ」

思わず小さくむせた真一郎へ多香は続けた。

「けど、景次さんが的にかけるのは鼻持ちならない金持ちだけだ。掏るのは懐中の財布のみ、中身はせいぜい半分ほどしかいただかず、財布は必ず同じ者の懐へ返すという筋金入りさ」

「独り身なんでな。気楽なもんさ」

言いながら、景次が自慢げに袖をまくった腕には一本の入墨も見当たらない。

「久兵衛さんも景次さんを見知っていてね。此度足労してもらったのは、もしや景次さんはお鈴の守り袋を掏ったやつのことを知らないか、訊ねてみてくれと久兵衛さんに頼まれたのさ。まあ、久兵衛さんに頼まれずとも、景次さんを見込んで、つなぎを取るつもりではいたんだがね……」

多香に促されて真一郎がことの次第を伝えると、景次は顎に手をやった。

「そらあれだ。腰太郎だ」

「腰太郎？」

「いや、仲間内でそう呼んでるだけで、本当の名は知らねぇけどな。腰物しか狙わねぇ、仲間に言わせりゃ腑抜け野郎さ」

鈴の守り袋には護符しか入っていないが、巾着に財布を入れたり、守り袋のような小さな巾着を財布代わりにしている者は少なくない。掏摸が巾着切とも呼ばれるようになったのは、そういった巾着を獲物にするものが増えたからで、「本職」の掏摸はこういった腰物にしか手を出さぬ者を蔑視しているのだと景次は言った。

「腰物なんざ、素人に毛が生えたのでも掏り取れら。懐中物を盗ってこそ本物よ」

「はあ」

「とはいえ、俺は他の者が何をどう盗ろうがどうでもいいがな。腰物だろうが懐中物だろうが、捕まりゃ等しく入墨だ。この商売、長く続けられる者はそういねぇ。懐中物だけ狙って入墨三本の野郎より、腰物だけでも入墨なしの野郎の方が先行きはいい」

掏摸は捕まると金額や物にかかわらず腕に一本入墨される。三度目までは入墨で済むのだが、四度目には「改悛（かいしゅん）の情なし」と判じられて死罪となるため、腕の入墨も三本までだ。

「仲間といってもたまに挨拶や世間話をするくらいさ。だが、腰太郎はそういう付き合いが一切ねぇから、余計に腹立たしく思っている者もいる。やつとは獲物がかぶってねぇからいいんだが、狩場に顔見知りがいたら互いにちっとは気遣うもんだ。もちろん守り袋を――餓鬼から盗るってぇのも嫌われてらぁ。やつの仕事を見たことがあるのは仲間内でもほんの一人、二人で、身体つき顔つきはまあ俺と似たようなもんらしい。お前さんみてぇに目立つ男にゃ、この仕事は務まらねぇからよ」

からかい交じりに言って、景次は真一郎と多香を交互に見やった。

「もっと何か判ったら知らせてやらぁ」

「恩に着るよ、景次さん」

多香が応える横で、真一郎も「頼みます」と頭を下げた。

「真一郎さんを呼んだってこた、つなぎはこっちにつけてもいいのかい？」

「ええ。この人の方が長屋にいることが多いんでね。久兵衛さんが掏摸探しを頼んだのは真さんだし、私は真さんほど暇じゃあないのさ」

「はは、そうかい」

頷きながら景次は腰を上げた。

「じゃ、俺は行くぜ」

「もう？　せっかくだから、もう少し飲んでいかないかい？」

「今日は粂さんにも、ちと呼ばれててよ。何か言伝でもありゃあ――」

「今のところは間に合ってるよ。でも、ろくにもてなしもできずに悪かったね」

「まあ、そのうちみんなでゆっくりと」

「ああ、そのうちにね」

苦笑して多香は景次を見送った。

「……景次さんも粂七さんと知り合いなのか？」

「そうだよ。あの二人は……長い付き合いさ」

「お前もだろう？」

思わず問うと、多香はゆっくりと微笑を浮かべた。

「そうだねぇ。あんたよりは長い付き合いだ」

それは久兵衛を通しての付き合いなのか。

また、粂七とのことなのか。

はたまた、景次とのことなのか。

それとも……

続けて問うべきか束の間迷い、真一郎は内心頭を振った。

流れ流れて六軒長屋に——久兵衛のもとにたどり着いたという多香である。

——今はそんな暮らしが気に入ってんのさ——

そうも言っていた多香なれば、余計な詮索はやはり躊躇われた。

——昔は昔、今は今だ。

邪魔者はいなくなったことだし、今宵はこのまましっぽりと……

「さ、お多香」

気を取り直して真一郎は多香の猪口へ徳利(とっくり)を傾けた。

「おや、じゃあ真さんも」

酌を返してくれた多香に真一郎が期待を寄せたのも一瞬だ。

「さっさと片付けて私らも帰ろう」

「かか、帰るって——どこへ?」

「長屋に決まってるじゃないか」

にっこりとして多香は言った。

「言ったろう？　私は真さんほど暇じゃあないのさ」


三日後の夕刻、景次は早速長屋へ、真一郎を訪ねて来た。

「腰太郎のやつは少し前、上野の広小路や音羽町(おとわちょう)をうろちょろしてたみてぇだ」

音羽町は護国寺への参道で、仲見世よりずっと長く、人通りも引けを取らない。

「盗られたもんもいくつか聞き出してきた」

誰にどう聞き出したのかは口にしなかったが、景次は腰太郎に盗まれたと思しき物を教えてくれた。

天橋立(あまのはしだて)が描かれた蒔絵の印籠。

葡萄(ぶどう)の印伝が入った巾着。

鍾馗(しょうき)の縫箔が入った守り袋。

麒麟(きりん)の金具がついた革の煙草入れ。

「どれも売れればそこそこの値がつくだろうから、持ち主がやっぱり質屋やら道具屋やらをあたったみてぇだが、まだどれも見つかってはねぇようだ」

田原町の質屋でも聞いたが、考えることは皆同じらしく、思い入れのある持ち主はそれぞれ手を尽くして盗品を探しているという。

「やつを見かけたら、やさまでつけてみるけどよ。俺もこいつにばかりかまけてられねぇんでな。まあいつになるやら、さ」

「ありがとうございます」

「なんの」と、景次はにやりとした。「それよりここへ来る前、ちょいと安田屋を覗いてみたんだが、お多香は見当たらなくてよ。今日は久兵衛さんとこかい？」

「さあ？」

真一郎は首をひねったが、内心穏やかではなかった。

というのも、今は面打ちの仕事はない筈で、多香はてっきり安田屋にいると思っていたからだ。また、安田屋を先に訪ねたのはまだしも、「久兵衛さんとこ」と景次が言ったのが気にかかる。多香が「貴弥（たかや）」の名で面打ちをしていることは限られた者しか知らない筈だが、どうやら景次はその「限られた者」であるらしい。

「何やら、近頃忙しくしているみてぇで……」

「そのようだな」

景次が帰ると、大介が早速顔を出した。

「お多香さんの知り合いたぁ珍しいな。あいつは一体何者だい？」

「俺もよく知らねぇんだ。けど、腰太郎のことを少し知らせに来てくれた」

──やつは腰太郎って呼ばれているらしい──

そう皆には告げてあったが、多香が聞いたこととしてあった。

仲の良い大介に隠しごとは心苦しいが、多香や景次の許しなくして景次が掏摸とは明かせぬし、よく知らないのは本当のことである。

「ふうん」

大介はわずかに眉根を寄せたが、すぐに腰太郎の手がかりに関心を移した。

掏摸だからというよりも、多香の知己だからだろう。景次の話し声は低く、近くの者にしか聞こえぬように潜めていて、隣りで耳を澄ませていた大介にもほとんど聞こえなかったようである。

景次から聞いたことを伝えて、明日は真一郎は再び浅草の質屋を巡り、大介は日本橋へ行くことにした。

「腰太郎が浅草、上野、護国寺と回ってるってんなら、次は日本橋辺りじゃねぇかと……」

「そうだな」

一人で見回るには無理があるが、日本橋の番屋を訊ねて回るのも一案だ。

翌日、真一郎はやはりまず、ののやを訪ねた。

「お知らせできるようなことはまだ何も……ですが、おそらく同じ巾着切に盗られたと思しき物を探しているお人はいらっしゃいました」

近之助はそれなりに気にかけてくれていたようで、客からいつ、どこで掏られたのかを聞いて記していた。ののやを訪ねて来た客が探していたのは「鍾馗の縫箔が入った守り袋」で、卯月の二十五日、護国寺詣での際に掏られたという。

「その守り袋の他にも、いくつか話を聞きまして……」

言いながら真一郎が景次から聞いた物を書き付けた紙を見せると、近之助は少しばかり感心した顔になった。

「上野や護国寺まで行かれたのですか？」

「いえ、まあその、つてがなくもありませんので」

「敵いませんね。こういう商売ですから盗人には聡いつもりですが、昨年のようなこともありますし……」

――あのお方が盗人一味だとしたら、私も耄碌したものです――

尾張屋からの盗品を売りさばいていたのは光彦という商家の男だったのだが、この光彦が僧侶の真似事をしていたのを見破れずに、近之助はのちに嘆いていた。

「いや、私はさっぱりでして。けれども人と運にはまあ恵まれているかと思います」

真一郎が言うと近之助はようやく――おそらく――微笑らしきものを浮かべた。

「人と運も才の内ですから……此度もうまく見つかるよう祈っております。お鈴さんの守り袋もですが、もう一つの守り袋も掏られたのは二十歳過ぎの若い方で、やはり今は亡き方の形見だそうです。ですから、お金を積んでも取り戻したいと仰っていました」

「そりゃ知りませんでした」

鍾馗といえば清国の魔除けの神で、近頃では端午の節句に鍾馗を描いた旗や五月人形を飾るようになっていることから、てっきり子供から掏られた物だと思っていた。

「しかし、こうも珍しい細工物ばかり盗っているなら、江戸で売りさばくには危険が過ぎます。盗品は朱引の外――上方にでも流しているのやもしれません」

「朱引の外か……だとしたら厄介だな」

つぶやいた真一郎へ、近之助は続けた。

「はたまた、盗人の目当てはお金ではないのやもしれませんね」

「といいますと？」

「腰物の収集家やもしれません。世の中には、お金よりも物に執着するあまり、盗みを働く者もけして少なくありませんから」

「だとしても厄介なのに変わりありやせんや」

舌打ちをこらえて、真一郎は眉尻を下げた。

江戸の外に持ち出しているとして、行商人や廻船の荷を検めるのは真一郎たちには無理な話だ。収集家なら「物」は江戸にあるとしても、一度盗られたらそれきりである。

「真一郎さんの腕――いや、運の見せどころですかな」

今一度、微笑らしきものを口元にたたえて近之助は言った。


書付を浅草の質屋に見せて回って、真一郎は七ツ過ぎに戻って来たが、大介が帰って来たのは六ツが近くなってからだ。

「遅かったな」

「ちと寄り道しててよ」

「日本橋はどうだった？」

「どうもこうも、相変わらずの人混みさ」

番屋でも腰太郎のことを訊ねてみたが、何分人出が多く、落とし物も掏摸も茶飯事であるがゆえに、目新しい話は聞けなかったという。

そっけなく応えて大介は付け足した。

「俺ぁ、ちょいとお梅さんちに行って来る。久兵衛さんに用ができてよ」

「奇遇だな。俺もちょうどお前と久兵衛さんに相談ごとがあったのさ」

「相談ごと？」

「ああ、お前にまた囮（おとり）になってもらおうと思ってな」

見かけたら尾行してやると景次には言われたものの、景次が言ったようにいつになるやら判らぬし、己が引き受けた仕事なれば頼りっぱなしにしていられない。とはいえ、質屋や道具屋で盗品が見つからないとなると、腰太郎をその場で押さえるしかない。

それなら人混みで闇雲に腰太郎を探すのではなく、何か獲物になりそうな腰物を久兵衛に借りて、大介に提げさせてみようと思い立ったのである。

「借り物に万が一のことがあっちゃならねぇからよ。お前が囮で俺が見張りだ」

己が囮になることも考えないでもなかったが、背丈がある分腰も高いから、腰太郎が五尺四寸ほどと景次と同じくらいの背丈なら、大介から掏る方が断然容易く目立たない。

「それで久兵衛さんに……」

「おう。お前の用はなんなんだ？」

「俺のは……まあ、真さんならいいやな。とにかく行こうや」

早足に暮れかけた町を行くと、今戸橋を渡ってすぐに六ツが鳴った。

別宅に着くと、迎え出た梅が顔を輝かせた。

「まあまあ、もしや掏摸を捕まえたの？」

「いえ、そいつはまだなんですが、そのことでちと久兵衛さんにお願いがありやして」

「じゃあ、すぐにご飯を支度しましょう」

「ああ、お構いなく。久兵衛さんとお話ししたらすぐにお暇しやすんで」

応える間に桃を抱いた久兵衛が玄関先に顔を出した。

「遠慮はいらん。食ってゆけ」

「にゃっ」

桃にも促されて、真一郎たちは座敷に上がった。

梅が夕餉の支度に台所へ行ってしまうと、「ちょうどいいや」と、大介が懐から小さな桐箱を取り出した。

「お梅さんに見られねぇうちに――こいつを、その、久兵衛さんからお鈴に渡してやって欲しいんでさ」

守り袋を掏られてから七日が経っていた。

鈴はずっと浮かない顔で、三日前は珍しくお座敷で少々しくじったらしく、更に気を沈ませていた。

箱の中身は守り袋で、花七宝紋の縫箔が入っている。地色は金銀の糸が織り込まれた白緑色だが、七宝紋は紫を基調にしたとりどりの色で縫いとられているゆえ派手さはない。表の真ん中の紋だけ花びらが五枚で、紋印を模した他の花より実の花らしく、愛らしい。

「今日、日本橋をうろついてて見かけたんでさ。こないだ作った笛の金をもらったばかりだし、お師匠さんのとはまったく違うが、お鈴にどうかと思ってよぅ……」

とはいえ、このような逸物が出店で売られていた筈がない。

察するに大介は腰太郎を探すついでに、これまでもそれなりの小間物屋を覗いて回っていたのだろう。此度日本橋へ行くと言い出したのは、もしかしたらこちらが主な目的だったのやもしれない。

中の護符は回向院より少し南にある弁財天のもので、ここは針術師・杉山検校の縁の神社だ。のちに検校になった杉山和一は幼くして失明し、弁財天を信仰しながら身を立てるために針術を学んだ盲人だ。弁財天は言わずと知れた七福神の一神で、琵琶を持つ像や絵が多いことから芸事の神としても慕われている。

「前にお鈴が、中身は弁財天の守り札だって言ってたからよ」

どうやら、護符をもらいに日本橋から両国まで行ったがために帰りが遅くなったらしい。

蓋を閉じると、久兵衛は口角を上げて小箱を大介に差し戻した。

「これは皆からとして——お前から渡してやるといい」

「みんなから？」

「うむ。さすればお鈴もそう遠慮せずに、喜んで受け取ってくれるだろうよ」

「へへ、そうか。その手があったか」

——夕餉ののちは、梅の見立てで久兵衛の印籠を一つ借りた。

蒔絵で描かれた二輪の花は黒地に映える月下美人で、細いがくと曲がった茎にはしっとりとした艶めかしさがある。

提灯も借りて長屋に帰ると、向かいから鈴が呼び止めた。

「あの！」

思い詰めた声が聞こえたのか、多香も守蔵もそれぞれの家から顔を覗かせる。

皆をそっと窺って、おずおずと鈴は切り出した。

「先ほど真さんたちがお話ししているのを聞いて、私も囮になれないかと……」

尻すぼみになったのは、閏二月に鈴を庇って大介が怪我をしたからだろう。

「なんだ」と、多香が笑みをこぼした。「そんなことかい。一体何ごとかと思ったよ」

「そうとも、お鈴。驚かすない」と、真一郎も微笑んだ。

真一郎と大介を交互に見やって多香が言った。

「囮なら一人よりも二人の方がいいだろう？　真さんが見張ってるんだし、私も手が空いてる時は手伝うからさ」

真一郎に――大介にも――無論否やはない。

「あの、では二度手間になりますが、明日にでも久兵衛さんから巾着か何かをお借りしてきてもらえますか？　私は他にもう盗まれるような物は持っていないので……」

「ははは、こりゃちょうどいい」

笑いながら真一郎は大介を小突いた。

「ちょうどお鈴のために用意した物があるんだ。――なぁ、大介？」

「お、おう」

真一郎が顎をしゃくって促すと、大介はちらりと多香と守蔵を窺ってから小箱を出した。

「……前の守り袋が見つかるまでしばらくかかりそうだからよ。み、みんなで金を出し合って買ったもんだ」

多香はともかく守蔵は微かに驚きを顔に出したが、すぐに合点したように微笑んだ。

「皆さんで？」

「ああ」と、大介は大きく頷いた。「久兵衛さんと真さん、お多香さん、守蔵さん、俺もちろん――その、ちゃんと笛で稼いだ金だぜ」

心持ち胸を張った大介に内心くすりとしながら、真一郎は付け足した。

「見立てたのは大介だ。日本橋で見つけた上物さ。さ、開けてみな。買って来たばかりだから、お多香や守蔵さんもまだ見てねぇんだ」

「日本橋で……」

つぶやきながら鈴は箱の蓋を開け、守り袋にそっと触れた。

真一郎が提灯を掲げて手元を照らすと、多香がゆっくりと笑みを漏らす。

「花七宝紋か。真ん中の花だけ花びらが五枚――これは菫(すみれ)だね」

「うん。小間物屋の者がそう言ってた」

「七宝は縁結びの吉祥紋だ。ふふ、こりゃあ粋で縁起がいいね。でかしたよ、大介」

多香が大介を見やるのへ、傍らの守蔵も頷いた。

「うん、こりゃお鈴にぴったりだ」

菫の花と花七宝紋を指で少しなぞって、鈴も微笑む。

「皆さん、ありがとうございます。大介さんも……わざわざ日本橋で買って来てくだすったなんて」

「てやんでぇ、出かけたついでだ。肝心の腰太郎はまだ見つかっていねぇしな」

「けどな、お鈴」

大介を見やって真一郎は更に付け足した。

「中の守り札はついでじゃねぇぞ。前のとおんなし弁財天のだ」

「守り札も大介さんが……？」

「日暮れまでちと暇があったからよ。両国なんざ江ノ島に比べりゃ目と鼻の先だ」

「でも、ありがとうございます。今度こそ失くさないようにしますから」

「礼はいらねぇ。それより早く腰太郎を見つけてよ、お師匠さんの守り袋を取り返そうぜ」

「はい！」

目を細めて応えた鈴に、大介も嬉しげに頷いた。

「なんだか去年を思い出すな」

そう真一郎が言ったのは、昨年の水無月から文月にかけて鈴と大介が囮になって、佐太郎という鈴に執心していた男や、徳三郎という隅田川堤や日本堤で女を手込めにしていた男を捕まえたことがあったからだ。

「今年の方がずっとましだ」

そう大介が苦笑したのは、昨年は大介は鈴に扮して——つまり女の格好で囮をしていたからである。

大介は借りた印籠にふさわしい洒落者のぼんぼんらしい格好で、鈴は多香が貸し物屋から借りてきたいつもより娘らしい着物に新しい守り袋をつけている。

歩き回るのを仲見世、浅草広小路、両国広小路のみとしたのは、鈴のために遠出を避けたというのもあるが、上野と護国寺を狙ったばかりの腰太郎はいずれまた、回り回って浅草を狩場にするだろうと踏んでのことだ。

互いの仕事の都合を合わせて、多香が一緒の時は多香と鈴、真一郎と大介で組み、多香がいない時は大介が鈴を見張り、その後ろから真一郎が大介を見張った。

そうして十日ほどが経った皐月は二十日。

多香の留守に三人で仲見世を歩いていると、先頭の鈴が一人の男にぶつかった。

「なんだてめぇ、よそ見しててんじゃやねぇ」

「す、すみません」

大介を目で追っていた真一郎が鈴の声に気付いて顔を上げると、六間ほど先で強面の男が鈴を睨みつけていた。

「お鈴！」

三間余り後ろから鈴を窺っていた大介が駆けつけると、男は大介をも見下ろした。

「なんだてめぇは？」

「てめぇこそなんだ？」

男は大介より四寸ほど背が高く、肩も広ければ腕も太い。

「わ、私がぶつかったんです。ちょっとよそ見をしてたから……本当にごめんなさい」

慌てて取りなす鈴を見て、男は鈴が盲目だと気付いたようだ。

「なんだおめぇさん、目が見えねぇのかい？」

「見えなくはないですが、ぼんやりとしか……」

小声で応えた鈴へ、男はにっこりと歯を見せて笑った。

己と同じ年頃かと思ったが、笑い皺が刻まれた顔からして今少し年上らしい。

「そんなら、俺が案内してやろうか？」

「余計なお世話だ！」

短く叫んで大介は男を睨めつけたが、男はくすりとして大介をいなした。

「そう噛みつくな。ぼんぼんのくせして活きがいいのは褒めてやるが、そんなら、もちっとおめぇが気を配ってやれや。浅草は俺みてぇな世話好きばかりじゃねぇぞ」

「む……」

「ああ、それから腰の物にも気を付けな。ここらは巾着切も多いからよ」

それだけ言ってこちらへ歩いて来る男を真一郎は知らぬふりしてやり過ごし、ゆっくりと大介たちに近寄った。

「悪いやつじゃあなかったな」

「けっ」

むくれ顔で大介は真一郎を見上げた。

「巾着切に気を付けろと言われたぞ。案外あいつが巾着切かもしれねぇぜ？」

「いえ」と、鈴がすぐに首を振る。「あの人じゃありません。あの時すれ違ったのは、あんなどっしりとした人じゃなかったです」

「そうか」

鈴が言うならそうなのだろうと、大介はあっさり引き下がった。

仲見世を抜けたら一休みしようと、再びばらけて少しずつ進み、鈴、大介、真一郎の順に仁王門をくぐった。

――と、少しばかりまばらになった人々に紛れて、女児が一人、鈴に近寄って行く。

「あの、ちょっと助けてもらえませんか？」

「えっ？」

鈴と目がうまく合わずに、女児はためらった。

「……あの、おっかさんの具合が悪いんです」

「あ、それなら……」

鈴がちらりと後ろを振り返るのへ、真一郎は駆け出した。

鈴にではなく女児にである。

「あっ」

真一郎に気付いて女児は逃げ出した。

女児が逃げて行く方向とは反対側の、やや離れたところにある木立の中から、旅装の女が立ち上がるのが見えた。真一郎は向きを変えて木立の方へ走り寄り、よろけながら逃げ出そうとした女の肩をつかんだ。

「離して」

掠れた声と薄い肩にどきりとするも、真一郎はつかんだ手に力を込めた。

観念したのか、振り向いて女は真一郎を見上げた。

青ざめてはいるが、紛れもなく昨年の如月に己から路銀を騙し取った女である。

「お前、まだこんなことをしてたのか？」

問いながら反対側の手で女の腕をつかむと、まくれた袖から入墨が覗いた。

真一郎の方が慌てて袖を下ろしたものの、ちらりと見えた入墨の数は三本。

「か、堪忍してください。どうか……どうかお情けを……」

真一郎の胸にもたれ、抱きつくようにして、女は囁き声で許しを乞うた。

傍目(はため)には痴情のもつれに見えるだろう。だが、ここで己が騒ぎ立てれば女は今度こそ死罪になるやもしれなかった。

そしたらあの子は……

まだ奉公にも早そうな子供だが、掏摸を働いていたとなれば、敲(たた)きは免れても非人手下に身を落とすと思われた。

女の肩を抱くようにして、真一郎は囁いた。

「あの子はおそらく九つか十――本来なら近所の子らと楽しく遊んでる年頃だろう。なのに盗みの片棒を担がせるとは何ごとだ」

「堪忍してください。具合が悪いのは本当なんです。少し身体を悪くしていて、なかなか仕事にありつけなくて……」

昨年も「具合が悪い」と騙された真一郎だ。

あの時も真に迫った芝居だったが、目の前の女は記憶の中の女よりも細く、顔色が悪いように思われた。

「もうけしていたしませんから。どうか……どうか、あの子のために……」

「どうせまた、この場限りのでまかせだろう」

「いいえ」

頭を振って女は真一郎を見上げた。

「……あなたさまのことは覚えております。昨年も心苦しく思っておりました。ここであなたさまに再び出会ったのが、御仏のお導きではないでしょうか」

半信半疑ではあったが、己が女を死罪に追い込むのは気が引ける。

「盗った物を全て出せ。俺が落とし物として番屋に届けとく」

「それが今日はまだ一つも。ですから、御仏のお導きだと思うのです。今度こそ——今度こそ必ず心を入れ替えますから……」

「そうは言っても、仕事にありつけねぇってんならどうすんだ？」

「……なんとかします」

「いい加減なことを言うな。なんともならねぇから、こんなことをしてるんだろうが」

「それは……こんな私でも宿ならおそらく……」

宿場で飯盛り女くらいはできるだろうというのである。

死罪になるよりはましだろうが、どちらにせよ真一郎はやりきれない。

「——そうだ。俺が世話になってるお人なら、江戸の外にもつてがあるやもしれねぇぞ」

久兵衛を思い浮かべながら真一郎は言った。

増入墨の者は俗にいう「江戸払い」とされ、日本橋から東西南北へ二里ずつ、四里四方に住むことができない。だが江戸を通り抜けることは許されているため、女のように旅装をして江戸に潜り込み、再び掏摸を働く者も少なくなかった。

「なんなら今から会いに行ってみるか？　情け深いお人だ。お前が心から足を洗おうってんなら、きっと助けになってくれらぁ」

「そ、そんなお人が？　ですが、まずはあの子の無事を確かめないと……」

娘とは逃げる時はばらばらに、もしもの時は寝泊まりしている安宿で落ち合うことにしているという。

「俺は真一郎だ。六軒町の六軒長屋ってところに住んでる。七ツ過ぎには戻ってっから、娘を連れて今日のうちにでも訪ねて来い。娘のためを思うなら、こんなことからはすっぱり足を洗って、なんでもいいからまっとうに働くんだ」

「はい」

小さく頷いてから、女は躊躇いがちに明かした。

「……私はのぶと申します。娘の……あの子の名は苑」

「おのぶとお苑だな。具合はどうだ？　昨年より痩せたようだが……」

「見ての通りの、その日暮らしですから」

弱々しく微笑んで、のぶはそっと押しやるようにして真一郎から離れた。

「……六軒町の六軒長屋ですね？」

己を見上げて念を押したのぶの目には、しかとした決意が宿っている――ように見える。

「そうだ。大川端で、ここからもそう遠くねぇ」

「あの子と――苑と一緒にお訪ねします」

「ああ、きっとだぞ」

のぶが木立を抜けて行くのを見送ってから、真一郎は大介たちのもとへ戻った。

「真さんの昔の女かい？　あ、もしやあの子は真さんの隠し子――」

「莫迦を言うな」

からかい口調の大介へ苦笑して見せてから、一休みすべく真一郎は二人を木陰に誘った。


その日も次の日も――結句、のぶと苑は姿を現さなかった。

やはりその場しのぎの嘘だったのか……

のぶには諦めの気持ちがなくもなかったが、苑を憂えて真一郎は気落ちした。

「また捕まっちまったんじゃねぇのかい？」

のちに事情を話した大介からはそう言われたが、それはそれでのぶの死罪を意味する。

「入墨を隠してなかったのも、きっと同情を引くためさ。誰だって子連れ女を死罪にしたくはねぇもんな」

「うむ……」

まさにその通りであったから、己の人を見る目のなさに真一郎は再び落胆した。

「真さんは人が好いからなぁ……入墨なんざ、さらしや手ぬぐいでいっくらでも隠せらぁ。そうしてなかったってぇことは、あの女はいざという時には入墨をわざと晒して、命乞いをして逃れるつもりだったんだろうよ。なんなら、同情した野郎が何がしか恵んでくれねぇかと、あわよくばな思いもあるんだろうぜ」

「ううむ」

「あの女ときたら、あんな風に真さんにしなだれかかってよう。とうが立ってて面立ちも今一つだったが、あんな風に抱きつかれりゃあそそられる野郎もいるだろう。掏摸を見逃す代わりに、ちょいと味見をさせろって野郎がよ……けど、財布を返しちまえば、掏摸だったという証もねぇや。女が騒ぎ立てれば、下手すりゃ男の方が罪に問われちまう」

これも大介の言う通りで、掏摸は盗んだところをしかと押さえられねば罪に問うのは難しい。のちに捕まえて、分不相応な金を見つけたとしても、財布がなければいくらでも言い逃れができてしまう。

「娘と『宿で落ち合う』ってぇのも怪しいな。ああいう母娘なら互いに助け合う筈さ。なんだかんだ、あの場をしのぐための方便だったに違ぇねぇ。ほら、先だって忠也も言ってたろう？　女ってのは時にえげつない嘘をつくって」

「む……だがあの日は、おのぶはまだ一つも盗ってねぇと言ったんだ」

のぶの言葉を信じて懐中を探るような真似はしなかったが、今になって、あれも口からでまかせだったのではないかと思わないでもない。

「まったく真さんときたら――お人好しにもほどがあらぁ」

大介には呆れられたが、たとえ全てが嘘だと判じていたとしても、己はやはり見逃しただろうと真一郎は肩をすくめた。

――のぶと苑に会ってから五日後。

真一郎は守蔵にこっそりおいて屋に誘われた。

もしや己の留守中に、のぶが何か言付けて行ったのではないかと束の間真一郎は期待したが、おいて屋で守蔵が切り出したのは多香のことだった。

「お多香？　お多香がどうかしやしたか？」

「うむ。大した話じゃねぇんだが、なんだか気にかかってよ」

一昨日、守蔵は知己を訪ねに深川へ出かけていた。

深川は守蔵の古巣である。十年前、永代橋が落ちたほどの大雨ののち、守蔵の妻は風邪をこじらせ呆気なく亡くなった。この亡妻の親類が山谷浅草町に住んでいて、抜け殻のようになっていた守蔵に孫福と久兵衛を引き合わせたのだ。

「そんで帰りしなに、両国の湯屋に寄ったんだが……」

「両国の湯屋？」

眉根を寄せて問い返した真一郎へ、「おう」と守蔵はこともなげに頷いた。

「たまには違う湯屋に行くのもいいもんだぞ」

「はあ……」

長屋で羽書の恩恵を一番受けているのは守蔵だ。綺麗好きというより風呂好きで、毎日ほぼ朝夕二回通っているし、錠前やからくり箱を思案しながら長湯することもしばしばだ。

それにしても、出先でも湯屋に行っているとは……

今更ながら、真一郎は驚くやら感心するやらだ。

「此度寄ったのは回向院の近くの湯屋なんだがな、なんとお多香も来てたのさ」

「お、お多香が？　お多香も湯屋に？　回向院ならともかく、どうしてそんなところで湯屋に？　あ、もしや他の男と――」

つい取り乱した真一郎を、守蔵は微苦笑を浮かべてたしなめた。

「落ち着け、真一郎」

「す、すいやせん」

互いに一口ずつ酒を含んで喉を湿らせる。

守蔵曰く、湯船を出て、脱衣所で身なりを整えていると、女湯の方からふいに多香の声が聞こえてきた。

「とっさに身を縮こめたけどよ。流石のお多香も男湯に俺がいたとは思わなかったろう。そんで、聞き間違えかと思ってちと耳を澄ませたらよ……」

――ふふ、それにしてもお多香、あんたも相変わらずだねぇ。そんな痕をこさえてさ――

――お志乃さんこそ、お変わりなくてほっとしました――

――あんたのことだから無用の心配だろうけど、くれぐれも気を付けるんだよ――

――お志乃さんもどうかお気を付けて――

互いを気遣いながら多香と「志乃」は湯屋の前で別れて行った。

「まあ、それだけだったんだが、お志乃とやらが言った『痕』ってのが気になってな」

「痕……というと、傷痕か、あ、もしや口吸いの」

「うむ。そういう痕やもしれねぇな」

多香との睦みごとは先月の大福寺以来で、もう一月余りが経っている。

「少なくとも湯屋では男は一緒じゃなかったが、お前には心当たりがねぇんだな」

肩を落とした真一郎に、守蔵が同情交じりに言った。

「その、ここしばらくお鈴の守り袋のことで手が一杯で……けど、そういやお多香も面打ちの仕事はなさそうなのに、何やら忙しくしているような。お鈴のこともあんまり手伝ってくれねぇし……」

「まあ、なんだ。男だったら仕方がねぇが、傷痕だとしたらただごとじゃねぇ。あのお多香が痕をこさえるほどの怪我を負ったのならよほどのことさ。俺もな、近頃お多香は留守が多いと思ってたんだ。だからこうして、お前には知らせておこうと思ってよ」

「はあ、恩に着やす……」

力なく礼を言った真一郎の猪口に、守蔵がそっと酒を注ぎ足した。


守蔵が漏れ聞いた話からすると、多香と志乃は共に湯屋に行くほど親しい仲だが、そう頻繁に会うことはないようだ。

志乃は一体何者なのか。

多香が「こさえた」のは傷痕なのか接吻痕なのか――

疑念と共に隣りの多香のうなじを凝視していると、ふいに多香が振り向いた。

「なんだい、真さん?」

「……なんでもねぇ」

「私が一緒だからって、手を抜かないどくれよ。ちゃんとあの子らを見張ってないと」

「判ってら」

守蔵とおいて屋で飲んでから三日が経ち、二十八日の今日は川開きである。

大川端にここぞとばかり人が繰り出すのだから、掏摸たちには格好の狩場であろう。

あの子ら、と多香が言ったのは無論大介と鈴のことで、両国広小路を行く二人は今日は手をつないでいる。

——お鈴、川開きの人混みを、あんた一人で歩くのは危ないよ——

——長屋で留守番するか、じゃなかったら大介と二人でおゆき——

そう多香に言われて、鈴は一も二もなく大介と一緒に歩くと決めたのだ。

鈴は守り袋を右の腰に、大介は印籠を左の腰にそれぞれつけて、ゆっくりと人混みの中を歩いて行く。

どうやら大介は出店の様子を逐一鈴に教えているようで、時折、鈴と二人して店を覗いて回る様は仲の良い若夫婦のようである。

ただし、姐(あね)さん女房の……

そう胸中で付け加えて、真一郎はくすりとした。

鈴は大介より二つ年下の二十一歳で、小柄ゆえにやや若く見られるが、それでもせいぜい十八、九歳なのに比べ、大介はどう見ても十六、七歳の少年にしか見えぬからだ。

「真さん」

咎めるようにじろりと見やった多香に、真一郎はにっこりとした。

「だってよぅ。なんだか夫婦みてぇじゃねぇか」

言ってから、もしや自分たちも傍から見れば夫婦に見えるのではないかと、真一郎は思わず辺りを見回した。

往来でいちゃつく者など日頃はまずいないのだが、川開きともなれば人混みに紛れて恥じらいながらも寄り添う男女がちらほらと目に留まる。

「あんたときたら、まったく呑気なんだから……」

声は呆れているが顔はそうでもなく、多香はそっと真一郎の腕に触れた。

「つまらないよそ見をすんじゃないよ、もう」

「おう」

短く応えて真一郎は大介たちへ目を戻したが、多香はそれとなく腕を取ったままである。

広小路をぐるりとして両国橋から川面を覗くと、屋形船がところ狭しと繰り出している。

やがて今年一番の花火が上がると、辺りは歓声に包まれた。

真一郎も思わず空を見上げたが、途端に思い切り尻をつねられた。

「てっ！」

「よそ見をするなって言ったろう」

「うう、すまねぇ」

花火そのものは見えずとも、鈴も音や光を楽しんでいるようだ。大介と二人して空を見上げる姿が微笑ましい。

が、掏摸たちにしてみればこれほどの狙い目はない。

「……景次さんも来てんじゃねぇか？」

「どうだろうねぇ。あの人の獲物はこんな橋の上じゃなくて、料亭か舟の上だろう」

あの人、という呼び方に馴れ馴れしさを感じて、真一郎はまたもや悶々としたが、今は己の役目をまっとうする他ない。

徐々に日が暮れていく中、いくつかの花火を見ながら、両国橋を行って帰るだけで半刻ほどが過ぎた。

広小路に戻って来てまもなく、鈴がさっと腰へ——守り袋へ——手をやった。

はっとした顔でこちらを振り向くのへ、多香が真一郎の腕を放した。

「真さん」

「うむ」

たった今、鈴とすれ違った男から目を離さずに、真一郎は頷いた。

男は真一郎たちの方へ——両国橋へと向かうのかと思いきや、ふいにくるりと踵を返す。

真一郎たちに気付いて逃げようというのではなさそうだ。

男は今度は二間と離れていない後ろから、大介たちを窺い始めた。

こいつが腰太郎——

御納戸色の着物に舛花色の帯。背丈は五尺四寸ほどで、身体つきも景次に似て細い方だ。

こちらに向かって来た際に束の間見えた顔からして、年の頃は二十代半ばと思われる。美男とまではいえずとも、そこそこ整った顔立ちにもかかわらず、目つきはどこか剣呑だった。

腰太郎は今度は大介の印籠に目をつけたようだ。

印籠を見つめながら大介に近付き、大介が鈴の方を見て話しかけるや否や、すれ違いざまに印籠に手を伸ばした。

帯にふわりと触れて根付を外し、落ちてきた印籠を己の手から袖へとするりと落とす。

「あっ！」

先に小さく叫んだのは鈴だ。

「この野郎！」と、大介もすぐに気付いて声を上げる。

真一郎は既に駆け出していて、逃げる腰太郎の背中を追いながら一緒になって叫んだ。

「掏摸だ！　誰かそいつを——」

——と、いつの間にやらずっと前の方に回り込んでいた多香が、腰太郎をよけようと見せかけながら己の足で引っ掛けた。

「わあっ」

すっ転んだ腰太郎に駆け寄ると、真一郎は腕をねじり上げる。

「痛い！　痛い！」

「たりめぇだ、莫迦野郎！」

怒鳴りつけた真一郎の背後で、また一つ花火が上がった。

腰太郎の本名は多治郎。

神田明神の南の湯島横町に住む鏡師で、ののやの近之助が推察した通り、腰物の収集家でもあった。

多治郎が住む二間三間の長屋には鍵付きの箪笥があり、一番下の引き出しには盗品がみっちり詰まっていたと、水無月に入ってすぐに長屋にやって来た又平が言った。

「巾着、印籠、煙草入れ、守り袋――まあいろんな腰物がわんさと入っていたらしい」

多治郎を捕まえたのは真一郎たちだが、番屋に連れて行く道中で又平が現れた。

人が集まる川開きを、又平もまた見回っていたのである。

――おめぇみてぇに頭一つ抜けてっと、こういう時に便利だな――

又平は両国広小路と両国橋を見回り始めてすぐに真一郎に気付き、時折、こちらの様子を窺っていたという。

真一郎たちから多治郎を引き継ぐことで、またしても手柄を立てた又平だったが、恩返しのつもりか、今日は定廻りの田中を通していち早く返してもらった鈴の守り袋を早速届けに来てくれた。

「ほら、お鈴。お師匠さんの守り袋だ。腰太郎――もとい、多治郎をお縄にできたのはお鈴のおかげだ。ありがとうよ」

「私は何も――真さんとお多香さん、それから大介さんのおかげです」

そう鈴は謙遜したが、大介が横から口を挟んだ。

「いんや、お鈴がやつに気付いたから、真さんたちもやつに目をつけることができたんだ」

「ですが、私はつい守り袋に手を……」

多治郎が言い逃れできないように、まずは腰物を盗ませるつもりだったのだが、鈴がとっさに盗られまいと守り袋に手をやったため、多治郎は一度は守り袋を諦めた。

だが、目の利かない鈴に阻まれたのが悔しかったそうで、多治郎はすぐに踵を返し、もう一度守り袋を狙おうとした。その際、大介の印籠が目に留まり、意趣返しを兼ねて先に印籠を掏り盗ることにしたというのである。

「けどよぅ、やつが印籠を盗ったのにもお鈴はすぐに気付いたじゃねぇか」

「それは――大介さんの向こうにぼんやりと同じ色が見えて……」

盗ったところは見えなかったが、怪しいと思った者と同じ色の塊が見え、微かな――おそらく印籠を袖に落とした――音が聞こえたので思わず声を上げたと言うのである。

「でもあれは軽はずみでした。運良く、本当に盗んだ後だったからよかったですけれど、そうでなかったら逃げられて、白を切られていたんじゃないかと思うんです。真さんとお多香さんなら見逃す筈がないのに、私はなんだか慌ててしまって」

鈴の不安は当然だ。真一郎たちには振り向いた鈴がはっきり見えたが、鈴には少し離れたところにいた真一郎たちは見えていなかった。

「なんにせよ、お手柄だ。おめぇらも、お多香さんも」

真一郎と大介はひとくくりにして又平は言った。

「そうとも。よくやったぞ、お前たち」と、久兵衛もご満悦である。

「それにしても、ちょいと不気味なやつだったな、多治郎ってのは」

鈴に阻まれた直後の、多治郎の目つきを思い出して真一郎は言った。

「うむ」と、又平は頷いた。「やつは長屋でも評判が今一つだったらしい。ひたすら鏡を磨く姿が異様だったと長屋の者が言っていたそうだ。それから——やつはおふくろを早くに亡くしていてな」

「そうなんで？」

問い返したのは、真一郎もやはり母親を十三歳で亡くしているからだ。

「ああ、やつが七つになる前に亡くなったらしく、やつは手習いに通うようになって、周りの子らが皆、守り袋をつけてんのが大層羨ましかったそうだ」

父親にねだってみたものの、「あんなのはお飾りだ」と取り合ってもらえず、木片の迷子札を持たされただけだった——と、多治郎は調べで吐露していた。

「やつは収集家だったが、親父は吝嗇家だったようだな。金はあるのに守り袋の一つも買ってもらえず、着物も古着ばかり、擦り切れるまで着せられたってんだ」

「はあ」

田舎育ちの真一郎は、守り袋などという洒落た小間物には無縁で育った。周りは皆顔見知りだったために迷子札さえ持たされた記憶がない。父親の真吉は常陸でも江戸でも大した稼ぎがなかったから、父母も着物は擦り切れるまで着るのはあたり前で、真一郎は背丈が伸びるにつれ丈の足りぬ物を着ることもざらだった。

ただ、護符や迷子札を持ち歩くことはなくとも、父母が毎日、一人子である己の無事を神棚に祈っていたのは覚えている。

「それでやつは餓鬼の頃、我慢できずに遊び仲間の一人から守り袋を盗んだことがあったんだとよ。だがもちろん、それを着けて歩くこたぁできねぇ。親父に見つかっても困るってんで、結句すぐにそこらに捨てちまったんだとさ。けれども、守り袋への執着は捨て切れず、二十歳で親父が亡くなった後、親父が貯めてた金を使って小間物屋で結構な守り袋を買ったってんだが——」

多治郎が買った守り袋をためつすがめつ眺めて満足していたのは、ほんの数ヵ月だった。

既に二十歳の己が守り袋を腰にするのは気が引けて、今度は一人前の男が身につけていてもおかしくない巾着を買おうと思い立った。

「巾着の次は印籠を、その次はろくに吸いもしねぇのに煙草入れをと、次々に値の張る腰物を買い込んでって、親父の貯めた金はあっという間に使い果たしたそうだ。それなのに、腰物への執着はますます強くなるばかりで、ある日、通りすがりに目を留めた子供の守り袋を、いつの間にか掏っていたってぇのさ」

「じゃあ、それで味を占めて――」

「その通り。だが、大人が相手じゃそう容易く掏れねぇだろうってんで、やつは鏡を作りながら、家でこっそり、己の帯と腰物を使って掏摸の修業をしていたらしいぜ」

今年二十四歳の多治郎は、もう三年余りもそうして少しずつ腰物を掏ってきた。

「初めは二月か三月に一度、そのうち毎月に、近頃は十日に一度は獲物を探しに出かけるようになったってんだ。やつの腕はまっさらだったが、なんせ盗った腰物が五十をくだらねぇ、合わせりゃ百両もの値がつくだろうってんで、三本墨で江戸払いになるそうだ」

盗人は十両盗めば首が飛ぶが、掏摸の場合は掏られて困る物を持ち歩く方にも非があることになっており、盗った金額は度外視で、捕まった回数によって裁きが決まる。ただ、多治郎は捕まったのは此度が初めてではあるが、証拠品から三度よりもずっと多く掏摸を働いてきたことが明白だ。ゆえに、お上は稀なこととして、一足飛びに三本の増入墨という裁きを下したようだ。

又平が辞去して行くと、六ツが近いこともあって、久兵衛が皆をはし屋へと連れ出した。

「そりゃよかったねぇ、お鈴」

大介からことの次第を聞いたおかみの治が、にこにことして鈴に言った。

「じゃあ、次のお座敷にはまた、お師匠さんの守り袋をつけて行けるねぇ」

「ええ」

頷いてから鈴は付け足した。

「でも、次も新しい守り袋をつけて行くつもりです」

「まあ、また盗られても困るものねぇ」

「あ、いえ、そうではなく……」

小さく手を振って鈴ははにかんだ。

「お師匠さんの守り袋を失くしたくないのもありますが、新しい守り袋は長屋の皆さんが用意してくれた物なので、あれをつけていると皆さんが一緒にいるみたいで心強いんです」

「そら、あの世のお師匠一人よりも、この世のそこの五人の方が心強ぇや」

そう口を挟んだのは板場の正吉だ。

「こら、あんた！」

夫をたしなめてから、治は鈴に微笑んだ。

「お師匠さんも喜んでくれたろうねぇ。お鈴がこんなに気のいいみんなと巡り会えてさ。あの新しい守り袋――七宝紋は四方に輪が広がってく吉祥紋だもの。これからお鈴は、もっとたくさんのいいご縁に恵まれるよ」

「そうとも。そういやお鈴もいい歳だ。これからは縁談だってたくさん――」

「もう、あんた！　余計な口を利くんじゃないよ！」

一睨みして正吉を黙らせた治だが、鈴の過去を知ってか知らずかは定かではない。だが、ちらりと大介を見やったことから、大介の鈴への想いには気付いているようだ。

「……いいご縁があるといいな、お鈴」

猪口を片手に、つぶやくように大介が言った。

――色しかねぇ俺に、お鈴が惚れ込むなんて断じてねぇのさ――

――お鈴には、いつかお鈴にふさわしい男と身を固めて欲しいんだ――

いつかの大介の言葉を思い出して相槌を躊躇う真一郎をよそに、鈴は嬉しげに頷いた。

「もうありました」

「えっ？」

大介と共に、真一郎も思わず驚きが声に出た。

「あの守り袋、あけ正でも評判がいいんです。みんな『粋だし縁起もいい』って、お多香さんやお治さんみたいに褒めてくださいました。いつもはあんまり話さない女中さんや、お客さんまで声をかけてくだすって……それで先日、お孫さんがやはり七宝紋の守り袋を持っているというお客さまがいて、これもご縁だと、今度姐さん方と一緒に茶会の余興に呼んでくださることになったんです」

すわ縁談かと思ったのは真一郎たちだけではない筈だ。

「あ、ああ、そうかい。そりゃよかった」

どことなくほっとした顔で応える大介へ、鈴は目を細めて更に大きく頷いた。

「はい。守り袋さままでです。ずっと……大事にしますから」

「ああ、うん」

照れ臭げに頷いた大介を見て、真一郎のみならず、多香に治、久兵衛に守蔵までもが微笑を浮かべた。

真一郎がののやを訪ねたのは、二日後の、大暑にふさわしい暑い午後であった。

「近之助さんの推し当て通り、巾着切は腰物の収集家でしたや」

「推し当てなどと、大層なものでは……ですが、わざわざ顚末(てんまつ)を知らせてくださってありがとうございます」

いつも通り愛想の欠片(かけら)もない受け応えではあったが、険も見られなかった。

「他の腰物もできるだけ持ち主の手元に戻るよう、お上が手を尽くしてくれるそうで、もう一人の――鍾馗の守り袋を探してたお人に、三晃堂を訪ねるよう伝えてもらえますか？」

三晃堂は東仲町にある又平の本業の仏具屋だ。又平が岡っ引きに専念しているため、店は妻の菊が切り盛りしている。

「近之助さんから聞いた話を又平さんに伝えておいたので、又平さんは鍾馗の守り袋もお鈴のと合わせて預かってきたそうです。鍾馗の守り袋は一つしかなかったので、おそらくそれだろうと……そのお人の住まいを教えてくださるなら、俺が出向いてもいいんですが」

「うちは信用一番でやっておりますから、お客さまの許しなく素性や住まいを明かすことはできません。お客さまには私の方からお伝えしておきます。きっと喜ばれるでしょう。ありがとう存じます」

そう言って、近之助は慇懃に頭を下げた。

帰りがけ、聖天町の八千代屋で多香の好物の大福を皆に土産に買おうと思ったが、店の前まで来て思い直した。

鈴が気に入っていた、仲見世の茶通にしようと思ったのである。

姥ケ池から北馬道町を通り、仁王門に向かおうとして、真一郎はふと途中の随身門から境内に足を踏み入れた。

どうせなら、奥山を回ってからゆこう――

三社権現から本堂の裏を抜けると、西側に、俗に「奥山」と呼ばれる出店や見世物が立ち並ぶ一画がある。

　水菓子売りから西瓜を一切れ買い、出店と見世物をのんびりと冷やかして回った。

　西瓜を食べ終えると、今度は団扇売りから団扇を一枚買って、扇ぎながら近くの男三人組の曲芸を見物する。

　しばらくして真一郎は、少し離れた木陰に、やはり扇子を扇ぎながら曲芸を遠目に眺めている男に気付いた。

　先日、仲見世で鈴がぶつかった強面の男である。

　――と、今度はこれまた見覚えのある女児が、小走りに男に近付いて行く。

　女掏摸・のぶの娘の苑だった。

　苑は男に何やら話しかけ、男の袖を引きながら更に少し離れた木陰を指差した。

　木陰に座り込んでいる女の顔は見えないが、のぶで間違いないだろう。

　もしや男はのぶの夫――もしくは仲間――なのだろうかと、真一郎は苑と男へ歩み寄った。

「お苑！」

　真一郎が呼ぶと、苑はびくりと身を縮こめた。

「なんだおめぇは？　この子の父親か？」

　男の問いで、男がのぶたちとは他人だと知れた。

「いや、俺は――」

「助けてください。おっかさんが……」

「そうだ」と、男が頷いた。「この子のおっかさんが倒れたらしい」

「そいつは嘘なんでさ。この母娘はそうやって嘘をついて」

「うそじゃありません！　おっかさんは──おっかさんは本当に具合が悪くて──」

真一郎を遮って苑は叫んだ。

「とにかく行きゃあ判るさ」

男が苑を促すのへ、真一郎も後に続いた。

木にもたれたのぶは目を閉じ、脂汗を浮かべていた。

「おい、どうした？　暑気あたりか？」

男が問うのへ、のぶは薄目を開けて弱々しく首を振った。

「どうか、そっとしといてくださいまし……」

「おい、おのぶ──まさか、本当に？」

真一郎がのぶの傍で膝を折ると、男は今度は真一郎に問うた。

「やっぱりおめぇの女か？」

「違いやす。ただ、前にちと話をしただけで……」

男にどう話したものか真一郎が迷っていると、「見つけたぞ！」と別の男の声がした。

駆け寄って来た男は、縹色(はなだいろ)の万筋縞(まんすじじま)の着物を着て、腰に唐織(からおり)の煙草入れを提げている。

「このあばずれが！　私の財布を返せ！」

「おっかさん、にげて！」

苑が男の前に立ちはだかるも、男は苑を突き飛ばした。

「何しやがる！」

怒鳴りながら、強面の男が転んだ苑を助け起こした。

「その女と子供は嘘をついて私をおびき寄せ、私を騙して財布を掏り盗ったのだ！」

「ち、ちがいます！」

苑は悲痛な声を上げたが、男はお構いなしにのぶに近付く。

「おい！　やめろ！」

腰を浮かせて真一郎は男を押しとどめようとしたが、男はそれより早く手を伸ばしてのぶの胸ぐらをつかんだ。

「うっ……」

顔を歪めたのぶを横目に真一郎は男を引き離そうと揉み合った。

と、乱れたのぶの胸元から、男物の財布が覗く。

「ほら見ろ！」

財布を引き抜き、男は勝ち誇ったようにそれを掲げた。

既に騒ぎを聞きつけて、ちらほらと野次馬がこちらへ集まりつつあった。

男は財布を片手に、野次馬たちにことの次第を高らかに話し始める。

倒れ伏したのぶを抱き起こし、衆人に見えぬよう乱れた着物を直してやりながら、真一郎は声を震わせた。

「どうしてだ？　どうしてこんな——」

「……真一郎さんでしたね」

絞り出すように、掠れた声でのぶは言った。

「六軒町の、六軒長屋の……」

「そうだ。何故訪ねて来なかった？　どうしてまたこんな真似を——」

「やめようと思ったんです。あの日、本当にそう思ったんです……それなのに、どうしてだか……どうしても、やめられませんでした……」

「おっかさん！」

泣きながらすがる苑へ、のぶは再び声を絞り出した。

「ごめんね、お苑。堪忍してちょうだい……」

それだけ言うと、のぶは真一郎の腕の中で気を失った。


やがて呼ばれて来た番人は、先だって番屋で会った正行だった。

「真一郎さんに悌二郎か。ええと、お前さんは？」

「与兵衛と申します。伊豆から参りました」

勢い込んで、縹色の着物の男は応えた。

悌二郎がのぶを背負い、泣きじゃくる苑の手は真一郎が取った。

「平気だ。おっかさんは死んじゃいねぇ。ちと暑気あたりを起こしただけさ」

苑を慰める悌二郎へ、与兵衛は冷ややかに言った。

「その娘とて同罪だぞ」

「そんなこたねぇ。この通り、おっかさんの具合が悪いってのは本当だったじゃねぇか」

「ふん。暑気あたりにもなるだろうよ。日がな一日、次から次へと男から金を騙し盗っていたんじゃやな」

与兵衛はともかく、悌二郎はのぶが「暑気あたり」でないことを悟っているように思われた。暑気あたりとしているのは、母親を案ずる苑のためだ。

「お苑はただ、おっかさんを案じただけだ」と、真一郎も言った。

盗った財布が衆人の目に触れてしまった以上、のぶはもう庇えそうにない。

せめて、お苑だけでもなんとか……

その思いは悌二郎ばかりか正行も同じなようだ。

「財布を持っていたのは母親の方であろう。裁きはお上に任せるとして、お前さんは旅籠泊まりなのか？　それとも江戸に親類の家でも？」

話をそらすように与兵衛から寝泊まりしている旅籠の名を聞き出すと、正行は財布と共に与兵衛を帰した。与兵衛が人混みに紛れて行くと、正行は別の番人に医者を呼んで来るよう言いつけた。

「この子も一緒に連れてゆけ」

「おっかさんをおいて行くのはいや！」

頭を振った苑を、正行は穏やかな声で諭した。

「おっかさんには医者がいる。お前が一緒に行って、おっかさんがどんな様子か医者にしっかり伝えるんだ」

渋々だが苑は頷き、母親を振り返りながら番屋を出て行く。

二人の足音が遠ざかってすぐに、隅に寝かされていたのぶが言った。

「旦那さま方……ありがとうございます」

いつの間にか意識を取り戻していたらしい。

無論仮病ではなく、顔色も先ほどよりずっと悪い。

小さな溜息を一つついてから、正行は問うた。

「お前は利八の嫁だろう？」

「のぶ、と申します……夫を、ご存じで？」

「うむ。利八は最後にここから大番屋に行ったのだ」

「そうでしたか……」

正行曰く、のぶの夫の利八も掏摸で、だがもう十年も前に死罪となっていた。

「懐中の財布を掏って、金だけを抜き取り、空の財布をまた懐中に戻すというなかなかの腕前でな。だが、獲物と二度すれ違えば、その分危険も増すものだ。結句、入墨が増えて、三十路にもならないうちに四度お縄になった」

のぶも利八が死罪となった時には既に入墨が三本で、江戸の外で利八の帰りを待っていた。

「あの人がしくじって死罪になったと、知り合いが教えてくれました。そののちすぐ、苑を身ごもったことを知って……今度こそまっとうに暮らそうと思いました」

しかし、増入墨の子連れではろくな仕事に就けなかった。温情からありつけたいくつかの仕事も、嫌がらせや誤解を受けていつしか追われた。時には物乞いまでして数年しのいだものの、やがてのぶは行き詰まった。

「……あの子を手放したり、色を売るくらいなら、いっそ掏摸に戻ろうと……前は夫のように技を磨いて一人で掏っていたのですが、この二年ほどは病のせいか、思うように手が利かなくなってしまい、あの子の助けを借りるようになってしまいました。ですが――」

ゆっくりと身体を起こして、のぶは正行を見つめて続けた。

「ですが、あの子に盗ませたことはありません。苑にはただ、誰か助けてくれそうな人を呼んで来るよう言っただけで……それだけです。あの子は何も知らないんです……」

何も知らない筈はなかった。

真一郎に声をかけたのは旅装の者なら路銀を、鈴や与兵衛に声をかけたのは身なりや腰物からそれなりに金を持っているだろうと判じてのことだ。苑くらいの年頃なら既にそこその世知があり、母親の生業や入墨の意味を知っていたに違いない。

しかしながら、正行はのぶの言い分に頷いた。

「うむ。町方の旦那さまたちには、私からもそう伝えておこう」

「……ありがとう存じます」

「お前のことはそこらの者から聞いていた。利八の嫁が、娘を連れて江戸見物に来ているようだ、と。両国の番屋で一度見逃してもらったろう？　あすこの番人とはいい付き合いでな。他にもお前に――その三本墨に同情した者がいただろう？　だが、このような騒ぎになってはもう誰も庇い立てできぬ」

「覚悟しております。どのみち私はもう長くありません……胸に岩ができているのです。もう大分前から……母も同じ病で私より早く――三十路を待たずして亡くなりました」

のぶの顔が歪んだのは、岩の――身体の痛みゆえのみではなかったろう。

手をついて、のぶは深く頭を垂れた。

「心残りは苑のことだけです。どうか……どうか、お情けを……」

苑が医者と戻って来る前に、真一郎と悌二郎は番屋を後にした。

「……あの母娘のことは、俺も何度か耳にしてた」

番屋から少し離れた、浅草広小路の往来で悌二郎は言った。

「だから、お苑が寄って来た時ぴんときて……騙されてやろうと思ったんだ」

「そうだったのか」

「ああ。今日はたまたま懐が暖かくてよ。本当に三本墨なら、少しまとまった金をくれてやってもいいと——捕まらねぇうちに江戸から逃がしてやろうと思ってよ」

肩をすくめて、悌二郎は続けた。

「なんてなぁ……逃げたかったのは、ほんとは俺だったのかもしれねぇな」

「あんたも実は掏摸なのか？」

「はは、俺は見たまんまのやくざ者さ」

目尻に笑い皺を刻んでにやりとしてから、悌二郎は真一郎を見つめた。

「真一郎っていったな？　『どうしてだ？』っておめぇはおのぶに問うたがよ……ああいう稼業ってのはなぁ、手を染めるのは容易いんだが、足を洗うのはそうおいそれとはいかねぇもんよ……」

やくざ者というからには、悌二郎にも「おいそれと」足を洗えぬ事情があるのだろう。

「俺は……俺も助けたかった」

つぶやくように真一郎が言うと、悌二郎は「うん」と、温かい目をして頷いた。

「おのぶは無理だが、お苑は正さんがきっとなんとかしてくれらぁ。正さんも今頃悔しがってるだろうからな。あの人も、おめぇみてぇにずっと助けようとしてきたんだ。おのぶみてぇなのをよ、男も女も、幾人も……おめぇもあんまり気を落とすなよ」

「――悌二郎さんも」

材木町を過ぎたところで、真一郎は北へ、悌二郎は南へと足を向けて、それとない別れの挨拶を口にした。

気を落とすな、と悌二郎は言ったが、しばらくはのぶたちのことが頭を離れそうにない。のぶから「胸に岩」と聞いて頭をよぎったのは、昨年の冬、吉原で死した山吹という女郎の最期だ。山吹も胸に岩――乳岩――ができて死に至った。

母親も同じ病で死したなら、のぶはそれこそこの二年ほど、ずっと「覚悟」してきたのだろう。

だが、それなら。

それなら尚更、最後にもう一度だけ、誰かの情けに――己や久兵衛、または正行や悌二郎のような者たちにでも――すがってみようとしなかったのか。

今になって情けを乞うくらいなら……

鬱々として六軒町へ帰ると、長屋に着く前に真一郎は足を緩めた。

茶通は結句、買わず仕舞いであった。

七ツを過ぎて、鈴はとっくに帰っていよう。大介は昨晩吉原泊まりで、己が出かけた頃にはまだ眠っていたが、今時分はとうに目覚めている筈だ。

はし屋で一杯やっていこう——

のぶと苑のことは、大介たちには話さずともよかろうと、真一郎ははし屋へ足を向けた。

——と。

「真さん、飲んでいくのかい？」

そう背中から声をかけたのは多香である。

「お多香。お前も今帰りか」

「どうしたんだい？　なんだか辛気臭いじゃないのさ」

「どうしたもこうしたも……」

思いついて真一郎は問うてみた。

「なぁ、どうだ？　おいて屋に行かねぇか？」

多香にならー——否、多香だからこそ、話してみたいと思ったのだ。

じっと真一郎を見上げてすぐに、多香はあっさり頷いた。

「いいよ。あんたがそんなんじゃあ、はし屋の二人も調子が狂っちまうだろう」

並んで長屋の木戸を通り過ぎ、今戸橋を渡ると東へ折れた。

とりとめのないことを話しながら、大川沿いを北へと進む。

銭座を越えた辺りで真一郎は北東の彼方を見やったが、好天にもかかわらず、常陸の方は己が胸の内のごとく靄がかかっていて筑波山は見えなかった。

おいて屋の、此度はいつもの部屋の窓辺で、真一郎はのぶと苑のことを多香に明かした。

「……そりゃ真さん、見ず知らずの男に『長屋に来い』なんて言われても、そうほいほいと訪ねて行きやしないよ。娘がいるなら尚更だ。そのおのぶって女があんたをいとも容易く騙したように、おのぶもきっと親切面した男や——女にも——騙されてきたに違いないもの」

「し、下心はこれっぽっちもなかったんだ。俺はただ……」

言葉を濁して、真一郎は手の内の猪口を見つめた。

「まあ俺も、徳のある面とはいえねぇからな。それに大介ほどじゃねぇが、俺もどこかでおのぶを疑っていた。『心を入れ替える』なんて、その場限りの嘘だろうと……おのぶはもしかしたら、そんな俺の心中を見破っていたのかもしれねぇな。俺がおのぶを信じられなかったように、おのぶも俺の言うことなんか信じられなかったんだろう。無理もねぇや。俺は久兵衛さんを頼る気で、自分ではなんの約束もしてやれなかった」

約束はできずとも――もしも己が心からのぶを信じることができていたら、のぶもまた己を信じてくれたのではなかろうかと、真一郎は猪口を一息に空にした。

「ふふ」

微苦笑を浮かべて、多香が真一郎に酌をする。

「真さんは、ほんに気立てがいいね」

「そうでもねぇや」

「……私はおのぶの言い分を信じるよ」

己の猪口にも酒を注ぎ足してから、多香は続けた。

「そりゃ、初めは言い逃れようとしたやもしれないよ。大介が言ったように、入墨を隠していなかったのも、いざという時に同情を買うためだろうさ。でも、おのぶはあんたに名を明かしたじゃないか。自分の名だけでなく、お苑の名まで……あんたを信じてなきゃできないことだよ」

のちに正行に同じ名前を告げているから、偽名でなかったのは知れている。

「だが、それならどうして――」

「だから、おのぶの言った通りさ」

真一郎を遮って、多香はゆっくり酒を含んだ。

「おのぶはあんたと話すうちに、あんたを信じることにしたんだよ。あんたを信じて、今一度——たとえ短い間でも——まっとうに暮らしてみようと思ったのさ。でも、できなかった。どうしてだか——どうしても、掏摸をやめられなかった……」

すっかり暗くなった窓の外を見やって、多香は再び猪口を口に運んだ。

夏場だからか、川面にはいくつもの舟行灯が揺らめいている。

南の——ずっと離れた両国橋の方から、花火の音が一つ届いた。

「怖気付いちまったのやもしれないね。世の中、そう旨い話なんてないからねぇ……けれども私が思うに、おのぶはただ抜けられなかったのさ」

ゆっくりと真一郎を振り向いた多香は、いつになく困った顔をしている。

「だって真さん、この世の中にはさ……やめようと思ってもやめられない、やめた筈なのにいつの間にやら元通り、っていう暮らしが——そんな暮らししかできない者たちがいるんだよ……ああ、でも」

小さく頭を振ると、多香は微かに自嘲めいた笑みを漏らした。

「そういう者たちは実はきっと——胸の内のどこか深いところで——変わらぬ生き様を望んでいるんだろうね」

悌二郎に似た——のぶに己を重ねたような物言いだ。

「お多香、お前もその、何か……」

問いかけた真一郎をよそに、多香は黙って徳利へ手を伸ばす。

「何か危ない橋を渡っているんじゃ……？」

守蔵から聞いた話を思い出しながら更に問いかけるも、多香は再び首を振った。

「危ない橋ってなんのことさ？」

くすりとした多香は、もういつもと同じく隙がない。

……そうでもないか？

つい眉根を寄せて真一郎が見つめると、多香は微苦笑と共に徳利を置いて、代わりに真一郎の手を取った。

「お多香？」

慌てた真一郎を、多香は上目遣いに見つめ返して、にやりとした。

「なんだい？　慰めが欲しかったんじゃないのかい？」

おいて屋に誘ったのはのぶたちの——内緒の話をするためで、下心は念頭になかった。

だが……

「うん、まあ、胸の内ではそうだったのやも——」

曖昧に真一郎が頷くと、多香は「ふふっ」と噴き出した。

「相変わらず、とぼけた男だよ」

「……慰めてくれるのか？」

て横にする。

「たまにはいいさ」

安田屋帰りで、紅を落としていない多香の唇はいつもより一層赤い。

誘われるままに真一郎は多香の腰に手を回し、唇を吸い、舌を絡めた。

白粉(おしろい)と汗、それから多香の匂いを嗅ぎ取ると、こらえきれなくなって、多香の胸乳を開いて横にする。

もどかしげに帯を解き、腰巻きを剝ぎ取るように脱がせてから、行灯の灯りのもと、真一郎は多香の裸体へ目を走らせた。

「どうしたんだい？」

「……なんでもねぇ」

つぶやくように応えて、己も着物を脱ぎ捨てる。

真新しい傷痕は見当たらなかった。

が、ほっとしたのも一瞬だ。

ならば、守蔵が聞いた「痕」とは接吻痕のことだったのかと、いつにない嫉妬に駆られながら、真一郎は多香に覆いかぶさった。

第四話　青行灯（あおあんどん）

「百物語？」

問い返した真一郎へ、「うむ」と久兵衛がにっこりとする。

多香とおいて屋で抱き合ってから二日を経た、水無月は五日の昼下がりであった。

鈴は枡乃屋へ、多香は安田屋へ、守蔵は鍛冶屋へとそれぞれ出かけていて、長屋にいたのはほんの一刻ほど前に起き出した真一郎と、同じ頃神田から帰って来た大介のみだ。

「昨晩の寄り合いでちと話が出てな。秋になる前に皆で一度集まろうと——」

寄り合いは浅草の商家の店主やら顔役やらが十数人会したものだったが、内、久兵衛を含めた物好きの六人がのちに「百物語」で話が弾んだそうである。

百物語とは、夜に百本の蠟燭（ろうそく）または行灯を灯（とも）し、怪談が一つ終わるごとに灯りを一つずつ消していく遊びで、最後の一本を消した時には妖怪が現れるといわれている。

「それでまあ、なんやかやと、うちの別宅がよかろうという運びになったのだ。幸いうちにはこうして、暑さにかまけてごろごろしてばかりのお前たちがいるからな。支度からその日の差配までお前たちに任せたい。ここは一つ、皆の肝を芯から冷やすような工夫を頼む」

「冗談じゃねぇ」

言下に首を振ったのは大介だ。

「いくら久兵衛さんの頼みだからって、そんなつまらねぇ道楽に付き合ってられっかよ」

腕組みをしてそっぽを向いた大介に、真一郎は内心くすりとした。

というのは、以前「雪女」や「化け猫」が話に上った際の様子からして、どうやら大介は狐狸妖怪の類が苦手らしいと踏んでいるからだ。

「つまらぬものを面白くするのが、お前たちの腕の見せどころではないか」

久兵衛も大介の「怖がり」は承知しているらしく、真一郎に目配せを寄越した。

「まあ、嫌なら無理強いはせんが、真一郎、それならお鈴に訊いてみておくれ」

「お鈴に？」

大介ばかりでなく、真一郎も声を揃えて問い返す。

「うむ。お師匠のお津江さんが、昔、夏場によくお弟子さんらと百物語をしとったそうだからな。お鈴なら段取りを覚えておろうし、何かよい案があるやもしれん」

早速、七ツ過ぎに戻って来た鈴に訊ねてみると、鈴は二つ返事で頷いた。

「是非お手伝いさせてください。百物語なんて何年ぶりかしら。真さん、大介さん、お誘いありがとうございます」

「いや大介は――」

「俺も支度は手伝うからよ。お鈴、まずは段取りを教えてくんな」

憮然としながらも、大介は真一郎を遮って言った。どうやら鈴が乗り気なゆえに、己も助っ人する気になったらしい。

「月半ばの十五日、暮れ六ツから始めようかって久兵衛さんは言ってた。だから、支度に費やせるのは九日余りさ」

「段取りといっても、私はお師匠さんが話すのを聞いただけなのですが……」

遠慮がちに――だが嬉しげに鈴は話し始めた。

「実のところ、慣れない人が一人ずつ怪談を百も語っていくと、夕刻から夜半までかかってしまいます。ですからお師匠さんのところでは、初めの五十はお師匠さんが三味に合わせてお話しして、残りの四十九を弟子のみんなで順番に話しました」

「じゃあやっぱり、九十九でやめるのかい？」

そう真一郎が問うたのは、真一郎自身はこれまで百物語なぞしたことがないからだ。

「たりめぇだ」と、応えたのは大介だ。「じゃないと青行灯が出て来ちまうじゃねぇか」

「青行灯？」

「そういう名前の妖怪だ。百番目を話すと誰も吹き消さずとも最後の灯りが消えて、青行灯が現れるんだ。死装束を着た鬼女とも、家よりでけぇ大蜘蛛ともいわれてんだが、その正体は誰も知らねぇ。何故なら青行灯を見て生き残った者はいまだかつていねぇからさ。だから百物語は九十九でやめなきゃならねぇんだ」

　青い顔をして大介は力説したが、鈴は無邪気に微笑んだ。

「その通りです。よくご存じですね、大介さん」

「う、うん。前に俺も、師匠から少し教わったことがあってだな……」

「まあ、大介さんのお師匠さんも百物語を？」

「ま、まぁな」

　大介の師匠の音正（おとまさ）もまた、夏には友人たちと集まり百物語をすることがあったようだ。

　大介はたまったもんじゃなかったろう――

　鈴の前では強がる大介が可笑しいが、からかうような真似はもちろんしない。

「そんなら、お鈴がお師匠の代わりに初めの五十を話してくれよ」と、真一郎は言った。

「私が？」

「ああ。お師匠の話を覚えてねぇかい？　そうだ、大介。お鈴の胡弓と一緒にお前も笛を合わせちゃどうだ？」

「俺も？」

「そうとも。あの久兵衛さんの宴だぞ。支度だけじゃなくて、もう一肌脱いでくれよ。どうだ、お鈴？　大介と一緒じゃ無理か？」

「無理だなんてとんでもない」

鈴がすぐさま首を振るのへ、大介が安堵の表情を浮かべた。

「一人ではうまくできるかどうか心許ないので、大介さんが一緒ならありがたいです」

「なら、決まりだ」

「ではあの、明日からでも練習を……」

「うん。そいつは二人でいいようにやってくれ」

大介へにやりとして見せてから、真一郎は続けた。

「じゃあ、初めの五十はお鈴と大介に任せるとして、残りはええと、客が五人に久兵衛さんで六人だから、ここは一丁、誰かもう一人――そうだな、孫福和尚にでも来てもらって、一人につき七つずつ怪談を語ってもらおうか」

だが、翌日そのことを別宅に伝えに行くと、「それはならん」と久兵衛は首を振った。

「あやつがいると、何やらこう、締りがなくなるでな」

「はあ」

「七人目はお前がやれ」

「俺は怪談なんてよく知らねぇです」

「それこそ、和尚に聞いてみるといいわ」

そう口を挟んだのは梅である。

「和尚なら、古今東西の怪談をよくご存じですから」

「はあ……」

鈴から聞いて、蠟燭は大中小と三つの大きさで九十九本用意することになった。火持ちする百目蠟燭ばかりで揃えると、蠟燭代が莫迦にならないからである。

また、津江は百本目の蠟燭の代わりに青行灯を使っていたそうで、真一郎たちもそれに倣うことにした。蠟燭を並べて立てるための蠟燭台作りと、行灯に青い紙を張り替えるのは真一郎が請け負った。もとより、ちょっとした大工仕事や障子張りは、なんでも屋の仕事の内である。

真一郎が道具を揃える間に、鈴と大介は前座ともいえる五十の怪談の練習に勤しんだ。語るのは鈴のみなのだが、胡弓と笛を合わせるにあたって、あれこれ二人で話し込んでいるのが微笑ましい。

こうして慣らしておけば、ちったぁ怖さもなくなるだろう――

隣りの大介の家から漏れ聞こえてくる怪談を聞きながら、真一郎はほくそ笑む。

百物語をすると聞いて、多香も守蔵も「面白そうだ」とは言ったものの、どちらも――少なくとも守蔵は――仕事が忙しいようである。

「お多香、お前も仕事が……？」

「ああ、ちょいと今、立て込んでてね」

とはいえ面打ちの仕事ではなさそうなのだが、問い詰めたところで答えが得られるとは限らない。ましてや「男か？」などとは、とても問えたものではなかった。

「そうだ、お鈴。こんな話も聞いたことがあるよ――」

そう言って、多香は鈴にいくつか諸国の怪談を伝えはしたが、それだけだった。

客の五人に怪談を七つ用意しておくよう伝えて回り、真一郎は梅の助言通り、己が語る怪談を仕入れに山谷浅草町の孫福を訪ねた。

「ふん、久兵衛め……儂を仲間外れにするとは、仏罰がくだってもしらんからな」

僧侶にあるまじきことを言う孫福にこそ仏罰がくだりそうだが、真一郎は黙ってただ苦笑を浮かべた。

「とっておきの怪談があるというのに……のう、真一郎、お前さんから久兵衛に口添えしてくれんかの？」

孫福は久兵衛と同じく背丈が五尺しかなく、だが、久兵衛とは違って丸顔ででっぷりとした身体つきがその名にあるように福々しい。ぷりぷりと腹を立てる様も愛嬌があるから、久兵衛の言う「締りがなくなる」というのも判らないではなかった。

「久兵衛さんがこれと決めたら、俺の言うことなんか聞きゃしませんや」

「むぅ」

「俺が和尚の代わりに皆を震え上がらせやすから、まずはそのとっておきの怪談とやらを教えてくだせぇ」

「むぅ……」

孫福をなだめすかして七つの怪談を仕入れると、真一郎は蠟燭台と行灯作りに精を出した。

そうして九日が過ぎ、百物語が明日にせまった十四日の昼下がり、久兵衛が慌てて長屋にやって来た。

「真一郎！」

「へぇ」

「ちと、一緒に来い」


何ごとかと身なりを整えて長屋を出ると、足早に先導しながら久兵衛が言った。

「牡丹屋の徹平さんの息子が、昨晩から行方知れずなんだそうだ」

牡丹屋は山川町にある百獣屋だ。牡丹——猪肉——の他にも、馬肉や鹿肉、牛肉、鶏肉と様々な肉料理を出す居酒屋と料亭の間のような店で、間口は五間と大店とはいえないが、吉原への行き帰りに立ち寄る客で繁盛している。

主の徹平は百物語の客の一人で、三十路をいくつか過ぎたばかりと此度の客の中では一番若い。牡丹屋は徹平が二代目で、五年前に店を継いだ折に妻を娶り、既に二児に恵まれている。行方知れずになっているのは二人目の長男で、長太郎というまだ二歳にもならぬ赤子であった。まだ一人では歩けぬというから、行方知れずというよりも、誰かが攫って行ったに違いない。

「寝かしつけた子守と母親の間に行き違いがあったようでな。日暮れになってからいなくなったことに気付いたんだと。店や町の者が昨晩から探しているのだがまだ見つからず、これはどうも拐かしじゃないかと、先ほど儂を訪ねて来たのだ」

久兵衛に連れて行かれたのは、聖天町にある生駒屋という料亭だった。おいて屋同様、久兵衛が密談によく使う店ではあるが、真一郎が中まで入るのは初めてだ。

女中に案内されて部屋に入ると、先に来ていた徹平が腰を浮かせた。

「久兵衛さん」

「真一郎を連れて来た。さ、心当たりとやらを話してみなさい」

心当たり――?

首をひねった真一郎へ、徹平が切り出した。

「その……お麻の仕業ではないかと……」

昨夜は眠れなかったのだろう。血走った目の下の隈は黒く深い。

「お麻、というのは?」

真一郎が問うと、束の間躊躇ったのち、徹平は応えた。

「……私が前に親しくしていた女です」

徹平は五年前――身を固める直前まで、上野に住む麻と男女の仲だったという。

「麻は身寄りのない茶汲み女で、麻との祝言は母がよしとしませんでした。それでも私が店を継いだら一緒になろうと話していたのですが、そうこうするうちに、父のつてから妻との縁談がきて断りきれず……結句、私はお麻に別れを告げたのです」

「しかし、それはもう五年も前の話では？」

「ええ。ですがその……」

言葉を濁した徹平から更に訊き出すと、徹平が別れを切り出した折、麻は身ごもっていたらしい。

「その時は私を引き止めるための方便だと思い、赤子を盾にすがってくるお麻には取り合わなかったのですが、懐妊は本当だったらしく、のちに死産したと人伝に聞きました。遺恨を残してはまずいと思い、別れ際にまとまった金を渡していたのですが、あの女なら、今になって逆恨みすることもありうるかと――」

家の者、殊に妻には言えぬため、久兵衛を通じてなんでも屋の真一郎に、麻が長太郎を攫っていやしないか探って欲しいと言うのである。

「判りました」

長太郎がいなくなってじきに丸一日となる。たとえ今すぐに見つかったとしても、町の者や町方への応対で百物語どころではなかろうと、差し当たって明日の百物語は取りやめることにした。

ろくに飲み食いせぬうちに三人揃って腰を上げると、徹平は様子を見に家に、久兵衛は百物語の日延べを他の客に知らせに、真一郎は上野へ麻を探しに向かった。

五年前に麻が住んでいたのは下谷御切手町で、真源寺のすぐ南に位置している。刈谷道場がやはり真源寺からほど近い坂本村にあるがゆえに、まったく知らぬ町ではなかった。

徹平から聞いた長屋で、井戸端にいたおかみに訊ねてみると、麻はもう大分前――それこそ、徹平に捨てられ、赤子を死産してまもなく長屋を出て行ったそうである。

「あんた、お麻さんになんの用さ？　どうして今頃訪ねて来たんだい？」

「その、あるお人に頼まれやして」

「あるお人って、まさか百獣屋の若旦那じゃないだろうね？」

苦笑しながら頷くと、おかみはあからさまに嫌な顔をした。

「あのどけちのひとでなしが、今更なんだってんだい？」

「その、ふと気にかかったそうで、ただ様子を見て来て欲しいと……」

「ふん。男ってのはほんに手前に都合のいいことばかり……ここにいるのはつらかろうってんで、お麻さんは勤めてた茶屋の親類筋の神田の店に移ったけれど、そこももうしばらく前に辞めたみたいで、今どこにいるかは知らないよ」

こっちも行方知れずか……

勤め先だった茶屋も今は別の主の手に渡っていて、店の者は誰も麻を知らなかった。

めぼしい手がかりがない以上、麻よりも長太郎がいなくなった牡丹屋の近くから探る方がよかろうと、真一郎は浅草へ戻ることにした。

山川町への通りすがりに一旦長屋へ寄ると、「真一郎」と守蔵が顔を出した。

「牡丹屋から言伝だ。息子は無事見つかったとよ」

「えっ？　そうなんで？」

「なんでも、回向院に置き去りにされていたとか……」

「回向院？」

「ああ。詳しくは聞いてねぇ。とにかくもう見つかったから、と」

思わぬ知らせに拍子抜けしたものの、見つかったというのは朗報だ。

「そらよかった」と、真一郎は心から胸を撫で下ろした。


長太郎を攫ったのは女だったようだが、何分まだ片言しか話せぬ子供ゆえに、どこのどんな女だったかは判然としない。

だが、無事に戻っただけでもありがたい――と、徹平は翌朝、久兵衛に真一郎の手間賃を預けて行った。

委細が知りたくて昼過ぎに別宅を訪ねた真一郎だったが、結句「女の仕業」ということしか判らずに、手間賃を懐にすると別宅を後にした。

懐紙に包まれた手間賃はなんと一分で、口止め料を兼ねていると思われる。

百物語に備えて今日は他の仕事を請け負っていない。ひょんな実入りもあったことから少し遊んで来ようと、真一郎は六軒町を通り過ぎた。

浅草花川戸町を抜けると田原町の安田屋へ行くべく一度は足を西へ向けたが、半町もゆかぬうちに思い直して踵を返した。

回向院に行ってみようと思ったのである。

大川橋を渡って、隅田川の東側を南へ向かった。対岸に駒形堂や御蔵を見ながら更に進んで行くと両国橋が見えてくる。

回向院の門をくぐると、通りすがりの僧侶に長太郎のことを訊ねてみた。

真一郎より若い僧侶は束の間訝しげに真一郎を見つめたが、町の者としてお礼参りに来たと告げると、合点したのか微笑んだ。

「七ツが鳴ってすぐでした。塩地蔵の方で赤子の泣き声が聞こえまして、私どもより先に参詣の方が気付いてあやしてくださったのです。その方が言うには女の人が一人、走って行くのを見たと……」

「その女の人ってのは、誰かは判らず仕舞いですか？」

「ええ。後ろ姿を見ただけだったそうですから。着物も藍色だったようだ、としか。ですが、赤子の懐に迷子札と塩が包んでありまして」

「塩？　ああ、もしやお地蔵さんに？」

「そうではないかと、私どもは思っております」

回向院の地蔵は、俗に「塩地蔵」と呼ばれている。願いごとが成就した暁に、塩をお礼として供えるのが慣わしになっているのがその名の所以だ。

だが、長太郎に塩を持たせたということは、お麻であれ、誰であれ、願いごとは叶ったということか……

「迷子札に『あさくさ　やまかわちょう　ぼたんや　ちょうたろう』と書かれていましたので、すぐにうちの者が赤子を連れて浅草へ向かったのです」

「いや、ほんにありがたいことです。おかげさまで昨晩はぐっすり眠れましたや」

「これも御仏のお導きでございましょう」

微笑を交わして僧侶とは別れたものの、長太郎を攫った女の正体は判らぬままだ。

辺りを訊ねて回ろうと真一郎は門へ足を向けたが、すぐに思い直して立ち止まる。

――いや、もういいやな。

攫ったのが誰であれ、その者はおそらく改心して、回向院に長太郎を置いていったのだろう。身代金を求められることもなく、長太郎は無傷で戻って来たのだから、それでよしとしようと思ったのだ。

だが、せっかくこの暑い中、両国まで出向いて来たんだ。ここは一つ、守蔵さんに倣って湯屋に寄って帰るとするか――

「うん、そうだ。そうしよう」

一人つぶやいて真一郎は再び歩き出したが、今度ははっとして、思わず背中を丸めて踵を返した。

境内の隅に多香の姿が見えたからだ。

二人連れの相手は女で、何やら話し込んでいるようである。察するにもう一人の女は守蔵が聞いた「志乃」であろう。二人が何を話しているのか興味はあったが、多香を相手にこっそり近付いて聞き耳を立てるなどできそうにない。ここは知らぬ振りをして帰ろうと本堂の裏手に回ろうとして――真一郎は早々に多香に呼び止められた。

「真さん！」

首をすくめて振り返り、ゆっくりと多香たちの方へ歩み寄る。

「こんなところで何してんのさ」

「お、お多香こそ……」

「じゃ、お多香、私は先に行くよ」

真一郎がもごもごと応える間に、女は会釈のみを寄越して去って行った。

「牡丹屋の子供がここで見つかったって聞いて、ちと気になって来てみただけだ。その、けしてお前をつけて来たんじゃ……」

「だろうね。いくらなんでも、あんたにつけられるほど焼きが回っちゃいないもの」

多香の台詞はもっともなのだが、その小莫迦にした物言いは何やら鼻についた。

「……あの人がお志乃さんかい？」

この問いにはふいをつかれたのか、多香が小さく目を見張る。

「あんた、どうしてその名を？」

「そら、蛇の道は蛇――俺にもそこそこのつてがあらぁな」

驚き顔が見られたことで真一郎は心持ち得意げに応えたが、多香は眉をひそめて真一郎を睨みつけた。

いつになく真剣な眼差しに、ざらつくような嫌な予感が胸をよぎる。

「――つまらない詮索はすんじゃないよ。余計な真似をしたらただじゃおかないからね」

どすの利いた声で言うと、多香は真一郎が応えるのを待たずに、ぷいっと顔をそむけて志乃の後を追うように去って行った。

しくじった……

そう悔やんだのも束の間だ。

「真一郎さん」

後ろから呼ばれて振り向いて――真一郎はぎょっとした。

「景次さん」

「お多香をつけてここまで来るたぁ、お前さんもなかなかやるな」

真一郎はまったくの別用で回向院に来たのだが、景次には思いもよらぬことだろう。

「けど、結句見つかっちまいやしたが」

「その背丈じゃ仕方ねぇ」

苦笑した景次に、ふと鎌をかけてみようと思い立つ。

「……お多香が誰と会ってんのか気になって探っていたんですが、まさかお志乃さんだったとは。景次さんはもしや、お志乃さんをつけて来たんで？」

「なんと、お志乃さんのことまでもう知ってんのか？」

「ほんの少しだけですが」

「ふうん……お多香はお前さんには随分気を許してるんだな。――そうさ。俺もお志乃さんが誰に会ってんのか突き止めようと思ってよ。まさかお多香だったとはなぁ」

多香は真一郎と同い年の二十九歳だが、せいぜい中年増――二十五歳――か、更に若く見えないこともない。志乃はそんな多香と変わらぬ年頃に見えたから、おそらく二十四、五歳、いっていても三十路まではまだ数年ありそうだ。少なくとも景次よりは年下らしいのに、多香は「お多香」で志乃は「お志乃さん」と呼んでいるのが気にかかったが、志乃に懸想しているようには見えなかった。

「真一郎さんは——ああ、面倒くせぇ。俺もお多香に倣って真さんと呼ばせてもらうぜ。真さんはあの二人の話を聞いたかい？」

「いや、話し声が聞こえるほど近くにはとても……」

「だよなぁ。俺もあの二人が一緒じゃとても近付けねぇ。お志乃さんをつけるだけでも冷や冷やすんぜ」

とすると、お志乃さんもまたお多香のような、並ならぬ女ということか——

「お志乃さんを追ってかなくてよかったんですか？」

「後は巽屋に帰るだけさ」

「巽屋？」

真一郎が問い返すと景次は微かに眉根を寄せた。

「お前さんは、何をどこまで知ってんだ？」

「俺は、その……」

頭を巡らせるうちに、真一郎は思い出した。

——あの二人は……長い付き合いさ——

多香曰く景次と粂七は長い付き合いで、この二人と多香も——男女の仲かどうかはいざ知らず――昨日今日の付き合いではない。

　お志乃さんもまた――

　――世の中にはさ……やめようと思ってもやめられない、やめた筈なのにいつの間にやら元通り、っていう暮らしが――そんな暮らししかできない者たちがいるんだよ――

　多香の言葉と共につい先ほどの嫌な予感がぶり返して、不安が胸に巣食い始める。

「その、あの二人は長い付き合いだとしか……」

「うん？　ああそうか。そうだな。なんだかんだ、腐れ縁が続いてるみてぇだな」

「それで巽屋ってのは……？」

「ああ、そいつは深川の飯屋さ。お志乃さんはそこでお運びをやってんだ」

　嘘だと直感したが、「なんだ」と真一郎は口元を緩めた。

　ここで食い下がるほど間抜けじゃねぇ――

「だからここで会っていたんだな。ここなら浅草と深川の真ん中辺りだからなぁ」

「そうらしいな」

「なんにせよ、相手がお志乃さんでほっとしやした。その、もしや別の男と――なんて、疑ってたもんで」

「俺もだ」と、景次は更に嘘を重ねた。「俺もその、ちと浮気を疑ってだな……」

　苦笑を交わすと、どちらからともなく真一郎たちは門へと足を向けた。

「景次さんはこれからどちらへ？」

「そうだなぁ……お前さんはどうすんだい？」

問い返されて、景次への不審がますます深まる。

「両国橋から長屋へ帰りまさ。けど、なんならそこらで一杯どうです？」

「ああ、いや、そいつはまた今度……これから八幡さままで一仕事するつもりなんでな」

景次の言う「八幡さま」は「富岡八幡宮」だろう。

が、そこで「一仕事」——掏摸を働こうというのは、やはり嘘だと感じた。

けど、巽屋が深川にあるのは間違ぇねぇ……

門の前で景次と別れると、真一郎は早足から小走りに、今度は一路、浜田を目指した。


条七は出会い茶屋・浜田の番頭で、その役割ゆえに世情に詳しく、久兵衛のような顔役とも通じているのだろうと思ってきた。だが、凄腕の掏摸の景次や、武芸に秀でた多香とも旧知なら、条七とてただの事情通ではない筈だ。

内密に話がしたいと持ちかけると、条七はいつぞやの路地の方へ促した。

人気がないのを窺ってから、真一郎はずばり切り出した。

「お志乃さんのことで伺いやした」

ほんの微かではあったが、粂七の顔にも驚きが浮かび、真一郎は確信した。

やはり、粂七さんもお志乃さんを知っている――

が、粂七の方が景次より上手であった。

「お志乃さんとは、どちらのお志乃さんでしょうか？」

「巽屋のお志乃さんです」

「巽屋の？」

とぼけようとする粂七に、真一郎は畳みかけた。

「先ほど景次さんから全て伺いやした。お多香とお志乃さんは、二人でこっそり回向院で会ってるんでさ」

全てを聞いたというのは無論嘘だが、志乃が多香と会っていたというのは、景次と同じく粂七も知らなかったようである。

「お多香――さんが……」

どうやら粂七も己のいないところでは「お多香」と呼んでいるらしいと悟って、じわりと嫉妬の念が湧き上がる。

むっとしたのが顔に出たのか、粂七は反対に落ち着きを取り戻した様子で苦笑した。

「景次はなんと言っていましたか？」

「それは……」

一度は言葉を濁したが、真一郎は肚をくくった。

「お志乃さんをつけて来た、と。お志乃さんの密会の相手がお多香だったとは思いも寄らなかったみてぇで、驚いていやした」

「それだけですか？」

「それだけです」と、真一郎は素直に認めた。「けど、俺は粂七さんなら、もっとご存じだろうと踏んだんでさ」

「私は千里眼じゃありませんよ」

「ですが、粂七さんはお多香とは長い付き合いだ。景次さんとも――おそらくお志乃さんとも。お多香とお志乃さんは先だっても両国で落ち合って、互いを案じながら別れていやす。あの二人は何かよからぬことを企んでるに違ぇねぇ」

「よからぬこと、とは？」

「ことの良し悪しじゃありやせん。何か――お多香やお志乃さんほどの者でも、その身に危険を覚えるような……情けねぇ話ですが、俺ぁ弓術しか取り柄のねぇ男で、お多香にゃ逆立ちしたって敵わねぇ。けど、そのお多香だって不死身じゃねぇや。俺ぁ、お多香には達者でいて欲しいんだ。達者で――その、お多香がこうと望んだ暮らしができるように……」

睦月に多香は「辻射り」に射かけられて肩を縫う怪我をした。今少し矢尻がずれていたら命を落としていたやもしれなかったと、真一郎は肝を冷やしたものだ。

「あいつは今の暮らしが気に入ってると言っていやした。そんなら、それを投げ出すような真似はさしたくねぇ。お多香のことだから、危ない橋を渡るのも思惑あってのことに違ぇねぇ。けれども俺はあいつに惚れていやすから、あいつに無茶して欲しくねぇんです」

一息に言うと、粂七は少しばかり困った――だが温かい目を向けて応えた。

「……いて欲しいだの、して欲しいだのというのは真一郎さんの――こちらの勝手な願いごとに過ぎませんよ。危ないことには首を突っ込まないで欲しいと伝えたところで、言うことを聞くお多香さんではないでしょう」

「止める気はありやせん」

訝しげな目を向けた粂七に、真一郎は続けた。

「俺が何を言ったって、こうと決めたらお多香は成し遂げますや。それに、お多香が心から成し遂げたいことならいいんでさ。そんときゃ、俺ぁ助っ人に回りやす。大した役には立てねぇだろうが、ただ……あいつの力になりたいんでさ」

「素人の余計な手出しはかえって邪魔になりかねませんが」

「ですが――」

「ですが、お気持ちは判らないでもありません」

微苦笑を浮かべて粂七は真一郎を遮った。

「真一郎さんがそこまで想いを懸けているなら、お多香さんのことは――お志乃さんのことも――お多香さんに直にお訊ねになるのが一番でしょう。仮に隠されるようであれば、それはそれでお多香さんの望み通りと、押さずに引いた方がよろしいかと」

結句、粂七からは何も得られなかったと、真一郎が内心落胆していると、通りの方から浜田の店者が顔を覗かせた。

「番頭さん、景次さんがいらしてます。何やら急ぎのご様子で――」

店者は一睨みして下がらせたが、粂七は苦虫を嚙み潰したような顔を隠さなかった。

深川に行ったと見せかけて、景次は浜田にやって来た。

――これこそ四人がつながっている証だ。

「俺はもう帰りやす。帰って、お多香に訊ねてみまさ」

そう言って浜田とは反対側に足を向けた真一郎を、粂七は躊躇いがちに呼び止めた。

「……実は、お志乃さんには一度助っ人を申し出たのですが、断られてしまったのです。余計な手出しはするなと釘を刺されてしまいました」

うっすらと自嘲を浮かべて粂七は言った。

「勝手は承知の上ですが、もしも真一郎さんの言う通り、あの二人がよからぬことを企てていると判ったら、どうかただちに知らせていただけませんか？　あの二人が早まった真似をしないうちに……」

ようやくありのままの粂七が見えた気がして、真一郎は口元を緩めて頷いた。

「合点でさ。何か判った暁にはすぐに——必ず知らせに参りやす」

勢い込んで長屋に帰ったものの、まだほんの七ツ過ぎで、多香は戻っていなかった。が、真一郎を追うように鈴が帰って来て問うた。

「真さん、百物語はどうなりました？」

百物語が取りやめになったために、鈴は朝のうちから枡乃屋へ出かけていたのだ。

鈴の声を聞きつけて、隣りから大介も顔を出す。

「久兵衛さんが他のお客と話してくるそうだが、みんなそれなりに忙しい身だから、すぐに仕切り直しとはいかねぇらしい。十日後かそこら——月末になるやもしれねぇな」

「そうですか。なんだかちょっぴりほっとしました。まだまだ、お師匠さんみたいにうまく話せないから……」

「うん。俺ももちっと練習しねぇとな」

大介も嬉しげに頷いたのは、それだけ鈴と二人きりの時が増えるからだろう。

「大介さん、もしもよかったら、今度一緒にたみやに行ってもらえませんか？　百物語のことを話したら、お昌さんも聞きたいと……その、できれば大介さんの笛も一緒に」

「お安いご用だ」

昌というのは、枡乃屋からほど近いたみやという居酒屋に住む盲目の老婆だ。盲目ゆえに音曲を慰めとしており、鈴は枡乃屋のついでにたみやに寄ることが多い。

昌にどの怪談を聞かせようかと楽しげに話し始めた二人を横目に、真一郎は己の家に入って矢立を手にした。

言伝帳の後ろを一枚破り、多香への文をしたためる。

〈おいてやにて　あいたし　真一郎〉

しばし迷ってから、少し付け足す。

〈あさまでまつ　はやまるな〉

念入りに折って結ぶと、真一郎は文を鈴に預けた。

「お鈴、お多香が帰って来たら、こいつを渡してくれ」

「なんでぇ、真さん。今更お多香さんに付け文かい？」

大介がからかうのへ、真一郎は澄まして言った。

「付け文じゃねぇ、申し文さ」

「申し文？」

首をかしげた鈴に「頼んだぞ」と微笑んで、真一郎は長屋を出た。

幸い、懐には徹平からもらったばかりの一分がある。

おいて屋のいつもの角部屋で酒を頼み、窓から大川とその向こうの筑波山を眺めながらちびりちびりやっていると、日暮れを前にして目蓋がどんどん重くなる。

——やがてひやりとした指に鼻をつままれ、真一郎は目を覚ました。

「わぁっ」

「この私に何を物申すつもりかと思いきや、飲んだくれて寝ているとはね」

「飲んだくれちゃいねぇが面目ねぇ。あちこち巡ったせいか、早々に酔いが回っちまった」

起き上がって窓辺を見ると、辺りはとっくに暮れている。

もぞもぞと、膝を揃えて多香の前に座ると、その目をまっすぐ見つめて真一郎は問うた。

「お多香、お前は一体何者なんだ？」

まじまじと、多香も真一郎をまっすぐ見つめ返し——「ふっ」と小さく噴き出した。

「なんだい、急に物々しい」

「なんも物々しいこたぁねぇ。つまらねぇ詮索はするなとお前は言ったが、こいつは俺にとっちゃあ大事なことだ。好いた女の正体や——昔のしがらみなんかを知りたいと思うのはあたり前のことだろう？」

今まではどことなく遠慮してきたが、今日こそは思いの丈を、包み隠さず打ち明ける気で来た真一郎だ。

「あたり前、か……」

つぶやいてから、多香はおもむろに微笑んだ。

「真さん、まずは足を崩しなよ。見上げてばかりじゃ首がくたびれちまう。そうやって、柄にもなく睨みつけるのもよしとくれ」

「お、おう」

「私はそうさねぇ……あえていうなら伊賀者さ」

「えっ？」

忍というのは半ば予想していた答えであったが、あまりにもあっけらかんと明かされて真一郎は戸惑った。

「――とはいえ、お役目に就くどころか一人前でさえないけどね」

多香曰く、生まれこそ伊勢国津藩――かつての伊賀国ではあるが、父親は研ぎ屋、母親は針・糸売りの行商を生業としていた。

「今も尚、お上のために尽くしている者はけして少なくないんだが、剣術や弓術とおんなしさ。この太平の世に忍なんて、そう入り用じゃあないんだよ」

伊賀者がかの服部半蔵の名を継いだ正成のもと、伊賀組同心として幕府に取り立てられたのももう二百年ほど前のことである。徳川家が代替わりしていき、戦が減るにつれて、少しずつ忍を抜ける者が出てきた。

「昔は『抜け忍』は死をもって罰せられたらしいがね。父母の代には、そんな血生臭い掟はとっくになくなっていたそうだ。だから、そうと望む者は士分を捨てて農民になったり、はたまた私の親のようにつてを頼って商人になったり、いろいろさ……ただ」

「ただ？」

「伊賀者の血やしがらみからは、今をもっても抜けられなくてね。だから私も、物心がついた頃からあれこれ仕込まれた。有事の際に——仲間と助け合うために」

「じゃあ、粂七さんや景次さん、お志乃さんは——」

「みんな私と似たりよったりのお仲間さ。みんな私と同じように、二親を早くに亡くしていてね。仲間内の里親に育てられたのさ」

父親は大坂の仲間を訪ねた際に刃傷沙汰に巻き込まれ、母親は行商先で川に落ちて、それぞれ多香が十歳にもならぬうちに死したという。

「もっともらしいことを言われたけれど、どちらもきっとしがらみゆえさ。殊に母は……母は泳ぎが得意だったもの」

仲間内の里親は幾人もあちこちに散らばっているというが、粂七、景次、志乃の三人とは里親を同じくし、共に修行に励んだ仲ゆえ、より深い絆があるようだ。

多香は十五歳までは里親のもとで、家業の万屋を手伝いつつ忍の修行を重ね、十六歳になる前に里親の勧めで津から大坂へと移った。

「そうだったのか……」

「万屋のお得意さんに面打ちがいてね。届け物をした折に、たまに仕事を見せてくれることがあったんだ。それで自分もいつか、面を打ちたいと思っていて――江戸に腰を落ち着けてから、見様見真似で始めてみたのさ」

今年三十五歳の粂七は多香より前に江戸に出て来て、これも仲間のつてで浜田の番頭となった。己と同い年くらいだと思っていた景次は実は粂七と一つしか変わらぬ三十四歳で、多香と同じく一度は大坂の商家に勤めたものの、すぐに辞めて掏摸になったそうである。

「それで、お志乃さんは……？」

「その前に、あんたがどうしてお志乃さんを知っているのか教えとくれよ。お志乃さんのことは久兵衛さんだって知らないってのに、あんたの『つて』ってのは誰なんだい？　あんたこそ本当は何者なのさ？」

「俺ぁ矢師さ。ちょいとばかり弓引きが得意な、常陸は笠間藩の田舎者――」

おどけて言ったが、多香に睨まれ、真一郎は首をすくめた。

今更隠し立てはできぬと、正直に守蔵が湯屋で漏れ聞いたことや、回向院で景次と会ったこと、それから粂七と話したことを明かすと、多香はみるみる険しい顔になり――だが、最後には眉間の皺を解いて言った。

「まったく呆れた男だよ」

「す、すまねぇ」

思わず詫びると、多香は「ふん」と鼻を鳴らした。

「景次さんがお志乃さんをつけてたとはね……」

「おそらく粂七さんの差し金さ」

だからこそ、多香や真一郎を見かけたことをいち早く浜田に知らせに来たのだ。

「それで、お志乃さんの企みを知ったら、あんたは粂七さんに知らせに行くのかい？」

「もちろんだ。だって、危ないことなんだろう？」

「余計な真似をしたらただじゃおかないと言ったろう？」

「何が余計な真似だ。あのお人は……粂七さんはお志乃さんに惚れてんだ」

俺がお前に惚れてるように――

「……粂七さんがそう言ったのかい？」

「言われなくても判ったさ。女の勘には敵わねぇがな。男の勘を侮るない」

きっぱり言うと、多香はとうとう笑い出した。

「ふ、ふふ、ほんと、あんたの勘は侮れないねぇ……」

くつくつとひとしきり忍び笑いを漏らしてから、多香は再び口を開いた。


――景次が言った巽屋は深川は熊井町（くまいちょう）にあり、飯屋ではなく酒問屋だった。

「お志乃さんは隠居の善次郎（ぜんじろう）を恨んでいて、仇討（あだう）ちのために巽屋に潜り込んでんのさ」

「仇討ち？」

「ああ。亡き赤子と旦那のね」

志乃は仲間内の太輔と所帯を持って、里親に倣って伊勢国で小さな万屋を営んでいたのだが、五年前の年明けにやはり元伊賀者で年嵩の善次郎がやって来て、太輔に大坂の酒蔵を手伝ってくれと頼み込んだ。志乃も一緒にどうかと誘われたが、穏やかで慎ましい暮らしを望んでいた二人はそれを断り、太輔のみ、三年だけという約束で大坂へ発った。

初めのうち、太輔は月に一度は伊勢に帰って来ていたが、半年もすると二月に一度となって、志乃は徐々に不安になった。

というのも、志乃はその頃悪阻に悩まされていたからだ。

「どうも身ごもったらしいと伝えたら、太輔さんは大層喜んでくれたそうだ。あの二人は長いこと子宝に恵まれなかったからね……太輔さんは大坂での仕事を早めに切り上げられないか、善次郎に頼んでみると言って帰って行ったんだが、結句それが最後になっちまった」

太輔が大坂に戻って二月ほどが経ち、更に目立ってきた腹を労りながら太輔の帰りを待っていた矢先、志乃は夜中に見知らぬ男に襲われた。

男の手をかいくぐって一度は逃げ出したものの、山中で追いつかれ、首を締められて気を失った。男はそんな志乃を生き埋めにして去って行った。

「生き埋め……？」

あまりのことに問い返さずにはいられなかった。

「そうさ」と、多香は頷いた。「土の中で息を吹き返したお志乃さんは死にものぐるいで這(は)い出(で)て命を取り留めたけど、山を下りてまもなく赤子は流れちまったそうだ。生き埋めにされたこともそうだけど、男が太輔さんの差し金だと言ったのもこたえたんだろう」

――太輔は餓鬼なんざ望んじゃいねぇよ。あいつはもう大坂で別の女とよろしく暮らしてんだ。お前はもう用済みだとよ――

「そんな……」

「ただの戯言(たわごと)だと、そんな筈はないと思いつつも、つい疑っちまったってんだ。兎(と)にも角(かく)にも太輔さんに確かめたかったけど、身体が元に戻るまでに二年ほどもかかっちまって――」

土中から出た志乃は、家には戻らぬ方がいいと判じて、住んでいた町とは離れた人里に足を向けた。

命からがらたどり着いた村で、ちょうど親類を訪ねて来ていた老女・ために拾われ、志乃はしばらくための親類の家に世話になった。そののち、ためと共にための住む別の町に移って、身体がすっかり癒えるまでためとその夫と三人で暮らした。

裏切りを恐れて、志乃は己が生きていることを仲間の誰にも知らせなかった。

身体が利くようになってから、志乃は善次郎を探るべく大坂に出たが、教えられていた酒蔵は人手に渡っていて、善次郎も太輔も見当たらなかった。

「けど、お志乃さんは一人で時をかけて善次郎の行方を突き止めた。善次郎は大坂にいた頃から巽屋でも商売していて、江戸と大坂を行き来していたのさ」

志乃が見つけ出した善次郎は、巽屋で妻子とのうのうと暮らしていた。

志乃が善次郎と顔を合わせたのは己の店での一度きりだ。化粧をすれば見破られまいと踏んで、志乃は名前と歳を偽って、口入れ屋を通して巽屋に潜り込んだ。

それが昨年の弥生であった。

巽屋でそれとなく探るうちに、志乃は太輔が二年前に佐渡で死したことを知った。

善次郎に殺されたのだ。

善次郎はいつの頃からか反幕府派と手を組むようになり、佐渡の金山から金を盗み、江戸の反幕府派に運ぶことで己も甘い汁を吸ってきた。金の出どころが佐渡だと判らぬように、盗んだ金は一旦船で敦賀に運び、敦賀からは琵琶湖沿いに陸路で大坂へ、大坂からは酒樽に金を仕込んで再び船で江戸へと運んでいた。

太輔は大坂で働き始めてまもなくそのことに気付いたようだが、しがらみゆえか――はたまた善次郎に脅されて――お上に訴え出ようとはしなかった。悪行から一刻も早く足を洗いたかった太輔は、志乃の懐妊を理由に店を辞めようとしたのだが、善次郎は志乃を殺すことで太輔を手元に残そうと目論んだ。

「太輔さんは武芸だけじゃなくて、読み書きや算術にも秀でていたから、善次郎は何度も金で引き止めようとしたらしい。でも太輔さんが頑として聞かないもんだから、お志乃さんは昔の――お上に仕える仲間に裏切られて殺されたことにしたんだよ」

太輔はうち捨てられた己の店を見て志乃が死したことは信じたが、仲間よりも善次郎を疑った。表向きは昔の仲間に怒りを燃やしながら、善次郎の所業を詳しく探るうちに、やがて善次郎の遣いとして佐渡に通うようになった。

が、善次郎もまた、太輔を心から信じてはいなかった。

太輔が佐渡へ行き来し始めてしばらくしてから、いずれ裏切られると判じた善次郎は、反幕府派の手の者を借りて太輔を佐渡でそれとなく葬り去った。

太輔で懲りたのか、善次郎は巽屋には「仲間」を置いていない。だが、反幕府派やそれらの者が使っている忍は店に出入りしていて、志乃は一年という時をかけ、じっくり盗み聞きを重ねた末にこれらのことを知ったのだ。

「お志乃さんは、まず善次郎の娘を殺そうとしたそうだ。我が子を殺された苦しみを、善次郎にも味わわせてやろうと――」

しかしながら、善次郎の娘の花(はな)はまだ十六歳と若く、善次郎とは大違いの、心優しい、信心深い女であった。

「半年ほど前に、お花さんは善次郎の言いなりに歳の離れた婿と一緒になったそうだが、この婿がまた悪いやつなんだとさ。それでお志乃さんは結句、お花さんに同情して殺せなかった。けれども仇討ちは諦めちゃいないよ。お志乃さんはきたる二十四日――流れた赤子の命日までに善次郎を殺るつもりさ。たとえ、やつと刺し違えることになってもね」

「刺し違えるだなんて、物騒な」

「善次郎は五十路を過ぎちゃいるが、私らと同じく修行をした身だ。身体がまだ利くかどうかは知らないけれど、いまだ仕込み杖やら煙管やらを手元に置いていて、毒にも用心しているそうだ。だから仕掛ければ無傷では済まないだろうと、お志乃さんはみているんだよ」

「何かやつの悪事の証拠はねぇのか？　お志乃さんが直に手を下さなくても、お上にやつの始末を任せちまった方が……」

「反幕府派との連判状の隠し場所は突き止めたってんだけど、ちょいと一人じゃ手出しできないところにあるらしい」

「そんならお上に訴状でも――」

「そいつは私も勧めてみたが、女一人がお上に訴えたところで、まともに取り合ってくれるかどうか……善次郎と『客』の話では、以前、こっそり訴状をしたためた『裏切り者』がいたそうだが、お上が動く前にこれまたこっそり始末されたみたいなのさ」

　多香は卯月の終わりに偶然、回向院で志乃と再会した。志乃とは七年余り顔を合わせておらず、互いの暮らしぶりを明かすうちに、仇討ちを知って助っ人を申し出たという。

　多香がこのところ多忙だったのは志乃に助力していたからで、志乃が目を留めた「痕」というのは睦月に矢尻でついた傷痕のことだったらしい。

「反幕府派もお縄にできりゃあ、それに越したことはないからさ。連判状が手に入れられないかと策を練ってはいるけど、お志乃さんのお目当てはあくまで善次郎さ。赤子の命日も近付いていることだし、直に手を下すのが手っ取り早いと、善次郎の付き合いやら出先やらを探っててさ……どこでどう殺るのが一番いいか、お志乃さんと折々に相談していたんだよ」

殺しを軽々と口にして、多香は試すような目で真一郎を見つめた。

殺しはご法度だが――

娘ではなく善次郎を殺るというのなら、志乃の仇討ちはもっともだと思われた。よって、殺しの企てには動じなかったが、気にかかったことがある。

「……お前はどうして回向院に？」

真一郎の問いに、多香はちらりと表の闇へ目をやった。

つられて真一郎も外を見やると、窓辺から小さな光が飛んで行った。

蛍であった。

目を凝らすと、川辺を飛び交う蛍の灯りが、ちらほらと浮かんでは消えていく。

やはり蛍を眺めながら、多香がゆっくりと口を開いた。

「時折……ふらりと訪ねたくなるんだよ。真さんは、あすこの謂れを知ってるかい？」

「ああ。振り袖火事の万人塚が始まりだろう？」

明暦の大火――振り袖火事――は十万人を超える焼死者を出した。幕命でこれらの死者を葬った万人塚がのちの回向院となったのだ。

「そうさ。火事の死者だけじゃない。地震や洪水で死した者、行き倒れや果ては刑死した咎人まで、ありとあらゆる無縁仏を供養してくれるありがた～いお寺さんさ」

おどけた調子で多香は言ったが、真一郎は相槌に困った。

忍の血を継ぎ「流れ流れて」江戸にやって来た多香にとって、志乃が受けた仕打ちはけして他人事ではなく、太輔の他にも失った「仲間」が幾人もいるのだろう。

人知れず、闇に死していった者たちが――

「――身寄りがねぇのは俺も長屋のみんなも同じさ。けど、ありがてぇ話だな」

多香に合わせて真一郎もわざとおどけて言った。

「お多香みてぇな見ず知らずの別嬪が、ふらりと立ち寄って供養してくれるんだ。そんなら無縁仏も悪かねぇ」

「……ばち当たりなこと言うんじゃないよ」

「先に茶化したのはお多香じゃねぇか」

真一郎が言い返すと、多香は一瞬押し黙ってから、ふっと微かに目を細めた。

「真さんは無縁仏にはならないよ」

「お多香もな」

微笑を返しながら、真一郎は腰を浮かせた。

「さて、粂七さんに知らせに行くか」

「えっ？　今からかい？」

「ただちに知らせてくれと頼まれたんだ。男同士の約束だ。違えるこたぁできねぇさ。それに善は急げだ。仇討ちはいいけどよ、そんな悪党とお志乃さんが刺し違えるこたぁねぇ。俺あちと閃いたんだが、まずは粂七さんに相談してからだ」

すっくと立ち上がると、途端に腹が大きく鳴った。

「うん？　そういや夕餉がまだだったか」

「まったくもう、あんたときたら……」

笑いながら多香も立ち上がって、真一郎の腰をぽんと叩いた。

「善は急げもいいけどさ、腹が減っては戦はできぬ――まずは何か、腹の足しになるものを運んでもらおう。『あさまでまつ』って文にはあったじゃないか。じきに五ツだ。粂七さんには明日の朝一番に知らせりゃいいよ。そしたら今宵は朝までゆっくり……」

「朝まで……ゆっくり……」

ごくりと喉を鳴らした真一郎へ、多香はわざととぼけて言った。

「ああでも、男同士の約束だったか。そんなら無理には引き止めないけど――」

「うう」

迷った真一郎の腕に触れて、多香は今度はにんまりとする。

「まあお座りよ。でもって、あんたの閃きとやらを聞かせておくれ」

多香が廊下へ出て酒と肴を注文するのを聞きながら、真一郎はそっと再び座り込んだ。


翌朝、真一郎は多香と共に粂七を訪ねた。

三人で顔つき合わせて話し込むこと一刻余り。粂七は景次に、多香は志乃にそれぞれつなぎをつけに行き、真一郎は久兵衛と話すべく別宅へ向かった。

「百物語は二十九日になったでな」

「そらよかった。けど、すいやせんが、この先八日ほど暇をくだせぇ」

真一郎が切り出すと、久兵衛は案ずるように眉をひそめた。

「どうした？　一体何があった？」

「今はまだ言えやせんが、その、お多香といろいろと……けど、近々必ずお多香と二人で話しに上がりやすから……」

「お多香と二人で……なんだ。脅かすな。そういうことなら安心だ」

志乃とのことは誰にも明かしていないと多香は言い、出自を含めて「仲間」のことは口止めされたが、久兵衛は既に多香の身の上を知っているという。ゆえに、何に首を突っ込もうが、多香が一緒なら案ずることはないと判じたようだ。

夕刻に再び浜田を訪れ、今度は景次を交えた四人で集った。

「お志乃さんも承知してくださいました」

「そうか。よかった」

多香の言葉を聞いて、粂七はひとまずほっとしたようだ。

「それにしても、真さん。よくもまあ、こんな案を思いついたもんだ」と、景次。

「ちょうど今、百物語の支度をしている最中でして」

「百物語か。ははっ、そいつぁいいや」

巽屋にて怪談仕立ての騒ぎを起こし、騒ぎに乗じて連判状を盗み出して、「こっそり」とではなく「盛大に」善次郎の悪事を暴いてやれ——というのが昨夜真一郎が閃いた案である。

四人で話を更に煮詰めると、翌日、真一郎は道具屋を何軒か訪ねて回った。

善次郎の信心深い娘の花を説き伏せるのに、梓弓を用いたいと多香に頼まれたのだ。

「お花さんにはなんと兄が三人もいたそうだ。でも、一人は病、二人は私の親のようにもっともらしいことで亡くなったんだとさ。お花さんはどうやら、父親や旦那の所業に気付いているみたいなんだ。病で死した兄も、実は毒殺だったんじゃないかと疑っていて……」

父親や夫にはとても物申せぬが、兄たちの供養を兼ねて、せめて己くらいはと日々神仏に祈りを捧げているという。

奇しくも志乃は、殺そうとして花の暮らしを探るうちに、花の信頼を得た。志乃が回向院になら頻繁に出かけられるのも、花に己の名代として三人の兄たちや、父親や夫が「苦しめた」者たちのために祈って来て欲しいと頼まれているからだった。志乃にとっては、回向院参りは太輔の供養でもあった。

「それから、お花さんは早々に赤子を授かったようでね。ようやく悪阻が落ち着いてきたそうだ。慕ってなくとも父親や旦那がお縄になれば、身重の身体に障るだろう。だからここは一芝居打って、仇討ちの間、お花さんには家から離れていてもらうつもりさ」

花の懐妊もまた、志乃を思い留まらせた理由だったのだろう。

梓弓は神事によく使われる梓の木を用いて作られた弓で、神事にはもちろん、市子――占いや死者の口寄せをする流しの巫女――の道具としても知られている。

此度多香は市子に扮し、花に二十四日は家から離れて「物忌」するよう進言して、花を巽屋から遠ざけておこうというのである。

残念ながら道具屋では梓弓は見つからなかったが、最後に訪ねた元鳥越町の道具屋が近所の貸し物屋を教えてくれた。

「あすこなら梓弓もあった筈だよ」

道具屋の主が言った通り、貸し物屋は梓弓も持っていた。

「二張あるから、一張どうだい？」

貸し物屋の主にそう言われて、真一郎は古い方を借りずに買い取った。

矢師の仕事は無論矢作りなのだが、真一郎は弓引きとしての興味から、弓作りを手がけたこともある。

梓弓を長屋に持ち帰ると、まずは少し緩んでいた弦を外した。ところどころ塗りの剝げた弓は市子らしくてよいのだが、梓弓なら弦を弾いた際に出る音が肝要だ。麻糸を念入りによって脂を引くと、橡（とち）の煎汁と灰汁（あく）を使ってそれとない汚しを施した弦を作った。指で弾（はじ）きながら弦を張り直していると、音を聞きつけたのか、向かいから鈴が問いかけた。

「真さん、それはなんの楽器ですか？」

「こいつは梓弓さ」

「ああ、弦の音で死者を呼ぶという……本物を聞いたのは初めてです」

「弓は古物だが、弦は俺が作り直した。どうだ、お鈴？　それらしい音に聞こえるか？」

今一度弦を鳴らしてみせると、鈴は戸口まで近寄って来て小首をかしげた。

「もうあとほんの少しだけ、緩めた方がいいかもしれません」

「ふむ」

鈴の言う通り心持ち弦を緩めると、微かに低く、だが通りのよい音が出た。

「そいつも百物語で使うのかい？」

鈴の横から、大介もおそるおそる顔を覗かせる。

「いや、これはお多香に――」

言いかけて、それも一案かと真一郎は思い直した。

「ああ、そうだ。お多香もあとしばらくすりゃ落ち着いているだろうからな。こいつで百物語も助けてもらうつもりさ」

真一郎が言うと、大介はちらりと鈴を見やってから微笑んだ。

「へへっ、そうか。お多香さんは近頃忙しくしてっからな。早いとこ落ち着くに越したこたねぇ。百物語もお多香さんがいりゃ百人力だ。――うん、待てよ？　口寄せは振りだけなんだろうな？」

「さぁな」と、真一郎はとぼけた。「お多香のことだから、口寄せだってお手の物かもな」

「ま、まさか……」

整った眉をひそめて大介は青ざめたが、鈴は反対に喜んだ。

「それなら一つ頼んでみようかしら」

「とんでもねぇぞ、お鈴。うっかり死者を呼び寄せて、恨まれちまったらどうすんだ？」

「あら、大介さん。そんな悪霊ばかりじゃありませんよ。たとえば、ほら、この家なら亥助さんがおいでになるかもしれません。亥助さんなら怖くないでしょう？」

真一郎の前の店子でやくざ者だった亥助は、賭場で起きた喧嘩がもとで、この九尺二間に帰って来てから息を引き取っている。

「ううん、そうだなぁ、亥助さんなら……」

「亥助がどうかしたかい？」

大介たちの後ろから問うたのは、湯屋帰りの守蔵だ。

鈴が梓弓の話をすると、守蔵は微かに目を細めて頷いた。

「そうか。亥助さんを呼ぶなら、まずお喜乃さんを呼んで来ないとな」

喜乃は亥助の内縁の妻ともいえる女で、今は裏店だが東仲町で煮売り屋を営んでいる。

喜乃の名を聞いて、真一郎はつい志乃を思い出した。

――お志乃さんならきっと、太輔さんを呼ぶことだろう。

叶うなら、今一度、無念のうちに死した夫と言葉を交わしたいに違いない――

「私は……」

躊躇いがちに鈴が言った。

「もしも叶うなら、私はもう一度お師匠さんに会ってみたい。皆さんも誰か、もう一度会いたい人がいませんか？　もしもお多香さんが本当に――」

「もしも私がなんだい？」

守蔵の後ろからふいに多香の声がした。

「みんな集まってなんの話さ？」

「お、俺は何も――」

真一郎より長い付き合いでも、守蔵たちは多香の正体を知らない。口止めされているからというよりも、むしろ二人きりの秘密を得たと悦に入っている真一郎は、多香の出自や此度の案を長屋の皆に吹聴するつもりは毛頭なかった。

慌てた真一郎とは裏腹に、守蔵がのんびりとした声で応えた。

「なんも隠すような話じゃねぇ。お鈴がな、お多香なら口寄せもできるんじゃねぇかと言うんでな」

今度は守蔵が今しがた鈴から聞いた話を伝えると、多香は「ふふっ」と噴き出した。

「すまないね、お鈴。いくらなんでも口寄せまではできないよ」

「そうですよね……」

「でも、百物語では一緒に客を震え上がらせてやろうよ。ちょいと済ませておきたいことがあるんだが、もう少ししたら——百物語までには片付くからさ」

「はい。楽しみに待っています」

多香と志乃は今日は再び回向院で落ち合って、ことの支度や運びを話し合っている。

志乃は連判状の在り処は盗み聞きしたが、実物は見ていない。真一郎たちはことに乗じて連判状を盗み出すつもりだが、うまく手に入れられるかどうか、それが確たる「証拠」となるかどうかは定かではない。ゆえに、ことによっては多少のでっちあげも致し方ないと思っていた真一郎だったが、多香と二人で粂七に全てを打ち明けた際、粂七から別の証拠がないこともない――と明かされていた。

太輔は殺される前に、善次郎の悪行の証拠を隠した筈だというのである。

薄々身の危険を感じていたのだろう。

殺される少し前、太輔は佐渡で「とある者」に、越後国の「とある場所」を伝えていた。

――もしも近くでなんらかの隠し場所が入り用になったら、そこを訪ねるがいい。主の人柄はこの俺が請け合うぜ――

粂七がこのことを知ったのはほんの二月ほど前のことだ。真一郎はもちろん、多香や景次にもその名は明かせぬと粂七が言うので、「とある者」は権兵衛と呼ぶこととなった。

権兵衛が佐渡で太輔と会ったのは二年前で、お上の役目の道中だった。太輔と佐渡で別れたのち、権兵衛は江戸から上方、九州まで巡っていたがゆえに、年明けまで太輔の死を知らなかったそうである。

殺された太輔はちょうど四十路だったというから、志乃とは大分歳が離れていたようだ。

多香曰く、粂七は若い時分から志乃に想いを寄せていたのだが、太輔も粂七にとっては志乃と等しく大切な兄貴分であった。よって一緒になった太輔と志乃を祝福すると、粂七はしばし諸国を渡り歩いてやがて江戸に落ち着いた。折々につなぎはとっていたものの、最後に二人と顔を合わせたのは太輔が大坂に出る前だ。

志乃が「死した」ことは、太輔から仲間を通じて知らされた。

やがて太輔が巽屋で働くべく江戸に出て来たことも仲間から聞いたが、同時に太輔は仲間を避けているようだとも聞かされた。善次郎は仲間内では「まっとう」な商売をしていることになっていたから、そっとしておくのが良策だと、粂七もあえてつなぎを取らなかった。太輔が佐渡で死したことも、粂七は仲間を通じて知った。ただし「まっとう」な善次郎の遣いで行った先のことゆえ、ただの不慮の死か、はたまたたとえ「しがらみ」ゆえだったとしても、「仲間」の善次郎を疑うなぞ思いも寄らなかった。

太輔は権兵衛に多くを語らなかった。だが、「ゆえあって」善次郎を探っていることは打ち明けていた。

権兵衛から話を聞いて、粂七は権兵衛同様、太輔は善次郎に殺されたと判じた。すぐさま巽屋に探りを入れたところ、なんと志乃が生きていて巽屋に勤めていることが判った。

――驚いたろうねぇ。この私だって腰を抜かしそうになったもの――

粂七はそのことにはまったく触れなかったが、粂七の想いを知っている多香は、後で真一郎にそう言ってにやりとしたものだ。

仇討ちだと推察して、粂七はただちに志乃につなぎを取った。

志乃の話を聞いて善次郎への怒りは増したが、粂七は志乃を思い留まらせようとした。既に権兵衛が越後国に向かっていたからである。権兵衛はちょうど役目で再び越後国へ赴くついでに件の隠し場所まで足を伸ばし、太輔からの預かり物がないか訊ねてきてくれることになっていた。

――太輔さんのことだ。必ず何がしかの証拠を残していったに違いない――

だから権兵衛の帰りを待って、その証拠をもってお上に裁きを任せようと説得を試みたのだが、志乃にはけんもほろろに断られてしまった。

――あるかどうかも判らぬ証拠を当てにはできない。巽屋にきてもう一年が経った。とっとと己の手で片を付けたい――と、言うのである。

仕方なく、権兵衛が戻るまで景次に巽屋と志乃を見張らせることにしたところ、志乃と多香が再会して「密会」を繰り返すようになったのだ。

今までは慇懃な語り口と姿勢がどこかとっつきにくかった条七だが、昨日の密談では砕けた口調になって大分打ち解けた。四人の中では最年長ということもあって、「兄貴分」としてあれこれ差配する姿が頼もしく、多香と馴れ馴れしかったのも兄貴分ゆえだと判ってほっとした真一郎だ。

兄貴分の妻だからか、条七も志乃を「お志乃さん」と呼んだ。

――お志乃さんもこうと決めたら、なかなか曲げないお人でな――

そう苦笑して、条七は断り付きで多香に志乃の再度の説得を頼み込んだ。

――二十四日の夜にことを起こすとして、それまでに権兵衛さんが充分な証拠を持ち帰っていたなら、どうか善次郎の裁きはお上の手に委ねてくれまいか。そうでなければ、ことに

乗じてお志乃さんが自ら「仇討ち」を果たせばいい──

そのように多香の口から伝えて、志乃も此度は頷いた。

──お志乃さんも、あんたの案には驚いてたよ。あの人は真面目なお人で、仇討ちってのは切った張ったがあたり前と思い込んでたふしがあるからねぇ──

権兵衛は水無月のうちには戻ると言ったそうだが、まだなんの音沙汰もない。

あと六日のうちに戻って来るかどうか。

太輔は善次郎の悪事の証拠を、隠し場所に残していったかどうか……

どことなく祈る気持ちで真一郎が梓弓を弾くと、その音を聞いて多香が微笑む。

「上出来だ。こっちの手筈もまずまずうまくいってるよ」

「そうかい」

「俺たちの方も上々さ。なぁ、お鈴？」と、大介。

どうも百物語の手筈と勘違いしているようだが、それはそれで真一郎たちには好都合だ。

「はい」と、鈴が頷く傍らで、守蔵も口を開いた。

「俺もちょうど一仕事終えたところだ。何か俺にも手伝えそうなことがあれば、遠慮なく言ってくれ」

──真一郎が、守蔵のこの言葉に甘えることにしたのは二日後だ。

「この蠟型の合鍵を作って欲しいんでさ。ただし、偽物の合鍵を」

「偽物たぁどういうことだ？」

「委細は明かせねぇんですが、鍵穴には入るが、錠前は開かねぇ合鍵が欲しいんです」

「そいつぁ合鍵たぁいえねぇが……まあいいや。他の誰でもない、お前の頼みだからな」

「恩に着やす」

「……お多香とはうまくいってるようだな？」

「へぇ、おかげさまで」

まさに守蔵の盗み聞きのおかげで、多香の出自を知るに至ったのである。

照れながら真一郎が礼を言うと、守蔵も嬉しげに微笑んだ。

「そうかい。そんならよかった」


そうして迎えた水無月は二十九日。

七ツ半を過ぎた頃から客がぽつぽつと訪れて、六ツ前には五人が揃った。

久兵衛と同じ年頃で総白髪の老人は舟宿・おいて屋の隠居の半兵衛(はんべえ)。紙問屋・三枝屋(さいぐさや)の隠居の七郎(しちろう)、仏絵師の西仙(さいせん)、料理茶屋・小津屋(おづや)の店主の山市(やまいち)の三人が四十代から五十代、その下の牡丹屋の徹平は三十代だが、皆、真一郎よりは年上だ。

藪蚊もすっかりいなくなり、風のない、だが涼やかな夕闇からは既に秋の匂いがする。

皆がゆったり座れるように二間続きの座敷をつなげ、縁側の戸を一間ほど、それから反対側の台所への戸口を開け放した。

寝間に近い上座には久兵衛と半兵衛が座った。久兵衛たちの右手となる茶の間の襖戸を背に七郎と西仙が、左手となる縁側を背に山市と徹平が二人ずつ向かい合って腰を下ろす。

真一郎は久兵衛の真向かいの下座に、真一郎の右隣りの縁側よりに大介と鈴が並んで座り、左隣りの台所に近いところは給仕役の梅と多香のために空けておく。

梅と多香が皆の前に膳を並べ、酌をして回る間に、真一郎はまずは久兵衛の傍らの青行灯へ、それから座の真ん中に置いた蠟燭台の九十九本の蠟燭へ火を灯していった。青行灯は吊るされた火皿が見える丸行灯で、左右と後ろの火袋を青く染めた紙に張り替えてある。

「では、ゆるゆると始めますかな」

久兵衛の短い挨拶ののち、鈴と大介がそれぞれ胡弓と笛を奏で始めた。

日の暮れた峠で、得体の知れぬものに助けを求められ、怖くなって逃げ出したものの、以来、両肩にまるで誰かを背負ったように手の形をした痣が浮かんだままの旅人の話。

秋の終わりに妹を背負って子守に出たが、木枯らしに何度か巻かれるうちに、いつの間にやら背中の妹が消えてしまっていた少女の話。

「見知らぬ手が私の足をつかんでいる」と、震え声で客に懇願されて、笑いながら駕籠を下ろすも、中には血みどろの生首だけが転がっているのを見た駕籠舁きたちの話……

幽々と、時に物悲しい音曲と共に、鈴が怪談を語っていく。

練習を重ねただけあって鈴の語り口はよどみなく、やや細くも通りのよい声が音曲と相まって、五人の客のみならず真一郎たちをも魅了した。

多香は怪談の間は徳利と共に客たちの後ろに控え、怪談が一つ終わるごとに、客の合間から釣鐘の形をした蠟燭消しで一本ずつ蠟燭の火を消していった。

一刻足らずで鈴が五十の怪談を語り終え、蠟燭の火も半分になる。

客は若い順に、徹平、山市、西仙、七郎、半兵衛と語り、それから真一郎、久兵衛で一巡とした。日延べで客たちも吟味を重ねたらしく、各人がここぞとばかりに身振り手振りを交えて、おどろおどろしい怪談を披露していく。

順繰りに話すうちに更に一刻が過ぎ、客の五人が七つ目を語り終えてまもなく町木戸が閉まる四ツが鳴った。

「もう四ツか。あっという間ですな」

「酒も肴も旨いから、あと二つで仕舞いと思うと、何やらもう名残惜しいですよ」

「蠟燭もあと二本。いよいよですな……」

客たちがさざめくのへ、梅と多香が酌をして回る。

酒がいき渡ったのを見回してから、真一郎が口を開いた。

「……では、九十八番目の話へ参りましょう」

すかさず大介が笛の音を細く鳴らし、座敷がしんと静まり返る。

真ん中に二本だけ灯った百目蠟燭の灯りを見ながら、真一郎はゆっくりと語り出す。

「とある夜、灘（なだ）の酒蔵のご隠居は、夜半に笛の音を聞いて目を覚ましました……」

語りに合わせて大介が再び、此度は合戦の合図がごとき、一際高く笛を吹いた。


――五日前の二十四日、真一郎と多香は夜九ツに巽屋で粂七と景次と落ち合った。

手筈通りに景次と多香は裏手へ回り、粂七と共に店先に留まった真一郎は背負ってきた風呂敷包みから籠弓（こめゆみ）と鏑矢（かぶらや）を取り出した。

籠弓は李満（りまん）弓とも呼ばれる、半弓より更に短い二尺ほどの弓である。鏑矢はその名の通り鏑（かぶら）を矢尻につけた矢で、射ると笛のごとき音が出るので、合戦では兵に開戦や行き先を知らせるために使われる。

弓矢は共に多香から託されたが、弓はともかく鏑矢は粂七の手元にあった「一族」の物だそうで、真一郎がこれまでに聞いた鏑矢とはやや異なる音が出る。

志乃が調べた限り、花の夫は悪党ではあるが忍ではない。他の忍が泊まり込むこともないゆえに、ことに気付いて阻む者がいるとすれば、善次郎一人であろうと推察して、粂七が志乃への合図に鏑矢を使おうと言い出した。

——善次郎が今も尚「冴(さ)えて」いるなら、この鏑矢に気付く筈だ——

気付いて表へ出て来るようなら粂七が相手をし、なんの気配もないようなら、もはや恐るるに足らずと判じて、粂七も中に乗り込むことになっていた。

巽屋の家屋敷の大きさは、数日前に昼間に訪ねて頭に入れてある。

屋敷の裏で待ち構えているだろう多香へ向けて、真一郎はやや高めに鏑矢を放った。

「——こんな夜更けに誰が笛を吹いているのかと、ご隠居が表へ出てみますと、玄関先にいたのはなんと、笛を手にした鬼でありました」

鏑矢を射ると真一郎は屋敷の陰に回った。

やがて仕込み杖を手に忍び足で表に出て来た善次郎は、鬼の面をつけた粂七と相対した。

「ぎょっとしたのも束の間、海千山千のご隠居は、すぐさま落ち着きを取り戻して鬼に誰何(すいか)しました。と、鬼のやつめが応えて曰く、『伊勢から、おぬしの娘を攫いに参った』と」

——あの鏑矢——お前はもしや津の者か？——

——まだあの音を覚えていたか、善次郎——

鼻を鳴らし、嘲笑を漏らしてから粂七は言った。

——お前の娘は……お花は我らがいただいたぞ——

——花を攫ったというのか？　戯言を言うな。あの子は別宅に乳母と共にいる筈だ——

真一郎が守蔵に合鍵作りを頼んだ日、多香は市子に扮して深川へ赴き、偶然を装って花の出先で声をかけた。志乃から聞いた花の暮らしぶりや懐妊、巽屋の内情を、さも己の眼力のごとく語ってたちまち花の信頼を得ると、多香は梓弓を用いて花を占い、進言した。

——悪い気が近付いています。悪い気はやがて鬼に——それこそ悪鬼となって災いをもたらすことでしょう。きたる二十四日は物忌をなされませ。ただし家ではいけません。悪鬼はあなたさまとお腹(なか)の御子を狙ってやって来ます。ですがあなたさまが家を離れていれば、あなたさまも御子も難を逃れることができましょう。物忌されるなら、そうですね……震(しん)の方角がよろしいかと——

別宅が巽屋から震——東——の方角にあると知ってのことである。

物忌こそが赤子を守る唯一の道だと説かれて、花は二十三日のうちに別宅へ、泊りがけで二日ほど乳母と「遊びに行く」ことにした。

「臨月を間近に控えていた娘は、隣町の別宅に、気心がしれた乳母と共にいる筈でした。よってご隠居はなんとか鬼の気をそらそうと、金や宝を差し出そうとしましたが、鬼は薄ら笑いを浮かべて言いました。『金も宝も命の代わりにはならぬ。我らは娘と孫の命をもらいに来たのだ。息子三人の命と同じくな』。それを聞いてご隠居は青ざめました。というのも、ご隠居には娘の前に三人の息子がいて、それぞれ病や変事で亡くなっていたからです……」

——お前の目当ては一体なんだ？　金か？　もしも暮らしに困っているのなら、昔の仲間のよしみで助けてやるぞ——

少しばかり慌てた善次郎が言うのへ、粂七は再び鼻を鳴らした。

――金が命の代わりになるものか。娘と孫は既にあの世に旅立った――

――なんだと？　花を――身重の娘を殺したというのか！――

――殺したのはお前だ、善次郎。お前の所業が娘とまだ生まれぬ赤子を殺したのだ。お前の三人の息子たちも――

――息子たちも……もしやとは思っていたが、お前の仕業だったのか！――

粂七たちは息子たちの死にはかかわっていないのだが、花がそれと察したように、善次郎には心当たりがあったようだ。

怒りに駆られた善次郎が仕込み杖を抜こうとした矢先――

「鬼がにたりとした途端、屋敷の中から女の悲鳴が聞こえました。命乞いをする女の声は紛れもない娘のものです。ご隠居は鬼を放って、叫び声が聞こえた部屋へ駆けつけました。家の者が起き出す中、ご隠居が真っ先にたどり着いて覗いてみると、中からむっと血の臭いが流れてきました」

小さく息を継いで真一郎は急ぎ続けた。

「廊下の有明行灯を頼りにご隠居が目を凝らしたところ、部屋の中は血の海で、娘の姿はどこにもありません。……が、奥から何やら音が聞こえます。更に目を凝らし、耳を澄ませてみると、音の出どころは長持で、錠前のかかった蓋には血まみれの袖が挟まっていました。

見覚えのある袖は娘の着物で、『娘が長持に閉じ込められている』と、ご隠居はやって来た家の者に鍵を持って来るよう言いつけました。けれども、どうしてだか鍵を回しても錠前は開きません。業を煮やしたご隠居は、庭から斧を取って来て、妻が掲げた燭台のもと、娘の名を呼びながら一心不乱に長持を叩き壊しました。ですが……中から現れたのは血みどろの娘ではなく、母子と思しき二つの白骨でございました」

「もしや……」と問いかけた徹平を、「しっ」と西仙がたしなめた。

どうやら客たちは皆、五日前に深川の巽屋で起きた騒ぎを、多かれ少なかれ耳にしているようである。

「読売でも読まれましたか？」

ぐるりと座を見回して、真一郎は微笑んだ。

「しかしながら、この話はもう大分前に孫福和尚から聞いたものでして——私が思うに、あの『いたずら』を巽屋に仕込んだ者もどこかでこの話を聞いたことがあったのでしょう。それに巽屋の娘は無事でしたが、この話の娘は結句見つからなかったそうであります。そしてまた、巽屋のご隠居はどうだか知りませんが、灘のご隠居には母子の骨を見て思い出したことがありました」

「ほう？」と、興を覚えた顔になったのは半兵衛だ。

「灘のご隠居は若かりし頃——旅の道中で、伊勢の小さな万屋に世話になったのですが、万屋の夫婦が思ったより溜め込んでいるのを知り、己が店の足しにしようと、まずは夫、それから身重だった妻を殺したのです。二人を床下へ埋める最中に、妻は一度息を吹き返したのですが、ご隠居はそのまま妻を生き埋めにしました」

傍らで、大介のみならず鈴までぶるりと身を震わせた。

「何分昔のことで、行きずりの夫婦の顔かたちはすっかり忘れていたのですが、骨を見てご隠居は思い出したのです。万屋の夫の声を……今思えば、鬼の声は己が殺した夫の声に似ていました。鬼は『我ら』と言いました。おそらく妻と一緒に自分たちと赤子の命を奪ったご隠居に、時を経て復讐(ふくしゅう)に現れたのです。娘の行方を問うべくご隠居は再び表へ飛び出しましたが、鬼はもう去った後でした。娘が行方知れずとなり、墓荒らしの噂も立って、半年と経たぬうちにご隠居のおかみさんは狂い死に、ご隠居も首をくくったそうであります……」

そう真一郎は話を締めくくったが、無論これは作り話である。

実のところは――

昼間のうちに長持の鍵を守蔵が作った合鍵にすり替え、白骨と花の着物を仕込んでおいた志乃は、鏑矢を聞いて善次郎が表へ出て行く間に、これまた昼間のうちに用意していた酒瓶に詰めた獣の血を道具部屋にぶちまけた。

志乃は人の声真似を得意としていて、この時も花の声音を真似て悲鳴を上げ、命乞いをした。それから速やかに道具部屋を後にして、密やかに勝手口から外へ出た。

景次は鏑矢を合図に塀を乗り越え、庭から床下に潜り込んで道具部屋の――それも長持の置かれている部屋の隅の真下で人が来るのをじっと待った。のちに善次郎が長持から聞こえたと勘違いした物音は、景次が床下から立てた音だったのだ。

家中の者が道具部屋に集まり、善次郎が長持を打ち壊す間に、景次は床下から這い出て、庭先から今度は屋敷へ――善次郎の寝間に行くべく忍び込んだ。

一方、屋敷の裏手で鏑矢を拾った多香は、善次郎が出て来る前に表の方へ回って来て、物陰から窺っていた真一郎へ鏑矢を返した。多香は場合によっては粂七に加勢することになっていたが、悲鳴を聞いた善次郎が家の中に引っ込むと、粂七と共に堂々と店先から屋敷に入り、志乃が探り当てた連判状の在り処である善次郎の寝間で景次と落ち合った。

連判状は寝間のどこかに隠してあると聞いていた。日中は寝間の戸には錠前がかかっていて、こちらの鍵は善次郎が金蔵の鍵と共に肌身離さず持っている。しかし、久方ぶりに仲間の鏑矢を聞いて動揺したのか、善次郎はこの時ばかりは錠前をかけ忘れたようである。もとより戸口の錠前は打ち壊すつもりであったが、一つ手間が省けた分、三人は思ったより早く連判状を見つけ出して来て、表で所在なく待っていた真一郎を安堵させた。

ほどなくして、番人が「助けを求めて来た」志乃に連れられて巽屋に来た。

近所の野次馬が提灯を持って集まる中、店の者が別宅へ走って花の無事は確かめられたが、おびただしい血に加えて白骨が出たために善次郎はその夜は番屋に留め置かれた。

一連の騒ぎを善次郎は「悪いいたずら」だと言い張ったが、釈放は叶わぬまま、翌日の昼過ぎに大番屋へと引かれて行った。

連判状を始め、太輔の訴状と金の横流しの証拠が入った文箱が、朝一番で岡っ引きの又平から定廻り同心の田中の屋敷に届けられたからである。

夜明け前に文箱を又平の営む三晃堂へ届けたのは、浅草を縄張りとする夜鷹だった。

粂七に伴われた夜鷹は、起き出してきた又平と妻の菊にもっともらしく嘘をついた。

——昨晩、行きずりの方と浜田へ行ったところ、これを忘れて行かれまして……——

——身元が判らぬかとうちで中を検めました——

粂七も、これまたそれらしい面持ちをして言った。

——しかしこれはどうも、お上の一大事ではないかと思われます。どうか一刻も早く田中さまのもとへお届けくださいませ——

「巽屋は隠居ばかりか、婿もしょっ引かれたと聞いたが……」

「田中さまのお手柄だったとか……」

客たちが囁く間に、多香が二本残っていた蠟燭の内、一本をそっと消した。

「さて、いよいよ最後ですな、久兵衛さん?」

半兵衛が言うのへ、久兵衛が頷いた。

「うむ。この最後の話なのだが——これ、お梅はどうした?」

「お梅さんはつい今しがた、おそらくお手水に……」

真一郎が言葉を濁したところへ、梅が戻って来て言った。

「ああ、皆さま、すみません」

暗さが増した部屋の隅に座ると、梅は小さく頭を下げた。

「最後の――九十九番目の話は私がお話しします。女の恨みゆえの怪談ですので……」


うつむき加減に、梅は静かに話し始めた。

「ほんの……五年ほど前の話でございます。両国に一人暮らしの茶汲み女がおりました。この女のもとには通って来る男がいて、いずれ女を妻に迎えると約束しておりました」

梅が酒で少し喉を湿らせると、窺うように徹平も杯を口にやったのが見えた。

「男は上野の、そこそこ繁盛している料亭の若旦那でありました。ゆえに、家の者は女との祝言をよしとしませんでした。『お前には、もっとよい娘がいる』と言うのです。『店のためにも家柄のよい娘を娶れ』――と。男は初めのうちこそ言い返しておりましたが、次第に家の者の言い分に耳を傾けるようになりました」

行灯と蠟燭と、一つずつしか灯っていないが、夜目の利く真一郎には困惑した徹平の顔がよく見える。

「やがて男のもとへ縁談が一つ舞い込みました。町の者の親戚筋で、大店の娘でありました。顔かたちは女も負けていませんでしたが、娘の方が幾分若く、また商売にかかわるご縁やお金に恵まれておりました。男はとうとう心を決めて、大店の娘を娶ることにしました」

膝に置いた杯をじっと見つめて梅は続けた。

「……『家の都合で他の女を娶ることになった。どうか囲い女で我慢してくれ』。そう、男は女に告げました。思わぬ成り行きに女は驚いて涙しました。何故なら女はちょうど、赤子を授かったばかりだったのです。月のものが止まり、悪阻が始まったことを女は男に告げました。男はやや疑っているようでしたが、暮らしの糧は約束してくれました。しかしまもなくして店を継ぎ、妻を娶ると男の足はめっきり遠のきました。かろうじてお金は届けてくれましたが家賃に毛の生えたようなもので、女は膨らんだ腹を抱えて茶汲み女を続けました」

徹平が杯を干したのを見て、多香がすかさず酌をする。

「半年が経ち、男の妻は早速——めでたく懐妊しましたが、同じ頃、女は臨月を迎えておりました。まず外に女を囲っていること、その上、外の女に先に子供を産ませたとなれば、妻や妻の親戚筋、また家の者からの非難は必至。悩みに悩んだ男は、己が手配りした産婆にお金を握らせ、産まれたばかりの赤子を殺させました」

徹平が小さく息を呑み、他の客も痛ましげな顔になる。

「赤子は女だったそうです。『死産だった』——そう産婆は女に告げました。そののち、一月と待たずに女は男に捨てられました。手切れ金はたったの一両。しかし、女は男ではなく己を責めました。赤子が死産になったのは己のせいで、それゆえに男に捨てられたのだと気を沈ませました。産後の肥立ちを一両でしのぎ、来る日も来る日も死した赤子の冥福を祈りながら、女は必死に働きました。そうして数年が過ぎたある日……女はなんと、水子地蔵を参った先で産婆に再会したのです」

ほんのわずかだが梅の声が低くなり、客たちが皆、耳を澄ませて息を潜めた。

「懐かしさから女は声をかけましたが、年老いた産婆は既に呆けていました。ですが、女が男の名を出したところ、問うてもいないのに赤子を手にかけたことを白状しました。『男だったら後でまた策を考える。だが女だったら迷わず殺ってくれ』――そう頼まれたと言うではありませんか。女は怒りに身を震わせました。男の妻が、己の死産ののち娘を産んだと聞いていたから尚更です」

震え始めた手を隠すべく、徹平が杯を置いて膝で拳を握りしめる。

「怒りに駆られた女は鬼と化しました。男の家を訪ねると、女は菓子を餌にまだ年端もゆかぬ娘を誘い出し、真源寺からほど近い田畑のあばら家に閉じ込めました。娘がいなくなったことに気付いた家は騒ぎとなって、町の者も一緒になって娘を探しました。――と、六ツが鳴ってまもなく、裸足の娘が帰って来ました。命からがら、女のもとから逃げて来たと言うのです。娘から話を聞いて、男と町の者数人が提灯を片手にあばら家に向かいました」

短く梅は一息ついた。

「けれども、男たちがあばら家にたどり着いた時には、女は既に息絶えていました。血を吐いて、何やら禍々(まがまが)しい土の塊を抱いて……」

うつむいたまま、しめやかに梅は再び口を開く。

「女の亡骸は番人に任せて、男は町の者たちと共に家に帰りました。——すると、家が近付くにつれ、泣き叫ぶ声が聞こえてくるではありませんか。慌てて駆け戻った男が目にしたのは、女と同じように血を吐いて死した娘の亡骸でした。寝間で眠っていた筈が、いつの間にやら息絶えていたというのです。膝をつき、泣き出した男に、妻が小さな土のついた髑髏(どくろ)を差し出しました。これもまたいつの間にやら——女と同じように——娘が抱いていたそうです。女は供養した我が子の骨を掘り起こして呪具(じゅぐ)に変え、己の命を懸けて男を呪ったのです。娘の亡骸を前に男がそうと悟ってすぐに、今度は妻がお腹を押さえて苦しみ出しました。妻は二人目を身ごもっていたのですが、この日、この時、赤子は流れてしまいました。身ごもって半年余りを経ていた赤子はもう人の形を成しており、紛れもない——男が幾年も待ち望んでいた男児の印があったそうです……」

梅が締めくくると同時に、多香が蠟燭消しで最後の——九十九本目の蠟燭の火を消した。

——と。

そろりと台所へ続く戸口から、梅が座敷に入って来た。

青行灯のみとなった座敷を見回して、梅はきょとんとして言った。

「あら……もう終わってしまったのですか？」

「お、お梅？」と、うろたえた声を上げたのは久兵衛だ。

「えっ？　じゃあ、そちらの方は一体――」

慌てた山市が腰を浮かせると同時に、襖戸の向こうの茶の間から、梓弓の音と共に低い男の声が漏れてきた。

「来るぞ……青行灯が……」

「だ、誰だ？」

襖戸に近付きながら、真一郎は誰何した。

「ある夏の終わり……とある屋敷に……怖いもの知らずの七人が、百物語に集まった……」

「やめろ！」

大介も叫んで立ち上がる。

「こいつが百番目の怪談になっちまう――」

客たちがはっと息を呑んだ転瞬、それとなく上座に回り込んでいた多香が、隠し持っていた小筒で皆に見えぬよう青行灯の火を吹き消した。

ふっと一筋流れた煙が、庭の方へと消えていく。

真っ暗闇が訪れるまでのほんの刹那、真一郎は部屋の向こうに並んだ二つの影を見た。

「わぁっ！」

叫び声を上げながら、縁側から庭に逃げ出したのは徹平だ。

真一郎が既に手をかけていた引手を引くと、茶の間にいた守蔵が虫籠を開け、数十匹の蛍を一斉に放した。

一日中籠に閉じ込められていたからか、ほとんどが外気に誘われるように庭の方へ飛んで行ったが、何匹かは迷うように座敷に留まり、そこここで灯りを灯した。

皆しばし、じっと黙りこくって、ただ蛍の光を目で追った。

静寂の中――徹平の足音だけが遠ざかって行く。

ほどなくして忍び笑いを漏らしたのは半兵衛だ。

「こりゃこりゃ……」

薄闇に、愉しげに半兵衛は声を上げた。

「参りましたよ、久兵衛さん。こりゃ、またとない趣向ですな」

「ふ、ふふ、うちの者が皆、尽力してくれましたでな」

二人の声を聞いて、七郎、西仙、山市の三人も、ほぅっと息をついて笑い出す。

「いやまったく、してやられました」

「私はほんに恐ろしゅうて……」

七郎と山市が言うのを聞いて、西仙もつぶやくように言った。

「恐ろしゅうて――何やらしみじみしましたな」

顔はよく見えないが、西仙の言葉に皆一様に頷いたように見えた。

西仙さんにも見えたのだろうか――

青行灯が消えた瞬間、真一郎が見た二つの影は、死装束を着た鬼女でも、家よりも大きな蜘蛛でもなかった。

煙と共に浮かんで消えた二つの影は、今は亡き父母であった。

いつの記憶かは定かではない。

台所に立つ母親と、冗談交じりにその腰を抱く父親の、仲睦まじい後ろ姿が真一郎には確かに見えたのだ。

傍らの大介と鈴も――多香でさえ口をつぐんだままである。

――皆さんも誰か、もう一度会いたい人がいませんか?――

梓弓が呼び寄せたのか、はたまた「青行灯」のいたずらか――

……お鈴は会えただろうか?

姿の代わりにもしや、お師匠さんの声を聞いたのではないか?

大介も……お多香も。

皆それぞれに懐かしい——今は亡き者と刹那まみえたのではなかろうか。

……いや、懐かしい者とは限らねぇか。

思い直して、真一郎はふっと笑みをこぼした。

「——徹平さんはどこまで行きやしたかね？」

皆が苦笑を漏らす間に、廊下の行灯から火を取って来た多香が、青行灯に再び火を入れた。

残った客の四人は揃って真一郎の左隣りを見やったが、そこに座っているのは梅のみで、語り手の女の姿はもうどこにもなかった。


翌々日——

文月朔日の八ツに、真一郎は多香と二人で浜田を訪ねた。

逢引（あいびき）ではなく、粂七たちに会うためである。

客間に通されて待つことしばし、景次、それから旅装の志乃がやって来た。

「お志乃さん、おとといはありがとうございました」

まずは多香が礼を述べた。

手水に立ったと見せかけて梅と入れ替わり、九十九番目の怪談を語ったのは志乃であった。

「どうやら首尾よく運んだようだな」

粂七が言うのへ、真一郎は頷いた。

「皆さん、揃って驚いていやした。なんせ声がそっくりだったから……」

志乃の方が梅より背丈があるが、薄暗い部屋の中ゆえ腰をかがめてそれらしく見せた。

だが、偽者だと判っていても、その声音につい騙されそうになったものである。

「俺も見たかった――いや、聞きたかったや」

景次が言うと、志乃は「ふふ」と微笑んだ。

「あの御仁は臥せっちまったそうだねぇ」

「ええ」と、多香がにやりとする。「なんでも青行灯が消えた際、血まみれの赤子が膝の上にいたそうで……そればかりか、逃げる途中でお麻さんの声を幾度も耳にしたとか……」

怪談めかして昔の罪を暴くだけでは飽き足らず、志乃は別宅を抜け出すついでに徹平を追いかけ、麻の声音を真似て恨みつらみを囁いたのだ。

麻が己に呪いをかけて死したと思い込んでいる徹平は、見舞いに行った久兵衛を通じて真一郎に麻の供養を頼んできた。久兵衛が徹平からせしめてきた供養料と手間賃は合わせて五両で、これは数日のうちにそっくり麻に届けるつもりだ。

――徹平の息子・長太郎を攫ったのは麻であった。

理由は志乃が怪談として話した通りである。

麻は神田で三年働いたのち、以前勤めていた茶屋のおかみに誘われて巣鴨（すがも）に引っ越していた。巣鴨はおかみが生まれ育った土地で、夫を亡くしたおかみは上野の店を人に譲り、巣鴨で今少し小さな茶屋を営むことにしたのだ。

麻は水無月の十日——我が子の命日——に、供養参りに出かけた雑司が谷の鬼子母神にて件の産婆と再会した。産婆から徹平の仕打ちを聞いた麻は、まる三日間悩み抜いて、四日目の夕刻に我が子の仇を討つべく牡丹屋へと向かった。

怪談の中では娘を攫ったこととしたが、実際には長太郎を攫った麻は、日本堤から吉原の前を通り過ぎ、やがて北へ折れて円通寺を通り過ぎて隅田川へ出た。

麻は千住大橋の袂から川沿いを歩き、機を見計らって長太郎を川に沈めてしまおうと思ったそうだ。だが、長太郎が無邪気に——あまりにも健やかに己の腕の中で眠っているものだから、どうにも踏ん切りがつかず、結句千住宿で一晩を過ごした。

回向院に長太郎を連れて行ったのは、麻はかつて懐妊中に、塩地蔵に既に亡くしていた親兄弟の冥福と、生まれてくる子の安産を祈っていたからだ。

長太郎のために迷子札を書いたのも、塩を持たせたのも麻だった。

——あの子は始終ご機嫌で……泣いてもあやせばすぐに笑ってくれて、私の手からご飯を食べて……もうそれだけで、願いが叶ったように思えたのです——

のちにそう話した麻を、探そうと言い出したのは志乃である。

志乃は真一郎の案と共に真一郎が回向院にいた理由を多香から聞いて、興を覚えて多香や景次と共に麻を探すことにしたのだった。

気晴らしを兼ねてのことだろうよ――と、多香は言った。

粂七にはああ言ったものの、志乃も信じたかったのだろう。

太輔はきっと証拠を残していっただろう。

権兵衛はきっとそれを持ち帰って来るだろう――と。

真一郎もやきもきしたが、権兵衛は二十二日の夕刻に江戸に戻って来て、翌日の二十三日には麻が見つかった。そうして志乃は――真一郎たちも――二十四日の夜は心置きなく、ことを仕掛けることができた。

麻の話は志乃から多香、多香から真一郎と長屋の皆へと伝わり、真一郎たちは急遽、最後の話の趣向を練った。

「徹平さんが逃げたのが、産婆の言葉が本当だった証でさ」

「ああ。なんにせよ、うまくいってよかった。仇討ちも、百物語も」と、粂七。

「うん。みんな――真さんも――ありがとうございました」

そう言って志乃は深々と頭を垂れた。

――志乃は、善次郎が大番屋に連れて行かれた三日後に巽屋を辞めていた。

武家を交えての大ごとゆえに詮議はまだ続いているが、善次郎は打首を免れぬ筈である。

巽屋にかけられた「呪い」や「墓荒らし」の疑い、また善次郎がお縄になったことは、二十六日の朝には読売となり、夕刻には江戸中に広まっていた。

「こんな恐ろしい店では働けぬ」――と、血だらけの道具部屋と親子の白骨を目の当たりにした奉公人が幾人も志乃より先に辞めたため、志乃は目立たずに巽屋を去ることができた。

「それにしても、よくもあんな……親子の骨なんぞを見つけてきたな」

粂七、景次、真一郎の男三人は、血のついた着物だけで充分だろうと言ったのだが、それだけでは善次郎には脅しにならない、ただの「いたずら」ではなく「怪談」に仕立てるなら骨も一緒に仕込むべしと、志乃と多香の女二人が譲らなかったのだ。

景次が言うのへ、多香はちらりと志乃を見やってから応えた。

「あんなのは大した手間じゃないよ、景次さん。探せば案外いるもんさ――人知れず死した親子なんてのは。それに骨だけじゃ親子かどうかは判らないけど、誰であれ、赤子を抱いての死が無念でない筈がない……あの二人の骨は、お花さんがしかるべき寺でしっかり供養してくださるそうですよ」

「お花さんは仏門に入るとか？」

粂七の問いには志乃が頷いた。

「うん。あの子はいつも祈ってばかりで、出家したってすることはこれまでと大して変わりはしないんだけど、善次郎や婿殿のみならず、夫の悪事を見て見ぬ振りしていたおっかさんとも縁を切って、しがらみのない、まっさらな暮らしがしたいと言ってたよ」

どことなく、困った顔をして志乃は続けた。

「縁切りなんてそう容易いもんじゃないけどね。赤子が生まれれば新たに切り難い縁ができるし、かかわる者だって――しがらみだって増えていくものだよ。しがらみのない暮らしなんて絵空事だ。それにあの子はまだ知らないんだよ。しがらみもたまには悪くないし、この世も浮世ばかりじゃないのにね……」

「そんなら、また江戸を訪ねて来てくださいよ」

余計なこととは思いつつ、真一郎は口を挟んだ。

この三人との「しがらみ」が悪くねぇって言うんなら――

「なんなら、その、いつかは江戸に越してきても……てっ！」

「余計なことを言うんじゃないよ」

口より先に真一郎の腿をつねって多香が言った。

「うう、だってせっかくこうして巡り会えたってのに……てっ！」

「はは、焼き餅もそれくらいにしとけよ、お多香」

そう景次はからかったが、真一郎は志乃に「その気」はない。志乃に懸想している粂七に助太刀するつもりで言ったのだ。

志乃は今日これから江戸を発つ。

伊勢国の、かつて己を介抱してくれた老女・ためのもとへ帰るのだ。

ためとその夫は志乃の身の上を聞き、志乃の仇討ちを後押ししてくれていた。だが、善次郎を探っていたこの数年の間に夫が亡くなり、今のためは一人暮らしだ。江戸に出る道中で立ち寄って来たものの、一月ほど前に届いた文によると大分弱っているらしい。ためを案じたこともあって、志乃は赤子の命日までに仇討ちを果たすと決めていた。

ためを看取ったら江戸に出てきてはどうか、と多香が既に誘っていたが、志乃にその気はないようだ。伊勢国でまた小さな万屋でもやりながら、静かに暮らしたいというのである。

おそらく兄貴分の太輔に遠慮しているのだろうが、少しもそれらしいことを口にしない条七が真一郎にはもどかしい。

真一郎は百物語のために志乃と顔を合わせていたが、条七が志乃と面と向かって会うのは助っ人を断られて以来で、二人はずっと多香や景次を通じてつなぎを取っていた。

「お志乃さん」

躊躇いがちに、ようやく条七が口を開いた。

己を見つめた志乃へ、条七はやや困った顔をして続けた。

「太輔さんが証拠を預けていたのは、佐渡への船が行き来する港にある万屋でした。けれども、この店は訳あって近々畳むそうです。預かり物は太輔さんの分が最後で、主は処分を迷っていたらしく、此度権兵衛さんに託すことができて、肩の荷が下りたと安堵されたと聞きました。それから、権兵衛さんが言うには、この万屋で太輔さんが符牒として使っていた名が『伊一(いいち)』と『伊久(いく)』だったそうで――」

さっと目頭に手をやって、志乃は涙を隠した。

「覚えているよ。『伊勢が一番で伊一。伊勢は幾久しくで伊久』。生まれてくる子が男だったら、女だったらって、あの人と一緒に決めた名だ……」

志乃とは浅草御門の前で別れた。

四人一緒のところは見られぬ方がよいと、粂七と景次は遠慮して、見送りに出たのは真一郎と多香だけだ。

じきに七ツになろうかという刻限だが、志乃の足なら日暮れまでに品川宿(しながわしゅく)に着けるらしい。

巽屋の一件で少々「動き過ぎた」と、景次も善次郎の沙汰を待って江戸を離れ、しばらく上方で暮らすそうである。

「お前は平気なのか?」

志乃のためにやはり市中を動き回っていた多香を案じて真一郎は問うた。

「ふふ、女と男じゃ仕事のやりようが違うもの。それに、景次さんは稼業のこともあるからね。もとから江戸と上方を行ったり来たりさ」

踵を返し、再び御門を抜けてから、真一郎は更に問うた。

「……お志乃さんは、条七さんを佐渡に連れて行くかな？」

浜田での別れ際、最後の最後になって条七が切り出した。

――もしも……もしもいつか佐渡に行くことがありましたら、俺にお伴をさしてもらえませんか？――

善次郎の差し金で殺された太輔は、巽屋の遣いとして佐渡で野辺送りにされていた。いつかその墓を参る時が来たら、一緒に訪ねたいと申し出たのだ。

――考えとくよ――

そう言って志乃は笑ったが――

「考えとくって、お志乃さんは言ったじゃないか。――もう、しつこいね、真さんは」

「す、すまねぇ」

ひとまず詫びたが、志乃への想いを知って、条七にますます親しみを覚えた真一郎だ。

また条七もどうやら、多香に振り回されている真一郎に同情しているふしがある。

巽屋で、多香と景次が裏に回る間に、真一郎は条七に訊ねていた。

――花を持たせてくれようってんですか？――

志乃への「合図」だろうが善次郎の気をそらす「餌」だろうが、鏑矢の代わりとなるものは他にもある。鏑矢を打ちっぱなしにせぬように、周りの家屋敷に当たらぬように射るという「仕事」がなければ、真一郎が巽屋に同行する理由はなかった。言い出しっぺの真一郎は無論ことの次第を見届けたかったが、他に取り柄のない素人の己を連れて行くことは、粂七たちにはまるで利がないことである。

――そこまでお人好しじゃねぇ――

そう言って粂七は苦笑した。

――けどまあ、腕前は一度見てみたいと思ってた。しっかり頼むぜ、真一郎さん――

あの後、真一郎たちは野次馬に紛れて巽屋を離れた。真一郎は多香と一緒に来た道を帰ったが、それぞれ「木戸を通らず」に帰った粂七や景次とは帰りがけに再び浜田で集った。

浜田で弓矢を返した真一郎へ、粂七は籠弓を差し出した。

――弓は俺のじゃねぇんだ。お多香がどこからか手に入れてきた物さ。なぁ、お多香――

――まあ、とっときなよ、真さん。またいつかどこかで役立つ時がくるだろう――

二人に言われて、籠弓は真一郎の物となった。

鯨の髭（ひげ）で作られた籠弓は木竹の弓より希少で高値だ。的弓よりずっと小さいが、的弓より猟弓（さつゆみ）に慣れている真一郎には格好の一品で、殊に此度多香が手に入れてきた物は胴が太めで、真一郎の大きな手のひらにもよく馴染む。

「その、お多香……ありがとうよ」

「なんだい、急に？」

「いや、ほら、弓のことやら、お麻さんのことやら、百物語のことやら、いろいろと……」

もごもごと応えながら、真一郎はふと船頭の龍之介のことを思い出した。

――久兵衛さんには……いろいろご恩があるのですよ――

そう粂七は言ったが、あれはもしや「久兵衛」ではなく「多香」、「ご恩」ではなく「よしみ」だったのではなかろうか。

粂七があれだけ早く龍之介に偽証させることができたのは、もしや多香から――己を助けるために――話を聞いたからではなかろうか……

問うてみようかと迷った真一郎を、じろりと見上げて多香が言った。

「変なご機嫌取りはおよしよ、真さん。女には詫びと礼さえ言っときゃいいとでも思ってんのかい？」

「いや、そんな――まあ、あれもこれも丸く収まってよかった、よかった」

「ふん」と、多香は鼻を鳴らしたが、満更でもないようである。

長屋に帰ると、皆揃って久兵衛の家にいた。

「む……帰って来たか」

「帰って来たらまずかったんで？」

「お前たちはきっと、帰りしなに浜田にでも行くと思ったんでな。四つしか大福を持って来なかったのだ」

座の真ん中には既に空になった八千代屋の包み紙がある。

「すみません……」と、鈴が小声で言ってうつむいた。

「なんも謝ることはないさ。それより、またどうして皆さんお揃いで？」

真一郎たちが志乃の見送りに行くことは皆が知っていた。大福の数からも察せられるように、四人はわざわざ真一郎たちの留守を狙って集まったようである。

「それは、そのぅ……」

口ごもった鈴の代わりに、大介が小さく溜息をついて応えた。

「みんなで祝言をどうするか話し合っていたところさ」

「祝言……？」

「これ、大介」

久兵衛がたしなめたが、「だってよぅ」と大介は肩をすくめた。

「真さんだけならともかく、お多香さんまでは誤魔化せねぇや」

「む」と、真一郎と久兵衛が揃って唸る。

「それによぅ、いい加減日取りを教えてくれよ。じゃなきゃ支度のしようがねぇや。百物語の前に片が付くのかと思いきや、なんの沙汰もねぇでよぅ。それとも真さん、まさかこの期に及んで、また振られちまったんじゃねぇだろうな？」

「また……？　お多香のことなら、大分前に振られたきりだが？」

「うん？」と、首をかしげたのは久兵衛だ。「だがほれ、お前はつい半月ほど前に八日ほど暇が欲しいと……お多香といろいろとあって、近々必ずお多香と二人で話しに来ると言っておったではないか」

「ああ、あれは……」

巽屋での一件は、まだ久兵衛にさえも明かしていない。偽の合鍵を作った守蔵は怪談を聞いてそれと察したやもしれないが、今のところ何も問われていなかった。

「お志乃さんは江戸に探し物に来ていたんです」と、多香が応えた。「昔のよしみで私がお手伝いしてたんですが、水無月のうちに探し出したいと言うので、やむなく真さんに助っ人を頼んだんですよ。久兵衛さんにはのちほどお話しに行くつもりでしたが、探し物の合間に成り行きでお麻さんの行方も知れまして、百物語の支度に、お志乃さんの見送りと、ちょいとまた忙しくしてましたんでね……」

微塵も動じずにそれとない嘘をつく多香は、頼もしいやら、恐ろしいやらだ。

「そんなら、近頃二人でこそこそしてたのも、よく出かけてたのも、みんなお志乃さんのためだったってのかい？」と、大介。

「そうさ」

「けど、真さんからの文を見て、お多香さんは飛んでったじゃねぇかよぅ。でもって、二人ともその日は帰らねぇで……申し文ってのは冗談で、あれはそういう文だったんじゃねぇのかよぅ？」

大介が言うのへ、多香はにっこりと微笑んだ。

「あれはただの言伝さ。まあ、ついでに夜明かししたけどね」

「じゃ、じゃあ、祝言ってのは俺たちの早合点……？」

「そうらしいな」

真一郎が頷くと、「そんな」と鈴が眉を八の字にして落胆した。

――とうとう二人が身を固めるようだ――

そう久兵衛から聞いて、大介たちも「そういうことか」と、すぐさま合点したという。ゆえに皆、真一郎たちが出かけて行くのを詮索せずにただ見守っていたらしい。

「楽しみにしてましたのに……」

「そうだそうだ。俺とお鈴はなぁ、こっそり高砂まで練習してたんだぞ？」

「俺も祝いにからくり箱でも作ろうかと……」

「儂は町の者にも振る舞うつもりで一斗樽を注文しようかと……お梅とて祝い膳は何にしようか、二人に新しく着物でも仕立てようかと張り切っておるというのに――これ真一郎、まったくどうしてくれるのだ？」

「そう言われましても」

何やらがっかりしたのは真一郎も同様だ。

居住まいを改めて、真一郎は多香へ切り出した。

「なぁ、お多香。どうだ？　ここはいっそ皆のためにも祝言を――」

「莫迦をお言い」

言下に一蹴されて、真一郎ばかりか他の四人も一斉に溜息をつく。

が、久兵衛はすぐに気を取り直して言った。

「祝言でなくとも、近々また何か宴をするとしよう。なんせ、ふふ、百物語が大層評判になっとるでな……」

徹平が寝込んでいるのがまた、「比類なき百物語」という噂を広めるのに一役買っているようである。口止め料をもらった真一郎としてはほんのちょっぴり心苦しいが、麻への同情とは比べものにならない。怪談仕立てとしたのがせめてもの情けであった。

「殊にあの最後の梓弓と蛍がよかったと、皆――徹平さんはしらんが――言っておる。儂も驚いたぞ。この時分によくもあんなにたくさん捕まえてきたたな」

「先だって、おいて屋の近くで見かけたのを思い出しやして、大介と二人で蛍狩りに」

「真さんがまた手慣れたもんでよ。俺が一匹捕まえる間に、真さんは二匹、三匹と、どんどん籠に放り込んでくのさ」

「お前は灯りを追って、あっちへふらふらこっちへふらふらするからだ。じっと待ってりゃ、すぐにそこここで光るってのに」

「だってよぅ……」

口を尖らせた大介へ、皆と一緒にくすりとしてから鈴が言った。

「蛍は見えませんでしたけど、守蔵さんのあの声音と梓弓の音は締めくくりにぴったりでした。もう、ほんとに青行灯が来ちゃったらどうしようかと……」

「よかったな、大介。鬼女やら大蜘蛛やらが出て来なくてよ」

真一郎がからかうのへ、大介は曖昧に頷いた。

「うん、でも……いや、なんでもねぇ」

大介が口をつぐむと、鈴に多香、久兵衛に加え、あの時茶の間にいた守蔵までがそれとない、思い思いの顔になる。

「声音と言えば、お志乃さんには驚いた。俺は茶の間で耳を澄ませていたんだが、まるでお梅さんにしか聞こえなかったぞ」

守蔵が言うと、多香は幾分誇らしげになって応えた。

「声真似はお志乃さんの得意芸でしてね。あの人からはいろいろ教わったけど、声真似だけは会得できませんでしたよ」

「私はあの晩初めてお目にかかりましたけど、とてもしっかりした方で、なんだかお多香さんが二人いるみたいで心強かったです」

「そりゃ嬉しいね。私はずっと、あの人みたいになりたくて精進してきたからさ」

にっこりとした多香へ大介が身を乗り出した。

「――ってぇこた、やっぱりお志乃さんはお多香さんより年上なのかい？」

「そりゃそうさ」

「そうなのか？」と、驚き声を上げたのは守蔵だ。「俺もあの日初めて会ったが、てっきりお多香より二つ三つ年下だと思ってた」

「そりゃねぇぜ、守蔵さん」と、大介。「お志乃さんはお多香さんの昔馴染みなんだ。並の女と比べちゃならねぇ」

「む。それもそうか……」

皆には志乃のことは多香の「昔馴染み」とのみ明かしてあった。多香の過去を知る者として、皆、興味津々ではあったものの、「余計なこと」を問う者はいなかった。

問われれば、己にそうしたようにあっさり明かすのやもしれない。

だが、それもお多香が決めることだ――

「そんなにお若く見えたのですか？」と、鈴。

「ああ。お多香さんも歳より五つは若く見えるんだが、お志乃さんはそんなお多香さんと同じくらいの年頃に見えた。だから守蔵さんはいってて二十六、七だと踏んだんだろうが、この俺の目は誤魔化せねぇぜ」

得意げになって大介は続けた。

「顔は白粉で大分隠せるが、首や手足には相応の歳が出るもんだ。俺の読みでは、お志乃さんはお多香さんよりもちょびっと上の三十路かそこらだったが、お多香さんが『いろいろ教わった』ってんなら、もちっと上の三十二、三か？」

「でも、お多香さんが五つ若く見えたとして二十四歳……とすると、もしもお志乃さんが三十二、三歳だとしたら、十歳ほどもお若く見えることになりますね」

「そうさ。けど、それくらいならまあることさ。女ってのは、化けようと思えばいくらでも化けられるからよ。——どうだい、お多香さん？　俺の読みは当たってるかい？」

大介が問うと、多香は「ふっ」と小さく噴き出して、それからにんまりとした。

「大介、あんたもまだまだだねぇ。お志乃さんは辰年生まれさ」

「うん？　ええと、今年は子年だから……」

「宝暦十年生まれなら、今年三十三になる」

誰よりも早く割り出して久兵衛が言った。

「だが、『まだまだ』ということは——」

まさか……と、男四人は顔を見合わせた。

志乃がもう一回り上なら四十五歳だ。

己や多香とは十六年、大介となら二十二年と、親子ほども歳が違う。

「ば、化け物……」

ついつぶやいた大介に、多香が目を吊り上げた。

「こら、大介！　なんてこと言うんだい！」

「だだだ、だって――」

「だってなんだい？　私の姉貴分を化け物呼ばわりするからには、そんだけの覚悟があるんだろうね？」

「ひぃっ」

大介が悲鳴を上げると、まず鈴が、それから皆が笑い出す。

今になって真一郎は合点した。

志乃が四十五歳だとすると、一昨年四十路で死した太輔より三つ年上の「姐さん女房」で、条七たちにとって志乃は「兄貴分の妻」である前に「姉貴分」であったのだ。

また志乃は、五年前に懐妊した時には既に四十路だったことになる。

兄貴分の後家ってだけでも気後れしちまうのに、十歳も年上の「並ならぬ」女が相手じゃ、あの条七さんがおいそれと手が出せねぇのも頷ける……

しかし、己が惚れているのはそんな志乃を手本とする多香で、歳の差こそないものの、己は条七とは比べようもない凡人だ。

――道のりは険しそうだな、真一郎――

いつぞやの久兵衛の言葉が思い出されて再び溜息が出そうになったが、代わりに真一郎は久兵衛に向き直った。

「大がかりな宴はお月見の折にでもすることにして、まずは七夕で一杯やりやせんか？　俺がいい笹竹(ささたけ)を探して来やすから」

「よいな」と、久兵衛がにっとした。「それなら儂は近々両備屋を訪ねて、素麵(そうめん)を調達して来よう」

七夕には町中に、高さを競うごとく笹竹が立てられる。またこの日、将軍から町の者までがこぞって食すのが素麵で、商家では贈り物としても重宝されている。

「じゃあ、私はお酒を」

「俺は西瓜でも」

「俺は短冊と飾り物を見繕ってくらぁ」

「ええと、じゃあ私は……」

困った顔をした鈴へ大介が言った。

「なんだったら一緒に飾り物を買いに行かねぇか？　広小路に出店が出てっから……」

「——ええ、是非」

鈴がほっとして頷くと、大介もはにかみながら頷き返す。

日暮れが近くなり、開け放した戸口から涼やかな風が一筋流れ込んできた。

真一郎にとって、浅草で二度目の秋が始まった。

本書は書下ろしです。

|著者| 知野みさき　1972年千葉県生まれ、ミネソタ大学卒業。現在はカナダBC州にて銀行員を務める。2012年『鈴の神さま』でデビュー。同年『妖国の剣士』で第4回角川春樹小説賞受賞。『上絵師 律の似面絵帖 落ちぬ椿』を第一巻とする「上絵師 律」シリーズが人気を博す。他の作品に『しろとましろ　神田職人町縁はじめ』『山手線謎日和』『深川二幸堂　菓子こよみ』などがある。本作は「江戸は浅草」シリーズの第3巻。

江戸は浅草3　桃と桜

知野みさき

講談社文庫

定価はカバーに
表示してあります

2020年10月15日第1刷発行

発行者――渡瀬昌彦
発行所――株式会社　講談社
東京都文京区音羽2-12-21　〒112-8001
電話　出版（03）5395-3510
　　　販売（03）5395-5817
　　　業務（03）5395-3615

Printed in Japan

デザイン―菊地信義
本文データ制作―講談社デジタル製作
印刷―――大日本印刷株式会社
製本―――大日本印刷株式会社

ISBN978-4-06-520953-0

講談社文庫刊行の辞

二十一世紀の到来を目睫に望みながら、われわれはいま、人類史上かつて例を見ない巨大な転換期をむかえようとしている。

世界も、日本も、激動の予兆に対する期待とおののきを内に蔵して、未知の時代に歩み入ろうとしている。このときにあたり、創業の人野間清治の「ナショナル・エデュケイター」への志を現代に甦らせようと意図して、われわれはここに古今の文芸作品はいうまでもなく、ひろく人文・社会・自然の諸科学から東西の名著を網羅する、新しい綜合文庫の発刊を決意した。

激動の転換期はまた断絶の時代である。われわれは戦後二十五年間の出版文化のありかたへの深い反省をこめて、この断絶の時代にあえて人間的な持続を求めようとする。いたずらに浮薄な商業主義のあだ花を追い求めることなく、長期にわたって良書に生命をあたえようとつとめるところにしか、今後の出版文化の真の繁栄はあり得ないと信じるからである。

同時にわれわれはこの綜合文庫の刊行を通じて、人文・社会・自然の諸科学が、結局人間の学にほかならないことを立証しようと願っている。かつて知識とは、「汝自身を知る」ことにつきていた。現代社会の瑣末な情報の氾濫のなかから、力強い知識の源泉を掘り起し、技術文明のただなかに、生きた人間の姿を復活させること。それこそわれわれの切なる希求である。

われわれは権威に盲従せず、俗流に媚びることなく、渾然一体となって日本の「草の根」をかたちづくる若く新しい世代の人々に、心をこめてこの新しい綜合文庫をおくり届けたい。それは知識の泉であるとともに感受性のふるさとであり、もっとも有機的に組織され、社会に開かれた万人のための大学をめざしている。大方の支援と協力を衷心より切望してやまない。

一九七一年七月

野間省一

講談社文芸文庫 

田岡嶺雲
数奇伝
解説・年譜・著書目録＝西田　勝

著作のほとんどが発禁となったことで知られる叛骨の思想家が死を前にして語る生い立ちは、まさに「数奇」の一語。生誕一五〇年に送る近代日本人の自叙伝中の白眉。

たAM1
978-4-06-521452-7

中村武羅夫
現代文士廿八人
解説＝齋藤秀昭

かつて文士にアポなし突撃訪問を敢行した若者がいた。好悪まる出しの人物評は大人気。花袋、独歩、漱石、藤村……。作家の素顔をいまに伝える探訪記の傑作。

なU1
978-4-06-511864-1

講談社文庫　目録

千野隆司　大酒の合戦〈下り酒一番四〉
知野みさき　江戸は浅草
知野みさき　江戸は浅草2〈盗人探し〉
崔実　ジニのパズル
筒井康隆　創作の極意と掟
筒井康隆　読書の極意と掟
筒井康隆ほか12名　名探偵登場！
都筑道夫　夢幻地獄四十八景
津村節子　三陸の海
土屋隆夫　影の告発
塚本青史　始皇帝
辻原登　寂しい丘で狩りをする
辻村深月　冷たい校舎の時は止まる(上)(下)
辻村深月　子どもたちは夜と遊ぶ(上)(下)
辻村深月　凍りのくじら
辻村深月　ぼくのメジャースプーン
辻村深月　スロウハイツの神様(上)(下)
辻村深月　名前探しの放課後(上)(下)
辻村深月　ロードムービー
辻村深月　ゼロ、ハチ、ゼロ、ナナ。
辻村深月　V. T. R.
辻村深月　光待つ場所へ
辻村深月　ネオカル日和
辻村深月　島はぼくらと
辻村深月　家族シアター
新川直司 漫画／辻村深月 原作　コミック 冷たい校舎の時は止まる(上)(下)
津村記久子　ポトスライムの舟
津村記久子　カソウスキの行方
津村記久子　やりたいことは二度寝だけ
津村記久子　二度寝とは、遠くにありて想うもの
恒川光太郎　竜が最後に帰る場所
月村了衛　神子上典膳
フランソワ・デュボワ　太極拳が教えてくれた人生の宝物〈中国・武当山90日間修行の記〉
土居良一　海翁伝
ドウス昌代　イサム・ノグチ(上)(下)〈宿命の越境者〉
鳥羽亮　御隠居剣法〈駆込み宿 影始末(一)〉
鳥羽亮　ねむり鬼剣〈駆込み宿 影始末〉
鳥羽亮　霞隠れの女〈駆込み宿 影始末〉
鳥羽亮　のっとり奥坊主〈駆込み宿 影始末〉
鳥羽亮　かげろう妖剣〈駆込み宿 影始末〉
鳥羽亮　霞と飛燕〈駆込み宿 影始末〉
鳥羽亮　闇姫変化〈駆込み宿 影始末〉
鳥羽亮　鶴亀横丁の風来坊
鳥羽亮　金貸し権兵衛〈鶴亀横丁の風来坊〉
鳥羽亮　提灯斬り〈鶴亀横丁の風来坊〉
鳥羽亮　お京危うし〈鶴亀横丁の風来坊〉
鳥羽亮　狙われた横丁〈鶴亀横丁の風来坊〉
東郷隆／上田信 絵　【絵解き】雑兵足軽たちの戦い〈歴史・時代小説ファン必携〉
堂場瞬一　八月からの手紙
堂場瞬一　壊れる心〈警視庁犯罪被害者支援課〉
堂場瞬一　邪心〈警視庁犯罪被害者支援課2〉
堂場瞬一　二度泣いた少女〈警視庁犯罪被害者支援課3〉
堂場瞬一　身代わりの空(上)(下)〈警視庁犯罪被害者支援課4〉
堂場瞬一　影の守護者〈警視庁犯罪被害者支援課5〉
堂場瞬一　不信の鎖〈警視庁犯罪被害者支援課6〉
堂場瞬一　空白の家族〈警視庁犯罪被害者支援課7〉
堂場瞬一　傷

講談社文庫　目録

堂場瞬一　埋れた牙
堂場瞬一　Killers(上)(下)
堂場瞬一　虹のふもと
土橋章宏　超高速！参勤交代
土橋章宏　超高速！参勤交代 リターンズ
戸谷洋志　Jポップで考える哲学〈自分を問い直すための15曲〉
富樫倫太郎　信長の二十四時間
富樫倫太郎　風の如く 吉田松陰篇
富樫倫太郎　風の如く 久坂玄瑞(くさかげんずい)篇
富樫倫太郎　風の如く 高杉晋作篇
富樫倫太郎　スカーフェイス〈警視庁特別捜査第三係・淵神律子〉
富樫倫太郎　スカーフェイスII デッドリミット〈警視庁特別捜査第三係・淵神律子〉
富樫倫太郎　スカーフェイスIII ブラッドライン〈警視庁特別捜査第三係・淵神律子〉
豊田巧　警視庁鉄道捜査班〈鉄血の警視〉
豊田巧　警視庁鉄道捜査班〈鉄路の牢獄〉
夏樹静子　新装版 二人の夫をもつ女
中井英夫　新装版 虚無への供物(上)(下)
中島らも　今夜、すべてのバーで
中島らも　僕にはわからない

鳴海章　フェイスブレイカー
鳴海章　謀略航路
鳴海章　全能兵器AiCO(アイコ)
中嶋博行　ホカベン ボクたちの正義
中嶋博行　新装版 検察捜査
中嶋博行　新検察捜査
中村天風　運命を拓く〈天風瞑想録〉
中山康樹　ジョン・レノンから始まるロック名盤
梨屋アリエ　でりばりぃAge
梨屋アリエ　ピアニッシシモ
中島京子　FUTON
中島京子　妻が椎茸だったころ
中島京子ほか　黒い結婚 白い結婚
奈須きのこ　空の境界(上)(中)(下)
中村彰彦　乱世の名将 治世の名臣
長野まゆみ　簞笥のなか
長野まゆみ　レモンタルト
長野まゆみ　チマチマ記
長野まゆみ　冥途あり

長野まゆみ　45°〈ここだけの話〉
長嶋有　夕子ちゃんの近道
長嶋有　佐渡の三人
永嶋恵美　擬態
永井均／内田かずひろ 絵　子どものための哲学対話
なかにし礼　戦場のニーナ
なかにし礼　生きる力〈心でがんに克(か)つ〉
なかにし礼　夜の歌(上)(下)
中村文則　最後の命
中村文則　悪と仮面のルール
編/解説 中田整一　真珠湾攻撃総隊長の回想〈淵田美津雄自叙伝〉
中村江里子　女四世代、ひとつ屋根の下
中野美代子　カスティリオーネの庭
中野孝次　すらすら読める方丈記
中野孝次　すらすら読める徒然草
中山七里　贖罪の奏鳴曲(ソナタ)
中山七里　追憶の夜想曲(ノクターン)
中山七里　恩讐の鎮魂曲(レクイエム)
中山七里　悪徳の輪舞曲(ロンド)

講談社文庫　目録

長島有里枝　背中の記憶
長浦　京　赤刃
長浦　京　リボルバー・リリー
中澤日菜子　お父さんと伊藤さん
中澤日菜子　おまめごとの島
長辻象平　半百の白刃　虎徹と鬼姫(上)(下)
中脇初枝　世界の果てのこどもたち
中脇初枝　神の島のこどもたち
中村ふみ　天空の翼　地上の星
中村ふみ　砂の城　風の姫
中村ふみ　月の都　海の果て
中村ふみ　雪の王　光の剣
中村ふみ　永遠の旅人　天地の理
夏原エヰジ　Cocoon　〈修羅の目覚め〉
西村京太郎　七人の証人
西村京太郎　華麗なる誘拐
西村京太郎　寝台特急「日本海」殺人事件
西村京太郎　十津川警部　帰郷・会津若松
西村京太郎　特急「あずさ」殺人事件

西村京太郎　十津川警部の怒り
西村京太郎　宗谷本線殺人事件
西村京太郎　奥能登に吹く殺意の風
西村京太郎　特急「北斗1号」殺人事件
西村京太郎　十津川警部　湖北の幻想
西村京太郎　九州特急「ソニックにちりん」殺人事件
西村京太郎　十津川警部　幻想の信州上田
西村京太郎　十津川警部　金沢・絢爛たる殺人
西村京太郎　東京・松島殺人ルート
西村京太郎　新装版　殺しの双曲線
西村京太郎　愛の伝説・釧路湿原
西村京太郎　山形新幹線「つばさ」殺人事件
西村京太郎　新装版　名探偵に乾杯
西村京太郎　十津川警部　君は、あのSLを見たか
西村京太郎　南伊豆殺人事件
西村京太郎　十津川警部　青い国から来た殺人者
西村京太郎　十津川警部　箱根バイパスの罠
西村京太郎　新装版　天使の傷痕
西村京太郎　新装版　D機関情報

西村京太郎　十津川警部　猫と死体はタンゴ鉄道に乗って
西村京太郎　韓国新幹線を追え
西村京太郎　北リアス線の天使
西村京太郎　十津川警部　長野新幹線の奇妙な犯罪
西村京太郎　上野駅殺人事件
西村京太郎　京都駅殺人事件
西村京太郎　沖縄から愛をこめて
西村京太郎　十津川警部「幻覚」
西村京太郎　函館駅殺人事件
西村京太郎　内房線の猫たち　〈異説里見八犬伝〉
西村京太郎　東京駅殺人事件
西村京太郎　長崎駅殺人事件
西村京太郎　十津川警部　愛と絶望の台湾新幹線
西村京太郎　西鹿児島駅殺人事件
西村京太郎　札幌駅殺人事件
仁木悦子　猫は知っていた
新田次郎　新装版　武田勝頼　(一)陽の巻　(二)水の巻　(三)空の巻
新田次郎　新装版　聖職の碑
新田次郎　新装版　風の遺産

2020年9月15日現在